재의 마녀
일레이나

마법사 최고위인
「마녀」 미소녀.
온 세상을 여행하며
이야기를 자아내고 있다.

그리고 연약한
여자아이이기도 합니다만.

And I'm also a weak girl.

©Azure

빗자루

인간 모습으로 변한 일레이나의 빗자루.
주인보다 조금 어른스러운 외모가 된다.

애슐리

전설의 새을 찾는 모험가.
어리지만, 활의 명수이기도 하다.

휘익──하고

화살이 저희 사이를 스쳐 지나갔습니다.

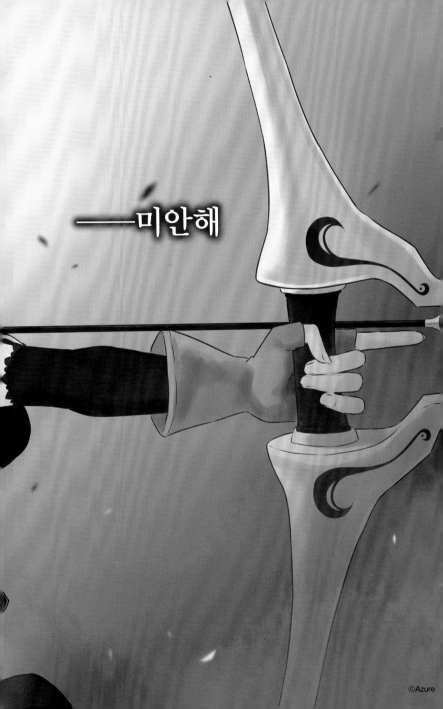

마녀의 여행 16
THE JOURNEY OF ELAINA
CONTENTS

©Azure

마녀의 여행
THE JOURNEY OF ELAINA

16

Shiraishi Jougi
시라이시 죠우기

Illustration
아즈루

커버 및 본문 일러스트 아즈루

시골 쪽에 있는 작은 나라에서.

갑자기 집 문을 두드린 마녀에게 할아버지는 "자네는 누군가?" 하고 경계심 가득한 얼굴로 물었습니다.

여행하는 마녀 일레이나입니다. 당신의 손녀분 친구입니다. 그렇게 제가 자기소개 겸 이야기하자, 마치 그것이 암구호였던 양 할아버지는 태도를 얼른 바꾸고 냉큼 집 안으로 들여보내 주었습니다.

아주 조금 경계심이 부족한 듯한 기분이 들었습니다만, 시골이란 대체로 그런 것일까요?

혹은 넓은 저택과 시간을 주체하지 못하는 것뿐일지도 모릅니다.

할아버지는 나를 거실로 안내하더니, 손녀가 지금 어디서 무얼 하고 있는지를 물었습니다. 저는 알고 있는 것을 아무런 거짓 없이 솔직하게 이야기했습니다. 할아버지는 시종 조용히 귀를 기울이고, 그리고 깊게 한숨을 내쉰 다음에 "그런가" 하고 중얼거렸습니다.

그러고서 할아버지는 고개를 숙이고 하나하나 말의 의미를 확인하듯 천천히 이야기하기 시작했습니다.

"아무리 시간이 흘러도, 어찌할 수 없는 후회만이 독처럼 몸을 좀먹지."

눈가에는 깊고 짙은 선이 새겨져 있고, 책상을 내려다보며 그 위에 팔꿈치를 괴고, 양손을 깍지 꼈습니다. 마치 참회하는 듯한 자세를 하면서, 할아버지는 옛날이야기를 천천히 제게 들려주기 시작했습니다.

어찌할 수도 없는 후회의 이야기였습니다.

나쁜 짓을 한 게 아닌데, 있는 힘껏 노력했는데, 어찌할 도리도 없었던 슬픈 이야기였습니다.

"…………."

이야기를 전부 들은 다음 제가 할 수 있었던 건, 화제를 바꾸는 정도였습니다.

"실은 손녀분에게 맡아둔 것이 있습니다."

"그게 뭔가?"

괴로울 때는 이야기하는 것만으로도 마음이 편해지는 법입니다. 할아버지의 표정은 조금 전보다도 훨씬 생기가 있는 것처럼 보였습니다.

저는 면목 없음을 느끼면서 꾸러미를 테이블 위에 올려놓고, 천천히 열었습니다.

안에는 그의 손녀분——애슐리 씨에게 부탁받은 것이 들어 있었습니다.

그것은 모험가인 애슐리 씨가, 언제나 소중하고도 소중하게 지니고 있던 어둡고 푸르게 빛나는 보석.

'여신의 눈물'이라 불리는 특별한 물건.

"……이건."

할아버지는 눈을 부릅뜨고, 꾸러미의 내용물을 내려다보았습니다.

안에는 여신의 눈물──의 잔해가 있었습니다. 조각조각 난 작은 파편을 그러모았을 뿐인, 잡동사니가 되어버린 보석이었던 것은 이미 반짝임을 잃고, 그저 색을 띠고 있을 뿐인 유리 조각으로 보일 정도였습니다.

"주워 모을 수 있을 만큼 주워 모았습니다만──."

원래의 형태로 복원하기도 불가능할 만큼 산산이 부서지고 흩어진 보석이었던 것은 꾸러미 안에 있는 것이 절반쯤 될까요? 여기에는 일부밖에 없습니다.

제가 나쁜 것도 아니고, 애슐리 씨가 나쁜 것도, 할아버지가 나쁜 것도 아닙니다.

어찌할 도리도 없는 후회에서 태어난 결말이, 여기에 있을 뿐입니다.

○

아주 아름다운 만월이 밤하늘에 떠 있었습니다.

아름답기는 했지만, 그리 밝다고 느껴지지는 않았습니다.

차가운 바람이 매섭게 스쳐 지나가는 오늘 밤 하늘에는 구름이 천천히 흘러가고 있었습니다. 구름이 달을 가리면 하늘은 어두워지고, 어둠이 세계를 감쌉니다. 주변을 둘러보면 바다 밑바닥처럼 더욱 차갑고, 더욱 깊은 어둠이 퍼졌습니다.

마치 어둠에 둘러싸인 것처럼도 여겨졌습니다.

연약하게 흔들리는 모닥불 속으로 마녀는 나뭇가지 하나를 던져 넣었습니다. 야영을 시작하고서부터 줄곧 타고 있는 모닥불은 새 먹이를 기뻐하듯이 타닥타닥하고 튀며 마녀의 그림자를 흔들었습니다. 불 옆에는 꼬치에 꽂힌 민물고기가 두 마리. 이제 곧 먹기 딱 좋을 때입니다.

"추워라……."

여행을 하다 보면 예상하지 못한 사태에 처하는 일도 종종 있는 법입니다.

예를 들면 어느 여행하는 마녀의 이야기. 평소처럼 적당히 지도를 바라보며 "뭐, 이 정도 거리라면 빗자루로 반나절이면 여유롭게 도착하겠네요" 하고 안이한 태도로 나라를 출발한 그녀는 그 후 평범하게 미아가 되었고, 깨닫고 보니 잘 모를 숲속에서 밤을 맞이했습니다.

결국 어쩔 수 없이 야영을 하게 되었고, 지금은 이렇게 손을 가까이 대고 모닥불을 쬐고 있습니다.

계절은 늦겨울 혹은 초봄.

그녀는 깊디깊게 한숨을 내쉬었습니다.

"이런 데서 미아가 되다니 한심하네요. 바보인가요?"

그나저나.

자신의 실수를 빈정대는 아주아주 공허한 이 마녀는 대체 누구일까요?

그렇습니다. 저입니다.

짜증을 담은 말도 공허한 밤의 어둠 속으로 사라져 갔습니다. 밤의 숲에는 제 목소리와 튀는 모닥불 소리만이 울렸습니다. 고요한 밤은 환상적이기는 했지만, 솔직히 말씀드리자면 조금 스산하기도 했습니다.

여행을 하다 보면 예상하지 못한 사태에 처하기 마련이고, 그리고 자칫 예상하지 못한 사태는 한층 더 예상하지 못한 사태를 불러들이는 법입니다. 한 번 안 좋은 일이 일어나면, 마치 끌어당기듯이 예상하지 못한 일이 거듭해 밀려듭니다.

"이대로 아무 일 없이 아침을 맞이할 수 있으면 좋겠는데 말이죠──."

보통 그런 대사를 뱉어버리면 대체로 무슨 일이 일어나지요. 말을 뱉은 후에야 깨달았습니다.

바스락바스락, 부스럭부스럭하고 제 등 뒤에서 소리가 들려왔습니다.

조심스럽게 제 등 뒤로 다가올 셈인 걸까요? 그러나 고요한 숲속에서는 나무들이 나뭇잎을 흔드는 소리조차 크게 들립니다. 저는 귀에 의식을 집중했습니다.

"하아…… 하아……."

우와아, 변태.

흥분한 것인지 뭔지 알 수 없지만, 제 등 뒤를 노리는 상대가 거친 숨을 몰아쉬고 있습니다. 야생 동물이 아니라는 것이 명백해진 시점에서, 저는 상대에게 들키지 않도록 지팡이를 꺼냈습니다.

바스락바스락, 부스럭부스럭, 하아 하아, 하고 상대는 거친 숨을 쉬면서 천천히 한 걸음, 또 한 걸음 수풀 사이에서 다가왔습니다.

이런 상대는 충분히 끌어들이고 나서 마법을 한 방 날려 드립니다. 목숨까지 빼앗을 필요는 없습니다. 이 모닥불에 두 번 다시 접근하지 못하도록 조금 매운 맛을 보여주면 됩니다.

저는 지팡이 끝에 충분히 마력을 싣고, 그리고.

상대가 수풀에서 나와 제 바로 뒤에 선 직후였습니다.

"가까이오지마세요이변태!"

돌아보는 것과 동시에 마력 덩어리를 날려주었습니다. 슈욱 하고 날아간 푸른 빛이 상대의 명치 부근에 명중. 깊게 박혔습니다.

"으허어어어어어어어어어어어어어어어어!"

장렬한 외침과 함께, 변태는 패했습니다.

"후후후. 저를 평범한 여자라고 얕봤군요. 자기 몸도 지키지 못하는 사람이 이런 데서 노숙을 할 리가 없지 않습니까?"

지팡이 끝을 후 불며 승리를 자랑하는 표정을 짓는 마녀는 바로 저. 승리에 취하는 김에 수풀 위를 덮듯이 뻗어 있는 변태의 얼굴을 들여다보았습니다.

"..........?"

여자아이였습니다.

황금색 머리카락을 뒤에서 둘로 나눠 묶었습니다. 나이는 10대 후반 정도일까요? 귀여운 생김새인 것처럼 보였습니다. 몸에 걸친 것은, 모양만 갖춘 정도인 얇은 가죽 갑옷. 명치에 일격을 당한 것만으로 쓰러졌으니 방어력 쪽은 보이는 그대로일 테지요.

커다란 활을 등에 짊어지고 있었습니다. 그 차림새로 보아하니 모험가인 듯했습니다.

그리고 축 늘어진 손끝에는 돈이 쥐어져 있는 것이 보였습니다.

이건 대체, 하고 저는 여기서 생각했습니다.

가령 그녀가 저를 덮치려던 변태였다고 한다면, 어째서 무기를 손에 들고 있지 않은 것일까요? 커다란 활로 위협하든가 하면, 혹시라도 제가 애처로운 소녀였다면 순순히 양손을 들었을지도 모릅니다.

어째서 무기 대신에 들고 있는 것이 돈인 걸까요?

"물고……기……."

하고 마지막에 한 마디. 그녀는 간신히 목소리를 짜낸 직후에 풀썩하고 의식을 잃었습니다.

아아, 과연. 제가 모닥불에 굽고 있던 생선을 받고 그 대신에 돈을 낼 셈이었던 것이로군요.

과연, 그렇군요.

그렇다면 숨이 거칠었던 이유도 납득이 됩니다. 아마도 여행 도중에 배고픔을 견디지 못하게 되었고, 체력도 한계였던 것일 테지요. 그런 때 배에 호되게 한 방을 먹은 것입니다.

과연, 그렇군요.

"……이런."

그것참.

상정 외의 사태가 계속되는군요.

○

적당히 구워진 민물고기 꼬치를 손에 들고 그녀 앞에서 휘적휘적 흔들자, 이름도 모르는 그녀는 곧바로 배의 비명과 함께 각성했습니다.

"물고기!"

일어나는 것과 동시에 그녀는 입을 열고 몸을 쑥 내밀었습니다.

그러나 앞으로 고꾸라질 뻔한 그녀의 입은 생선에 다다르기 직전에 멈추어졌습니다. 나무에 몸이 묶여 있는 그녀가 아슬아슬하게 닿을 수 없는 범위에서 저는 생선을 흔들고 있었던 것입니다.

일단 정신을 차려준 것에 저는 안도했습니다. 가슴을 쓸어내리며 저는.

"안녕하세요. 저는 일레이나. 여행하는 마녀입니다."

그렇게 인사했습니다.

"어? 아, 네. 안녕하세요……. 저는 모험가인 애슐리입니다……?"

예의 바르게 인사하며 대답하는 애슐리 씨에게서는 가정교육을 잘 받은 면이 엿보였습니다. 동시에 조금 엉뚱하기도 한지, 고개를 숙인 다음에야 자신이 묶여 있다는 사실을 깨달았습니다.

"저기, 나는 어째서 묶여 있는 거야……?"

당연한 의문이로군요.

"죄송합니다. 묶은 데는 이유가 있습니다."

"혹시 음흉한 짓을 당하는 거야……?"

"아닙니다."

무슨 말을 하는 겁니까 아직 잠이 덜 깬 겁니까.

"일단 물어보겠습니다만, 어째서 여기에 온 겁니까?"

민물고기를 휘적휘적 흔들면서 저는 물었습니다.

"저기, 나, 그, 지금 좀, 배가 고파서."

고양이처럼 그녀의 시선이 좌우로 흔들리며 생선을 좇았습니다.

"그래서, 그, 괜찮다면 넘겨받을 수 있을까, 싶어서──."

돈을 내고 제게서 사려고 했던 거로군요.

과연 역시 제 지레짐작이었나 봅니다.

"그랬던 거였군요……."

죄송합니다, 하고 사과하면서 저는 그녀를 묶은 밧줄을 풀었습니다.

"생선, 받으시죠."

오해였다고는 하나 그녀의 명치에 호된 한 방을 날려 기절시켜 놓고, 생선값을 받을 마음은 들지 않았습니다. 그녀에게는 무료로 드리기로 했습니다. 그녀는 파아앗 하고 눈을 빛냈습니다.

"아앗! 괜찮은 거야? 신난다! 당신은 여신?"

"만나자마자 공격한 사람을 여신이라고 부른다고 한다면, 그렇지 않을까요?"

"우리 고향에서는 대략 그런 의미로 여신이라는 말을 써."

"대체 얼마나 위험한 지역 출신인 겁니까……."

"살짝 이상한 사람뿐인 이상한 나라야."

우물우물하고 생선을 베어 무는 애슐리 씨. 말하길, 그녀의 고향은 여기에서 아주 멀고 먼 산속의 나라로, 2년 전부터 모험가가 되어 세계 각지를 여행하고 있다고 합니다.

"뭐야? 이 물고기 맛있어⋯⋯. 이렇게 맛있는 물고기를 먹은 건 몇 개월 만이야⋯⋯."

하아 하고 깊은숨을 토하는 애슐리 씨. 평범한 민물고기로 그렇게까지 기뻐해 주니, 생선을 구운 장본인으로서는 매우 기쁜 일입니다만.

"고생이 많으셨군요⋯⋯."

추측하기에, 지난 2년간 거쳐온 여정도 분명 평탄하지는 않았을 테지요.

"여행길에 고생은 당연히 따라붙는 거잖아? 목적이 험난하면 그만큼 그 여정도 험난한 법이지."

당연하다는 듯이 애슐리 씨는 답했습니다.

험난한 목적.

"무얼 바라며 모험을 하는 겁니까?"

제가 묻자, 우물우물 생선을 씹고 있던 애슐리 씨는 생선을 삼키고 한 박자 사이를 둔 다음, 자신이 험난한 여정을 걷고 있다고 자각하고 있는 것치고는 맥이 풀린 미소를 지으면서 말했습니다.

"여신을 찾고 있어."

여신이라고, 알아? 하고 물으면서 그녀는 바로 위를 가리켰습니다.

구름 낀 하늘에서는 달이 엿보였습니다.

○

"이건 있지, 내 고향에 전해져오는 옛날이야기야."

애슐리 씨는 자기 전에 어린아이에게 들려주듯 정성스럽게, 부드럽게 이야기를 해주었습니다.

그녀가 태어나고 자란 고향에는, 여신 전승이라는 것이 뿌리 깊게 자리 잡고 있는 모양이었습니다. 말하길, 그녀가 살던 지방에서 여신이란 선명한 푸른 날개를 가진 거대한 새를 가리킨다고 합니다.

체구는 대략 단독 주택 한 채 정도. 푸른 날개는 반짝임으로 가득하고, 우아하게 하늘을 나는 그 모습은 마치 별똥별처럼도 보인다고 합니다.

"아름다운 생물이로군요."

"그것만이 아니야. 이 새의 몸에는 특별한 힘이 감춰져 있다고 믿어져 왔어. 날개에서 떨어진 깃털은 매우 강한 마력을 두르고 있고, 만지면 어떤 병이든 금세 낫고, 발톱은 뭐든 찢어 가르는 날이 되고, 눈물은 땅에 떨어지면 특별한 힘을 가진 보석으로 변해."

"상당히 좋은 건 다 가진 새로군요."

"그래서 옛날 사람들은 그 새를 여신이라고 부른 거야."

"과연."

"참고로 여신은 쓸데없이 파란 불을 뿜는다고 해."

"엄청난 유해 조수가 아닙니까?"

거룩한 이름과 달리 상당히 난폭한 생물인가 봅니다.

"좋은 건 다 가진 새를 만지기 위해서는 상응하는 각오가 필요하다는 거겠지. 새의 날개든, 발톱이든, 눈물이든, 뭐든 하나만 손에 넣으면 인생이 크게 달라질 건 틀림이 없는걸."

"그래서 그 새를 찾아 여행하고 있다는 건가요?"

그러나 이야기를 들으면 들을수록 저는 고개를 갸웃거리게 되고 말았습니다.

"일단 묻고 싶은 건, 그건 정말로 실재하는 새인 거겠지요? 본 적은?"

"한 번도 없어."

"…………."

"지금 '정말이지 수상쩍어'라고 생각했지?"

"바로 그렇게 생각했습니다."

"역시. 그런 얼굴을 하고 있어서 그럴 거라고 생각했어."

제 얼굴은 아무래도 지나치게 정직했나 봅니다.

나쁜 얼굴. 쭈물쭈물하고 꼬집어주었습니다.

"그나저나 본 적이 없다면 그 여신의 존재도 단언할 수 없는 거 아닌가요?"

꼬집는 김에 물어보는 저.

"아니. 단언은 할 수 있어. ──물고기의 답례로 하나 좋은 걸 보여줄게."

애슐리 씨는 고개를 가로저으면서 자신의 목에 걸린 가느다란 끈을 잡아당겼습니다.

끈의 끝, 옷 아래에 감춰져 있던 것은 어둡게 빛나는 푸른 보석. 그녀는 말했습니다.

"이건 여신의 눈물. 특별한 힘이 감춰진 보석이야."

"특별한 힘……."

조금 전에도 했던 말이었지요.

"어떤 힘이 있는 겁니까?"

"비싸게 팔려."

"날개나 발톱에 비하면 효과가 수수하군요."

"그리고 일설에 따르면, 이걸 갖고만 있어도 행복해진다고 하는 이야기도 있어."

"상당히 막연한 효과로군요."

"그리고 여신이 있는 곳까지 이끌어준대."

"그래서 여신과 만난 적은?"

"고생이 많은 여정이라서……."

"만난 적은 없는 거로군요."

과연, 그렇군요.

예의를 갖추는 정도로 저는 적당히 고개를 끄덕였습니다. 그녀는 그런 저를 눈을 가늘게 뜨고서 빤히 바라보았습니다.

"지금 또 '정말이지 수상쩍어'라고 생각했지?"

"눈치챘나요?"

"그야말로 그런 얼굴을 하고 있었는걸."

그렇다고는 해도 그녀도 자신이 2년이나 되는 시간 동안 찾아온 것이 얼마나 희소한 존재인지는 이해하고 있는 것일 테지요.

다시 쭈물쭈물하고 자신을 꼬집기 시작한 제 옆에서 그녀는 아무것도 없는 하늘을 올려다보며 말했습니다.

"하지만 언젠가 나는 여신과 만날 거야."

그게 내 꿈이니까——라고.

꿈꾸는 소녀인 것치고는, 그 눈은 결의로 가득해 보였습니다.

○

그녀와 깊은 숲속에서 만나 그런 대화를 나눈 것은, 이미 꽤 오래전 일입니다.

그러나 아무리 세월이 흘러도, 제가 그녀를 잊는 일은 없었습니다.

처음 만난 날 밤의 일을 저는 지금도 선명하게 기억하고 있습니다.

신기하군요. 어째서일까요?

보름달이 뜬 아름다운 밤이 찾아올 때마다, 그녀가 이야기했던 꿈을 떠올리기 때문일까요? 아니면 여행 중에 하늘을 바라볼 때마다 저도 어느샌가 여신이라고 불리는 파랑새의 모습을 무심코 찾게 되었기 때문일까요?

"아, 일레이나 씨잖아. 오랜만이야."

"어머나. 안녕하십니까."

혹은 의외로 빈번하게 여행지에서 그녀와 마주쳤기 때문일까요.

…………

저와 그녀는 거의 같은 지역을 돌고 있는 것일까요?

처음 만난 날은 이미 몇 년이나 전의 일입니다만, 그 이후 저희는 몇 개월에 한 번은 여행길에 얼굴을 마주했습니다.

두 번째 만난 것은 분명 숲에서 생선을 헌상한 날로부터 일주일 정도가 지났을 때였습니다. 전술했던 것처럼 가벼운 인사와 함께 가벼운 느낌으로 저희는 재회했습니다.

　일주일 만의 재회이기도 해서, 당시엔 잡담으로 이야기꽃을 피우기도 했습니다. 그래서 그 여신이라는 건 찾았나요? 하고 제가 묻자 그녀는 일주일 정도로 찾을 수 있을 리가 없잖아 하고 웃으며 탄식했습니다. 대체로 그런 느낌의 대화를 나눈 다음에, 이제 분명 두 번 다시 만나는 일은 없으리라고 서로 왠지 모르게 느끼면서, 그러나 딱히 이번 생의 작별이라고 해서 이야기할 것도 특별히 없다고 생각한지라, 그 자리에서 헤어지기로 했습니다. 헤어지면서 인사치레로 "또 만나면 같이 식사라도 하죠"라고, 어울리지도 않는 대사와 함께 저는 손을 흔들었습니다.

　"음. 일레이나 씨! 오랜만이야! 혼자야?"

　"아, 안녕하세요. 애슐리 씨."

　재회한 것은 그로부터 두 달 정도 지났을 무렵이었을까요?

　어느 나라의 인기 있는 레스토랑에서 그녀가 팔랑팔랑 손을 흔들며 제 앞에 나타났습니다.

　"꽤 부유한 느낌으로 자리를 차지하고 있네."

　사람들로 붐비는 가게 안에서 4인용 자리를 마녀가 혼자 점령하고 있는 모습은 아무래도 안 좋은 의미로 눈에 띄나 봅니다.

　"제가 들어온 다음에 붐비기 시작했습니다."

　변명처럼 이야기하면서 저는 맞은편 자리를 가리켰습니다.

　"괜찮다면 함께하실래요?"

"어? 그래도 돼? 고마워."

"눈치가 보이던 상황이라 오히려 도움이 됐습니다."

마침 주변의 시선을 견디기 힘들어지던 참이라——하고 저는 고개를 저었습니다.

그리고 기묘하게도 지난번에 헤어지면서 했던 말을 실현하는 듯한 형태로 저희는 마주 앉아 가벼운 대화를 나누면서 저녁 식사를 했습니다. 여신과 만났나요? 하고 제가 묻자, 그녀는 역시 전혀 보이질 않네 하고 웃었습니다. 이전에 만났을 때보다 그 표정은 지친 것처럼도 보였습니다.

그날은 그걸 끝으로 그녀와 헤어졌습니다만, 헤어질 때 "또 봐요" 하고 손을 흔들면서 저는 왠지 그녀와 다시 만나리라는 예감을 느꼈습니다.

그리고 예감은 당연하다는 듯이 적중. 그로부터 3개월 정도 지났을 무렵에 저는 그녀를 발견했습니다.

"너도 모험가? 괜찮다면 우리랑 파티를 짜지 않을래?"

밤, 어느 나라에서 숙소를 찾아 어슬렁거리던 때의 일입니다.

수상한 남자 몇 명이 "어이 어이, 부탁한다고. 같이 사냥하자니까" "한 번이라도 좋으니까" 등등, 한 여성을 둘러싸고 있는 모습이 보였습니다. 이런 이런, 이건 작업이 아닙니까? 하고 저는 반쯤 재미로 그 모습을 관찰하면서 스쳐 지나갔습니다.

직후에 세 걸음 되돌아와 눈을 깜빡였습니다.

남자들에게 둘러싸여 성가시다는 듯이 눈썹을 모으고 있던 여성은 제 지인이었던 것입니다.

여신을 찾는 모험가인 애슐리 씨.

"아니…… 나는 그…… 그거라서……."

보아하니 지금은 도망칠 구실을 찾는 중인 모양입니다. 그러나 말주변이 없는 그녀는 남성들을 앞에 두고 "딱히 혼자여도, 괜찮아서……"라며 고개를 저었고, 그 말소리는 서서히 작아져 최종적으로는 입을 웅얼웅얼할 뿐.

남성들은 그런 의외로 마음 약해 보이는 그녀에게 점점 더 거만하게 굴었습니다.

"괜찮아! 우리 이래 봬도 꽤 강하거든? 같이 하면 의지가 될 거라고!"

한 남성은 그녀의 손을 잡고 걸음을 옮겼습니다.

꽤 강하다면 딱히 그녀를 데리고 갈 필요가 없지 않은지?

"실례합니다. 그녀는 저랑 함께 행동하고 있어서요."

지난번에 만났을 때의 감사 인사 겸, 저는 뒤에서 그녀의 손을 잡아당겼습니다. 오지랖이라는 것은 매우 잘 알고 있습니다만.

"아! 일레이나 씨……!"

아무래도 잘 모를 남자들에게 끌려가는 그녀를 그냥 내버려 둘 수는 없지요. 제가 잡아당기면서 남자들의 손에서 벗어난 그녀는, 그러고서 도망치듯이 제 등 뒤로 슬쩍 숨어서 "그런 거거든!" 하고 목소리를 높였습니다. 마치 물건 뒤에 숨어서 위협하는 고양이 같습니다.

반면 남성들은 저희 두 사람에게 감정을 하는 듯한 무례하기 그지없는 시선을 던졌습니다.

"어? 뭐야? 2인조야? 그럼 괜찮으면 너도 같이——."

"무리입니다."

그리고 저는 바로 발길을 돌렸습니다. 쫓아오면 마법이라도 날려줄 생각으로 지팡이를 몰래 준비하고 있었습니다만, 다행히 그들은 그렇게까지 어리석지는 않나 봅니다.

인파에 섞여 멀어지고, 조용해졌을 때 돌아보았습니다.

불안한 듯한 그녀의 얼굴이 보였습니다. 저는 이 상황이 재미있어져서 웃고 말았습니다.

"이런 일에 익숙하지 않군요."

의외입니다 하고 제가 말하자, 그녀는 겸연쩍은 듯이 고개를 숙이고 말았습니다.

"거절해야 한다는 건 알고 있는데 말이지……. 저런 사람들에서 시작해 여신과 연결되는 일도 없지는 않지 않을까 하고 생각하면, 거절하는 것도 아깝다는 기분이 든다고 할까…… 뭐라고 할까…… 모르겠어? 이 느낌."

"저런 녀석들한테서 연결될 법한 여신이라니 변변치 못할 거예요."

상당히 막다른 곳까지 몰려 있군요.

저는 물었습니다.

"여신과 만난다는 게 그렇게 중요한 꿈인가요?"

"그야 그렇지. 그렇지 않았다면 몇 년이나 모험가 같은 걸 하고 있지 않았겠지."

"…………."

당시는 아직 그녀와 만난 지 네 번째 정도인 사이였기에, 그리 깊게 그녀의 사정을 아는 것도 아니었습니다.

새를 찾아서 고향을 떠난 모험가. 제가 그녀에 관해 아는 것은 그 정도.

그래서 저는 물었습니다.

"혹시 괜찮다면 들려주시겠어요? 어째서 여신을 찾아다니고 있는지."

"……긴 이야기가 될 텐데, 괜찮겠어?"

"상관없습니다."

몇 년이나 좇고 있는 꿈 이야기가 쉽게 끝나버린다면 저도 맥이 풀릴 테니까요.

"그럼 저기 있는 가게에서 식사라도 하고 가자. 도와준 답례로 내가 살게."

말하면서 이번에는 그녀가 제 손을 잡고 걷기 시작했습니다. 이런 이런, 바라 마지않던 일이로군요.

"기대되네요."

고개를 끄덕이고 저는 밤하늘을 올려다보았습니다.

처음 만났던 날처럼, 보름달 옆을 구름이 흘러가고 있었습니다.

○

어릴 때부터 그녀는 거의 할아버지와 둘이 지내며 생활했다고 합니다. 어머니와는 애슐리가 태어난 지 얼마 안 되어 사별. 그녀의 아버지는 모험가라 거의 집에 없었다고 합니다.

그런 그녀의 즐거움은 몇 달에 한 번 돌아오는 아버지의 모험 담과 활 훈련.

아무런 연락도 없이 가끔 불쑥 돌아올 때마다, 그녀의 아버지는 온 세상을 돌아다니며 보고 들은 것을 이야기해주었습니다. 여행지에서 만난 이상한 사람의 이야기. 우연히 방문한 이상한 나라의 이야기, 장사에 실패한 이야기.

아버지와 하는 활 훈련 사이에 듣는 이야기들은, 아무것도 없는 시골에서 사는 그녀의 얼마 안 되는 즐거움이었습니다.

여신 이야기는, 그런 아버지가 들려준 이야기 중 하나였습니다.

"이 세계에는 여신이라고 불리는 전설의 새가 있어. 알고 있니? 애슐리."

"알아! 다가가면 불을 뿜는 위험한 새잖아?"

"후후후. 애슐리, 그건 사실 여신의 진짜 모습이 아니란다."

놀리듯이 말을 시작하는 아버지. 그녀는 그 의도대로 "어? 무슨 말이야?" 하고 고개를 갸웃거렸습니다. 아버지는 그것이 마치 다른 누구에게도 들려주어서는 안 되는 비밀인 것처럼 목소리를 낮추고 뒷이야기를 해주었다고 합니다.

"이 주변 지방에서는 위험한 새라는 말을 듣고 있지만, 여신이라는 건 사실은 아주 아름다운 생물이야."

깃털은 아주 강한 마력을 두르고 있고, 만지면 어떤 병도 바로 낫고, 발톱은 모든 것을 베어 가르는 칼날이 되고, 눈물은 땅에 떨어지면 특별한 힘을 가진 보석으로 바뀐다.

그런, 도무지 믿기 어려운 이야기를 그녀의 아버지는 들려주었습니다.

참으로 매력적인 새입니다.

"그런 새가 정말로 있어?"

묻는 어린 날의 애슐리 씨. 아버지는 고개를 끄덕였습니다.

"아버지는 그 여신과 만나기 위해서 여행을 하고 있는 거란다."

그러니까 없으면 곤란하지, 라고.

그러고서 아버지는 "이건 절대 비밀이야"라며 다시 애슐리에게 다가가 보석 하나를 그녀에게 보여주었습니다.

어둡게 빛나는 푸른 보석.

"여신이 실재한다는 증거야."

그것은 '여신의 눈물'이라고 불리는 것이었습니다.

결코 아름답지 않은, 탁한 빛이었습니다. 그러나 신기하게도 눈동자에 새겨지는 그런 기묘한 매력이 있는 보석이었습니다.

그녀의 아버지는 그 후 다시 여행에 나섰습니다.

그날을 기점으로 그녀의 아버지는 두 번 다시 돌아오지 않았습니다. 줄곧, 몇 년이 지나도, 몇 년이 지나도. 모험가인 아버지는 그것을 끝으로 돌아오지 않았던 것입니다.

아버지가 돌아오기를 기다리는 날들은 그녀에게 몹시 괴로운 시간이었습니다.

"애슐리, 너는 그렇게는 되지 말거라."

그녀의 할아버지는 모험가인 아들을 이유 없이 싫어하는 듯했습니다. 기억하는 한, 아버지가 돌아온 날은 언제나 할아버지와

아버지가 말다툼을 했습니다. 분명 사이가 나쁜 것일 테지요.

"어린 딸을 내버려 두고 존재하지 않는 새를 찾아 방랑하다니 바보나 할 짓이다. 모험가 같은 건 제대로 된 사람이 할 짓이 아냐. 그런 부모는 되지 말거라. 알겠지? 너는 올곧게 자라주렴."

사이가 나쁘니까 그런 식으로 말하는 것일 테지요.

그녀는 아버지를 아주 좋아했습니다.

할아버지의 매정한 말들에 그녀는 매일 마음이 아팠습니다.

아버지를 향한 동경으로 그녀는 모험가를 목표로 하게 되었습니다. 어른이 되어갈수록 그녀는 어린 시절에 아버지에게 배웠던 활 실력을 갈고닦았습니다.

모험가를 싫어하는 할아버지는 당연하게도 그런 그녀에게 맹렬하게 반대했습니다.

"멍청한 녀석이! 몇 번을 말해야 아는 거냐! 모험가 같은 건 되지 마! 여신 따위 존재하지 않아!"

이제 그만 눈을 뜨라고 몇 번이고 할아버지는 말했습니다.

처음에는 그런 말을 들을 때마다 위축되었습니다.

익숙해지자 "싫어!"라고 반론하게 되었습니다.

최종적으로는 "시끄러워!" 하고 날 선 말투로 대꾸하게 되었습니다.

활의 기량은 세월과 함께 연마되었고, 그녀의 고향에서는 그녀보다 위에 설 자는 없다고 할 정도의 수준에 이르렀습니다. 그 정도의 실력을 가지고 있다면, 분명 모험가로서도 해나갈 수 있을 테지요.

그럼에도 할아버지는 고집스럽게 그녀를 인정하려 하지 않았습니다.

"너는 이 땅에서 살아가면 돼! 의미도 없는 걸 쫓느라 인생을 허비하지 마!"

"의미가 있는지 어떤지는 내가 정해! 시끄럽다고!"

언제부턴가 할아버지와 그녀는 매일같이 말다툼을 하게 되었습니다. 할아버지는 모험가라는 것을 몹시도 싫어하는 듯했습니다. 그게 아니면 애슐리 씨가 집에서 사라지는 것이 너무 싫어서 견딜 수 없었던 것일까요? 잠시 외출하는 것만으로도, 산으로 사냥을 가려 하는 것만으로도 거의 매번 할아버지는 "모험가가 되지 마" "모험가는 안 돼"라고 참견하게 되었습니다. 이제 속박은 병적으로까지 여겨질 정도였습니다.

어째서 그렇게까지 모험가를 싫어하는 것일까요?

답답한 감정을 품고서, 그녀는 고향에서의 날들을 보냈습니다.

그러던 어느 날의 일.

그녀는 줄곧 돌아오지 않는 아버지의 짐을 정리하기 위해 집 창고로 들어갔습니다.

대체 언제가 되면 돌아올까요. 언제부터 돌아오지 않은 걸까요.

아무리 시간이 지나도 가지러 오지 않는 짐들은 이미 오래전부터 먼지를 뒤집어쓰고 있었습니다.

그녀는 아버지를 떠올리며 짐을 정리했습니다.

눈에 익은 물건은 적었습니다. 낯선 물건이 대부분이었습니다. 분명 아버지가 애슐리 씨에게 들려준 이야기는, 오랜 시간에 걸친 모험 중에서도 극히 일부에 지나지 않을 테지요. 위험한 무기와 수상한 서적. 창고는 그녀가 본 적 없는 물건들로 가득했습니다.

"아버지, 대단해……."

아버지의 입에서 나온 적 없었던 이야기의 흔적에, 그녀는 눈을 빛냈습니다.

"―――?"

그리고.

그사이에 기묘한 것이 하나 섞여 들어 있었습니다.

탁한 빛을 발하는, 푸르고, 어두운 보석.

과거 아버지가 갖고 있던, 여신이 실재한다는 증거. 여신을 오랫동안 찾아다닌 아버지에게 있어서 이 이상 중요한 물건 같은 건 없을 터입니다. 그런 물건이 대체 어째서 창고 안에서 먼지를 뒤집어쓰고 있는 것일까요.

"이건, 대체 어떻게 된 거지?"

애슐리 씨는 곧바로 할아버지에게 보석을 보여주었습니다.

"그 돌멩이가 뭐 어쨌다는 거냐?"

할아버지는 시치미를 뗀 얼굴로 애슐리 씨에게 고개를 갸웃거려 보이며 말했습니다. 정말로 모르는 것일까요? 그 가능성도 부정할 수는 없습니다.

그러나 애슐리 씨의 뇌리에는 다른 가능성이 소용돌이치고 있었습니다.

아버지를 무책임하다고 비난하던 할아버지에게 있어 아버지가 모험가를 계속하는 것은 그저 괘씸한 일이었을 터입니다.

어떻게 하면 꿈을 포기해줄까. 생각을 거듭한 일도 있었을 터입니다.

예를 들어 모험 중에 발견한 소중한 보물을 빼앗으면, 숨기면, 꿈을 포기하지 않을까?

예를 들어 보석을 돌려주는 대신에 이제 모험가를 그만두라고 몰아붙이면, 모험가의 꿈을 포기하지 않을까?

아니, 분명 아버지는 그런 때에도 포기하지 않고 여행을 떠나는 순수한 모험가입니다.

기억해보면.

마지막으로 본 날의 아버지는, 그때까지와는 비교도 안 될 만큼 할아버지와 격렬하게 말다툼을 했습니다.

어째서일까요?

어째서 두 번 다시 돌아오지 않게 되고 만 것일까?

분명 결정적으로 결별해버렸기 때문입니다.

"최악이야. 그렇게까지 해서 아버지를 이 집에 묶어두고 싶었어? 아버지는 그저 자신의 꿈을 좇았을 뿐인데!"

"제 딸은 버려두고 말이지."

"나는 버려두고 갔다고는 생각하지 않아!"

"네가 어찌 생각하든 세상은 집에 혼자 있는 널 그런 눈으로 본다."

"편견투성이네."

"세상이란 그런 거다."

"그런 썩어빠진 놈들뿐인 나라에 연연할 이유가 뭔데? 아버지가 들려준 여행 이야기에 나온 나라 쪽이 훨씬 매력 넘친다고!"

"……너도 어른이 되면 알 거다. 모험 같은 건 아무런 의미도 없다. 그보다도 고향에서——."

"의미가 없어? 아니지. 할아버지가 의미를 빼앗은 것뿐이잖아!"

원래대로라면 여신의 눈물을 지니고 다니며, 여신이 존재한다는 확증을 갖고서 전 세계를 여행했을 것이다. 지금, 아빠는 여신이 존재한다는 증거를 빼앗긴 채 전 세계를 방랑하고 있으리라.

그녀는 그것을 용서할 수 없었습니다.

"나, 이제 떠날래."

그 자리에서 자연스럽게 나온 말은 몇 년이나 전부터 준비해오던 것이었습니다.

"집을 떠나서, 아빠랑 같은 모험가가 될 거야."

할아버지는 그 말에 격앙했습니다.

"멍청한 놈! 아버지처럼 되고 싶은 거냐!"

"그렇다고 말하잖아!"

"존재하지 않는 여신을 찾아다니는 데 대체 무슨 의미가 있어?!"

"여신은 분명히 있어! 여신의 존재는 이 보석이 증명하고 있으니까."

"없다. 여신 같은 건 그냥 전승이야. 너는 그 돌멩이에 홀려서 인생을 망칠 셈이냐?"

"돌멩이 같은 게 아냐! 이건 여신의 눈물. 특별한 힘이 있는 보석이라고."

"흥. 주인의 머리를 바보로 만드는 힘이냐?"

"……이제 됐어."

아무리 이야기를 나누어도 분명 서로를 이해하는 일은 없으리라고 생각했습니다. 그리고 그녀는 보석을 손에 든 채 할아버지의 제지를 떨쳐내고 기세에 떠밀려 집을 뛰쳐나갔고, 달려갔습니다.

할아버지의 화난 목소리가 들리지 않게 될 때까지 필사적으로 달렸습니다.

이리하여 그녀의 여행은 시작되었고, 그 이후 몇 년 동안 집에는 돌아가지 않았습니다.

아버지와 마찬가지로.

○

처음 만난 날의 그녀는 여행길에 고생은 당연히 따라붙는 거라고 이야기했습니다만, 그녀의 여행길은 그 후로 줄곧 고생의 연속이었습니다.

모험가라고 해도 그녀는 세상을 모르는 시골 출신이기도 했습니다. 혼자서 여행 같은 건 물론 그때까지의 생애에 단 한 번도 해본 적이 없었고, 지식은 아버지에게 가끔 들은 모험 이야기 정도. 자랑할 수 있는 기술은 등에 짊어진 활 실력뿐.

확실히 말씀드리자면 그녀는 그럭저럭 다루기 쉬운 모험가였던 것입니다. 사람 좋아 보이는 얼굴을 하고 있고, 착해 보이니까요. 그래서 방문하는 나라들에서는 온갖 사람들이 그녀를 의지했습니다.

"저기, 당신 모험가지? 실은 좀 곤란한 일이 있어서 말이야——."

어떤 나라에서 알게 된 할머니는 밤마다 밭을 망쳐놓는 짐승 무리를 구제해달라며 그녀에게 부탁을 했습니다.

"물론이지! 맡겨줘!"

그녀는 두말없이 할머니의 의뢰를 받아들였습니다. 그녀에게 있어 모험가는 다른 사람에게 희망을 주는 자. 선행은 그녀에게 있어서 당연한 행동이었습니다.

"끝났어!"

당연한 행동이라고 해도, 짐승 무리를 구제하는 건 상당한 노력을 필요로 했습니다. 일이 끝났을 무렵에 그녀는 녹초가 되었지만, 그래도 억지로 미소를 지었습니다. 왜냐하면 모험가는 희망을 주는 자니까요.

"고맙구나. 이거, 적지만 받으렴."

"아냐, 아냐. 무슨. 나는 당연한 일을 했을 뿐이니까——."

답례 같은 건 됐다며 손사래를 치는 애슐리 씨. 할머니는 "괜찮아, 괜찮아. 받아줘" 하고 그녀에게 돈을 쥐여주었습니다.

"그것참, 곤란하네요. 괜찮은가요? 고맙습니다."

어찌니저찌니 말하면서 그녀는 결국 돈을 받았습니다. 여행을 하려면 돈은 당연히 필요했지만, 선행이라는 대의명분을 내걸고 있는 그녀로서는 "돈? 아뇨 아뇨, 저는 괜찮거든요?"라는 자세가 중요한 것입니다.

받아 든 돈은 할머니와 헤어진 다음에 몰래 확인했습니다.

동화 세 닢이었습니다.

여기서 동화 세 닢으로 살 수 있는 것을 하나 예로 들어 보겠습니다.

빵 세 장.

이상입니다.

──진짜 적잖아.

문득 그녀의 뇌리에 본심이 스쳐 지나갔습니다.

아니 아니, 안 되지. 안 돼. 처음부터 요금을 전혀 제시하지 않고 의뢰를 받았는데 선의로 돈을 준 거니까, 오히려 할머니의 선의에 감사해야 해. 그녀는 자신에게 그렇게 들려주었습니다.

모험가는 다른 사람을 위한 일을 해야만 한다.

하지만 돈도 필요하다.

그런 두 개의 고민을 품고서 그녀는 모험을 계속했습니다만, 결국 그 후로도 그녀는 대체로 언제나 계속 속아왔습니다. 그녀 같은 사람은 나쁜 인간의 딱 좋은 먹잇감입니다.

"모험가님. 여신이라는 새를 찾고 있다며? 그러고 보니 나, 그런 느낌의 새를 본 적이 있는 것 같은데."

어느 나라에서 경박해 보이는 남자가 그렇게 말을 걸어왔습니다. 애슐리 씨는 "알고 싶으면 일을 좀 도와줘"라는, 척 보기에도 정확한 정보를 갖고 있지 않을 것 같은 남자의 대사를 의심하는 일도 없이 일을 도왔습니다.

짐승을 사냥하고, 짐을 날랐습니다. 어느 정도 일을 도왔을 때 "고마워! 자, 이게 여신이 있는 곳이야!"라며 남자는 종이를 그녀에게 건네고 떠나갔습니다.

"아저씨, 고마워!"

종이를 펼치는 그녀.

──백지였습니다.

"어? 잠깐 기다려 백지잖아 어떻게 된 거야? 잠깐! 아저씨! 기다리라고!"

요컨대 여신의 정보를 미끼로 삼아 제멋대로 부려먹었다는 것이로군요. 결국 아저씨는 도망쳤고, 보수도 뭣도 받지 못한 채, 며칠을 낭비해버렸다는 결과만이 남았습니다.

속기 쉬운 것뿐 아니라, 그녀는 극도로 사람이 좋기도 해서 문제에는 스스로 고개를 들이미는 그런 성질이 있었습니다.

미아인 아이가 있으면 그녀는 곧바로 손을 내밀었습니다. 그녀에게 있어 모험가는 그리하는 것이 당연했기 때문입니다.

"곤란해하는 사람을 돕는 게 모험가의 의무야."

어느 날. 저와 몇 번째인가의 재회를 한 그녀는 "이런 데서 뭘 하는 겁니까?"라는 물음에 대해 그렇게 답했습니다.

저는 주변을 둘러보면서 다시 물었습니다.

그녀와 재회한 것은 외딴 산악지대. 주변이 온통 바위로 뒤덮인 곳의 중심에 그녀는 있었습니다. 짐승 고기를 손에 들고 있는 그녀 앞에서는, 태어난 지 얼마 안 된 새끼 새들이 먹이를 찾으며 울고 있었습니다.

"보기에 사람이 아닌 것 같습니다만."

"깐깐하네."

부루퉁하게 뺨을 부풀리면서 먹이를 주는 그녀, 조르는 새끼 새들. 몸은 검고, 몸길이는 대략 제 무릎에 올 정도일까요? 제법 큼직한 새였는데, 애슐리 씨를 따르는지 둥지 안에서 삐약삐약 울면서 먹이를 재촉했습니다. 마치 어미 새라고 착각하고 있는 것만 같습니다.

"그 아이들은 어떻게 된 겁니까?"

둥지로 다가가 들여다보는 저. 직후에 새끼 새들은 꺅꺅 울면서 불을 뿜고 작은 돌을 던지고 제 발아래에 토사물을 토해 보였습니다.

…………

아무래도 저는 미움을 받고 있는가 봅니다.

"일레이나 씨, 무슨 짓을 한 거야?"

"아직 아무것도."

그나저나, 다시 묻겠습니다만.

"이 실례인 새끼 새들은 대체 뭡니까?"

"실례인 건 일레이나 씨한테만 그러는 것 같은데……. 일주일 전에 모험 도중에 우연히 발견했어. 어미 새가 돌아오지 않게 되어버렸는지, 내가 발견했을 때는 아주 바짝 말라 있어서 당장에라도 죽을 것 같더라고."

"흐음."

그래서 어미 새 대신에 맡아 돌봐주기로 한 것일까요? 아마도 빈번하게 오간 것일 테지요. 삐약삐약 하고 우는 새끼 새들은 그녀를 완전히 신뢰하고 있는 것처럼 보였습니다.

검은 깃털의 새끼 새들에게 고기를 잘라주면서 그녀는 제게 말했습니다.

"나는 지금 근처 나라에서 체재하고 있거든. 틈날 때마다 먹이를 주러 오고 있어."

"근처 나라……?"

본 바에 따르면 이 주변에 나라는 없었을 터입니다만.

"오는 데 얼마나 걸립니까?"

"오는 데 말로 두 시간."

"당신의 시간 감각은 대체 어떻게 된 겁니까?"

"하지만 이 아이들은 누군가가 먹이를 주지 않으면 죽는걸……. 왕복 네 시간 걸리더라도 오지 않을 수 없잖아."

"성실하네요."

"당연한 일을 하고 있을 뿐이야."

부모가 돌아오지 않는 집에서 계속 기다리는 건 괴로우니까.

하고, 그녀는 조용히 중얼거렸습니다.

"…………."

정말이지 사람이 지나칠 정도로 좋습니다.

"언제까지 계속할 셈입니까?"

"글쎄? 이 아이들이 날 수 있게 될 때까지 계속하려나."

농담처럼 그녀는 키득키득 웃었습니다.

지금까지 보아온 그녀의 언동으로 짐작하건대, 분명 반드시 농담이라고 할 수 없을 테지요.

그녀가 지금 체재하고 있는 나라는 마침 제가 이제부터 가려고 하는 나라였기 때문에, 그러고서 저희는 서로에게 딱히 말을 거는 일도 없이 아무 생각 없이 함께 그 나라로 향하게 되었습니다. 나라에 도착하자마자 그녀는 정육점을 돌며 새끼 새들에게 줄 먹이를 찾기 시작했습니다.

결국 그녀는 지나치리만큼 사람이 좋았던 것입니다. 어릴 때 아버지에게 들은 여행 이야기에는 이해득실에 관한 내용이 포함되어 있지 않았던 것일 테지요.

그러나, 그렇다고는 해도, 어린 시절 목표로 삼았던 이상의 모험가를 계속할 수 있는 건 분명 저로서는 상상도 할 수 없을 만큼 힘든 일일 테지요.

"…………."

먹이를 찾아다니는 애슐리 씨의 뒷모습을 바라보며 저는 문득 생각했습니다. 매일 말로 왕복 네 시간의 길. 빗자루로 날아가면 그 절반의 시간도 안 돼 도착할 수 있을 겁니다.

모험가는 언제나 누군가를 돕는 법.

그러나 이상을 추구하며 살아가기란 어려운 법입니다. 일이라고 해도, 학교라고 해도, 어떤 상황이라 해도. 아름다운 세계를 꿈꾸며 달려 나가지만, 다다른 곳에는 꽃 한 송이 피어 있지 않았다는 것은 흔하디흔한 이야기입니다.

그리고 많은 사람은 그런 현실에 낙담하면서도 적응하며 살아가는 법입니다.

"저기, 일레이나 씨. 그 애들이 어느 고기를 더 좋아할 것 같아?"

그런 세상에서, 언제까지나 꿈을 계속 보고 있는 그녀의 모습은 무척이나 눈부시게 보이고 마는 것입니다. 그렇군요. 이상한 사람들이 달라붙어서 그녀를 속이고 이용하려 하는 것도 납득이 되는군요. 그녀 같은 사람은 눈에 띄니까요.

"뭐든 좋아할 거라고 봅니다."

당신이 주는 거라면 뭐든, 하고 저는 답했습니다.

"적당히 답하는 거지?"

정말이지 하고 질책하듯이 뺨을 뾰로통하게 부풀리고, 그녀는 다시 "으음……" 생각에 잠기고 말았습니다.

그녀에게는 세상이 어떻게 보일까요?

"뭐, 됐어! 양쪽 다 사면 되겠지."

결국 그녀는 생각하기를 포기하고, 에헤헤 하고 기쁘게 웃으면서 고기를 두 개 들고 제가 있는 곳으로 돌아왔습니다.

"…………."

저는 그녀를 속이고 이용하려고 이상한 사람들이 다가오는 것이라 생각했었습니다만, 어쩌면 그녀 자신이 사람을 끌어들이는 성질을 갖고 있는 것인지도 모르겠습니다.

그날부터 저는 왠지 잘 모를 흐름으로 그녀의 취미——가 아니라, 새 돌보기를 돕게 되었습니다. 도와달라고 분명하게 부탁을 받은 것은 아닙니다만, 뭐 한가하니 딱히 괜찮으려나 하고 생각하게 되고 말았습니다.

"아가씨, 여신이라는 새를 찾고 있다지? 요즘 이 근처에 당신처럼 여신을 찾는 모험가 집단이 있는데 알고 있나? 돈을 내면 녀석들한테 당신을 소개해줄 수도 있는데. 헤헤헤……."

"뭐? 정말로? 와아, 고마워! 얼마야?"

"헤헤헤헤…… 글쎄, 얼마로 할까…….."

…………..

그리고 아무리 그래도 너무나도 쉬운 그녀가 걱정되었기 때문이라는 이유도 있습니다만.

"애슐리 씨, 가죠. 그런 사람을 상대하면 안 됩니다."

쭉쭉 그녀를 잡아당겨 가게에서 멀어지는 저. 힐끗 돌아보니 수상한 가게 주인이 감정하듯이 애슐리 씨를 응시하고 있었습니다.

무서워…….

"일레이나 씨, 잠깐! 무슨 짓이야! 모처럼 여신의 단서가 손에 들어올 뻔했는데!"

당연하게도 그녀의 방해를 하고 만 저는 부루퉁해진 그녀에게 항의를 받게 되었습니다만.

"저런 걸로 연결되는 여신 같은 건 변변치 못할 거예요."

이전에 애슐리 씨에게 작업을 걸던 남자들도 그렇고, 여신에 관여하려 하는 인간 중에는 제대로 된 사람이 없군요.

뭐가 어찌 됐든, 저는 그날부터 그녀를 돕기 시작했던 것입니다.

하는 일은 아침 점심 저녁 정말이지 똑같은 일의 반복.

시장에 가서 고기를 사고 새한테 전달한다. 이상. 어려운 건 아무것도 없습니다. 생각할 일도 없습니다. 이런 건 누구든 할 수 있는 일입니다.

절망적으로 운이 없는 분이 아닌 한은.

"자, 옳지 옳지. 오늘도 먹을 걸 가져왔어."

나라를 나와 새끼 새들이 있는 곳에 도착한 애슐리 씨는 바로 직전에 산 고기를 잘라서 주기 시작했습니다.

새끼 새들은 그녀가 찾아온 것을 기뻐하듯 둥지 안에서 뛰어오르고 있었습니다.

그 모습에 애슐리 씨의 얼굴이 활짝 피었습니다.

"어떡해! 엄청나게 귀여워!"

"저한테는 전혀 귀엽게 보이지 않습니다만."

"한입 깨물어주고 싶을 만큼 귀여워."

"조류를 상대로 쓰기에는 너무 부적절한 말이라고 생각합니다."

치킨으로라도 보이는 겁니까?

"이 애들이라면 눈에 넣어도 아프지 않아……!"

혹은 모성이라도 싹튼 것일까요? 먹이를 들고서 둥지로 손을 뻗는 그녀의 눈은 애정으로 가득한 듯 보였습니다.

그런데 다른 이야기입니다만, 새끼 새들은 상당히 배가 고팠나 봅니다.

기세가 넘친 새끼 새 한 마리가 덥석 애슐리 씨의 손을 힘껏 깨물었습니다.

"아아아아아아아아아아아아아아!"

산에는 그녀의 비명이 울려 퍼졌습니다.

아마 새끼 새들 눈에도 애슐리 씨가 깨물어주고 싶을 만큼 귀엽게 보였던 것일 테지요. 돌아가는 길에 "훌륭할 정도로 서로를 똑같이 생각하고 있군요!"라며 격려해주었습니다.

새끼 새들에게 먹이를 사줄 돈에 여유가 없어지자 그녀는 "뭐, 나는 활의 명수거든? 고기 정도는 자력으로 사냥할 수 있다고"라며, 지금까지 정육점에 돈을 지불했던 날들을 자연스럽게 부정하기 시작했습니다.

"호오. 그렇습니까?"

"모처럼이니까 내 실력을 보여줄게."

그렇게 말하며 그녀가 저를 데리고 찾아간 곳은 가까운 숲. 잠시 탐색하자 물가에 아기 사슴이 서 있는 모습이 보였습니다. 애슐리 씨는 그야말로 지금이 고향에서 단련해온 실력을 보여줄 때라며 기합을 넣고, 몸을 숨기고 활을 당겼습니다. 눈동자는 진지 그 자체. 사냥감을 노려보는 그녀의 눈에는 평소의 명랑함은 없었습니다.

그리고 그녀가 숨을 들이쉬고 내쉰 그 순간, 미끄러지듯 화살이 그녀의 손에서 쏘아졌습니다.

슈욱!

나무줄기에 꽂혔습니다.

"아아아아아아아아아아아아아!"

숲의 짐승들이 그녀의 포효 탓에 일제히 도망을 갔습니다.

"저는 현재까지 당신의 못난 꼴만 본 것 같은 기분이 듭니다."

어느 날 밤. 그녀와 레스토랑에서 식사를 하면서 저는 말했습니다. 그녀는 "훗. 일레이나 씨, 당신은 아직 진정한 나를 모를 뿐이야"라며 의기양양한 얼굴을 하면서, 테이블에 놓여 있던 병을 기울여 자신의 잔에 따랐습니다.

"일레이나 씨도 물 줄까? 따라줄까?"

"아뇨, 괜찮습니다."

진정한 애슐리 씨라는 사람과도 만나보고 싶군요.

"그나저나, 애슐리 씨."

"왜?"

"그거 소스입니다."

"아아아아아아아아아아아아아아아!"

현재까지 제 안에서 애슐리라는 사람은 No라는 말을 못 하고, 돌봐주는 새끼 새에게 물리고, 화살은 빗나가고, 소스와 물이 담긴 용기의 구별도 하지 못하는, 심각할 정도로 엉뚱하고 운이 없음을 자랑하는 분이었습니다.

대체 지금까지 어떻게 모험을 해온 것인지 궁금할 지경이었습니다. 운이 없는 나날 속에서 그녀는 그저 한결같이 눈앞의 것과 마주하고 있었습니다.

그녀는 여신을 찾는 여행에 나섰을 터입니다. 그럼에도 지금은 매일 고생하며 빈번하게 새끼 새를 찾아가, 부모 대신 먹이를 주는 날들. 누가 시킨 것도 아닙니다. 그녀는 그것을 스스로 원해서 하고 있었습니다.

여기서 먹이를 주는 날들이 계속되는 한, 분명 그녀는 여신에게서 멀어지게 되고 말 테지요.

저녁 식사를 마치고 잡담을 나누는 중에 저는 은근슬쩍 물었습니다.

불안하지는 않은가 하고.

"……우리 아빠가 말했던 게 하나 있어."

배불리 먹은 결과 눈꺼풀이 조금 무거워진 애슐리 씨는, 멍한 눈동자로 이야기했습니다.

"한결같이 노력하다 보면 언젠가 분명 바라던 것이 손에 들어온다고."

그러니 눈앞에서 곤란해하는 사람도 새도 그냥 지나치지 못하는 것일 테지요.

"사람이 지나치게 좋네요."

"할아버지와 싸우고 가출한 불효막심한 아이한테는 과분한 말인걸."

말하면서 그녀는 부드럽게 웃었습니다.

그러고서 얼마 후, 그녀는 대화가 끊어진 타이밍에 꾸벅하고 잠이 들고 말았습니다. 언제나 웃고 있기는 하지만 역시 잘 알 수 없는 녀석들에게 얽혀 성가신 일에 휘말리기 쉬운 그녀이기에, 의도치 않게 피로가 쌓인 것일 테지요.

"어쩔 수 없네요."

기분 좋게 곤한 숨소리를 내기 시작한 그녀를 방해할 마음은 들지 않았습니다.

그러나 그녀의 나쁜 운은 잠든 때에도 발휘되고 마는가 봅니다.

"너희가 여신을 찾고 있는 2인조인가?"

…………

잠들어 있을 때조차 이상한 남자가 말을 걸어오다니 대체 어떻게 된 겁니까? 이상한 인간을 불러들이는 냄새라도 나는 겁니까?

갑자기 저희 자리에 나타난 차분한 태도의 남자는 허락도 받지 않고 제 옆의 의자를 빼고 앉더니.

"동료에게 들었어. 마녀와 궁수 2인조가 여신을 찾는 여행을 하고 있다고."

그렇게 멋대로 이야기하기 시작했습니다.

그것참 곤란한 일이로군요.

"애석하게도 저희는 누군가와 함께 여신을 찾을 생각은 없습니다"라고 할까, 저는 여신을 찾고 있지도 않고요.

"그런가? 그거 유감이군——."

남성은 말하면서도 물러날 기색을 보이지 않았습니다.

물러나기는커녕, 태연하게 친한 척하는 투로 말하는 것이었습니다.

"여신이라면 이미 우리 쪽에서 발견했는데."

라고.

"……지금 뭐라고?"

잘못 들은 걸까요?

"그러니까, 여신이 있는 곳이라면 이미 우리가 발견했다고. 이제 포획만 하면 되는데, 그걸 위해서는 한 사람이라도 더 실력 있는 동료가 필요하거든? 그래서 너희에게 말을 걸어보기로 한 거야."

그러고서 그는, 수상쩍어 보이는 외견과는 정반대로 매우 매력적인 조건을 제시해주었습니다. 말하길, 여신에게서 수집할 수 있는 깃털과 발톱, 그것과 함께 어느 정도의 보수까지 지불해주겠다고 했습니다.

지금까지 운 없는 날들을 보내온 애슐리 씨에게 이렇게까지 이상적인 조건은 없을 테지요.

"어때?"

남성은 다시 제게 물었습니다.

"죄송합니다. 실은 저는 그녀를 돕고 있을 뿐이라──."

저는 맞은편 자리에서 깊게 잠들어 있는 그녀의 머리를 콕 찔렀습니다.

"결정권은 이 사람에게 있습니다"라고 말했습니다.

그나저나 정말로 운이 나쁘군요.

절호의 이야기가 들어왔을 때 느긋하게 잠들어 있다니.

"아아, 그렇군. 그럼 그쪽 아이가 일어나면 다시──."

이야기할까? 라고, 아마도 그렇게 말하려 했을 테지요. 그러나 남성은 잠든 그녀를 보고 넋을 잃은 채 굳어졌습니다.

이런, 뭡니까? 이 녀석도 결국 그녀의 매력에 끌려드는 이상한 남자 중 하나입니까? 하고 저는 눈앞의 그에게 의심스러운 눈초리를 보냈습니다만.

그러나 남성이 희미하게 중얼거린 말은 제 상상에 없던 것이었습니다.

"……애슐리?"

그는 그녀의 이름을 불렀던 것입니다.

그것은 첫 대면일 터인 그녀의 이름을 알아맞혔다기보다는, 예전부터 그녀의 이름을 알고 있는 듯한 반응이었습니다.

"…………으음."

남성의 목소리에 애슐리 씨는 잠에서 깼습니다.

그리고 살며시 눈을 뜬 그녀는, 직후에 숨을 삼켰습니다.

낯선 남자가 눈앞에 있었기 때문이 아닙니다.

그와 마찬가지로, 그녀에게도 오래전부터 알던 상대가 그곳에 있었던 것입니다.

"아, 빠······?"

그것은, 한결같이 노력하다 보면 언젠가 반드시 바라던 것이 손에 들어온다고 그녀에게 가르쳐준 장본인인 동시에, 한결같이 노력해 다다른 결말이기도 했습니다.

○

"실은 말이지, 여신이 있는 곳은 상당히 오래전에 발견했단다."

오랜 시간 모험가를 하고 계신 애슐리 씨의 아버지가 말하길, 여신이라는 생물은 전설의 생물 같은 게 아니라, 매우 평범하게 생식하고 있는 생물이라고 합니다.

그저 아름다운 모습과 특별한 몸을 가지고 있기 때문인지 매우 희귀하고, 경계심도 강해서 좀처럼 사람 앞에 모습을 드러내는 일이 없는 모양이었습니다.

"여신은 전설의 생물이라고 말하는 녀석이 많지만, 그건 틀렸어. 확실히 여신은 존재해."

애슐리 씨의 아버지는 주머니에서 푸른 깃털을 꺼냈습니다. 밝게 빛나는 깃털은 마력을 두르고 있었고, 가까이 다가가 보면 그저 그것만으로도 몸에 힘이 솟는 감촉을 확실하게 느낄 수 있었습니다.

"이건 치료 능력도 있어서 지니고 있기만 해도 상처의 회복이 극단적으로 빨라져. 이걸 가지고부터는 찰과상과 타박상 같은 건 생긴 적이 없을 정도야."

"알아!"

아버지와 재회한 그녀는 당연하게도 평소보다 몇 배나 활기 넘쳤습니다. 그녀가 주머니에서 꺼낸 것은, 어둡게 빛나는 푸른 보석.

"줄곧 있다고 믿었어."

그녀는 보석을 꼭 끌어안으며 말했습니다.

"……그건."

아버지는 숨을 삼켰습니다. 보석에서 흘러나온 빛은 그가 가진 깃털보다도 연약했습니다만, 그러나 시선을 끌어당기는 매력이 있었습니다.

"애슐리, 그걸, 대체 어디서……?"

"집에서 가지고 왔어!"

말하면서 애슐리 씨는 떠넘기듯이 아버지에게 보석을 건넸습니다.

"……받아도 괜찮겠니?"

건네받은 아버지는 아주 조금 당황한 것처럼 보였습니다.

"괜찮고말고. 원래부터 아빠 거였잖아? 나, 아빠랑 만나면 주려고 줄곧 갖고 있었어."

그러니까 돌려줄게 하고 그녀는 웃었습니다.

"그렇구나……."

아버지는 손에 든 보석을 만지고, 감촉을 확인하듯이 손가락으로 쓰다듬었습니다. 어두운 빛에 넋을 잃었습니다.

"애슐리, 고맙구나."

그리고 그는 그녀의 머리를 쓰다듬었습니다.

"아, 좀…… 친구 앞에서 그러지 마. 웃잖아."

한창때의 딸답게 부끄러워하는 그녀.

딱히 웃음을 살 만한 일은 하지 않았지만, 남 앞에서 한껏 발돋움하려 하는 그녀가 아주 조금 웃겨서, 저는 결국 키득 웃고 말았습니다.

아버지와 딸의 몇 년 만의 재회입니다.

흐뭇한 광경이 아닙니까?

"그나저나 애슐리가 가져와 줘서 살았어. 이걸로 내일부터 계획이 순조롭게 진행되겠어."

"응? 무슨 말이야?"

고개를 갸웃거리는 애슐리 씨. 그녀의 아버지는 "원래 내가 궁수와 마법사 동료를 찾고 있던 건, 내일 작전으로 조금 난폭한 짓을 할 셈이었기 때문이란다"라고 답했습니다.

'난폭한 짓'이라니 뭔가요? 하고 저는 애슐리 씨와 똑같이 고개를 갸웃거렸습니다.

"여신은 경계심이 강한 데다가 흉포해서 감당하기 어려운 새거든── 포획하기 위해서는 아무래도 위험을 감수해야만 해. 하지만 무리하게 공격하면 여신을 죽이게 될 수도 있잖아. 조절이 아주 어렵지."

"……흐음."

말하길 여신은 매우 변덕이 심한 데다 예민한 생물이라, 몹시 흉포하면서도 포획되면 스트레스로 죽어버리는 일도 있다고 합니다.

"지난번에 포획했을 때가 그랬어. 동료들과 그물로 잡았는데, 운반하는 도중에 스스로 토한 불꽃에 타서 죽어버렸지."

결국 발톱도 날개도 거의 채집하지 못했고, 손에 넣은 것은 조금 전 그가 꺼내 보였던 깃털 하나뿐.

"여신의 눈물도 손에 넣지 못했던 건가요?" 하고 저는 물었습니다만, 애초에 불길에 휩싸였다면 눈물 같은 건 남지 못하겠지요.

당연하다는 듯이 그도 고개를 저었습니다.

"물론 손에 넣지 못했어."

그리고 그는 말했습니다.

"참고로 마녀님, 여신의 눈물은 딱히 여신이 울 때 생기는 보석을 뜻하는 게 아니야."

"네?"

그런 겁니까?

"눈물이 이렇게 아름다운 보석이 될 리 없잖아."

그는 고개를 저으면서 무지한 저에게 매우 친절하게 가르쳐주었습니다.

말하길, 여신의 눈물이란 여신 그 자체의 힘을 응축한 것이라고 합니다.

"이건 우리 부모 세대 때 마법사와 모험가가 만든 건데, 여기에는 여신의 존재를 위장하는 효과가 있어."

"존재를 위장?"

"요컨대 이걸 가지고 있기만 해도 여신이 동료라고 착각해 다가오는 거야. 지난번에 포획했을 때도 이걸 갖고 있었다면 분명불꽃으로 자신의 몸을 태우는 일은 없었을 테지."

그렇다면 확실히 애슐리 씨가 보석을 가져온 것은 여신을 노리는 그에게 있어서는 좋은 소식 그 자체일 테지요.

제가 여기서 문득 떠올린 것은 새끼 새들이 따르던 그녀의 모습이었습니다.

"…………."

그나저나 애슐리 씨는 여신의 눈물이 가진 효과를 알고 있었을까요?

"호오…… 그런 효과가 있었구나……."

대단해! 하고 그녀는 짝짝 손뼉을 쳤습니다. 과연, 몰랐나 봅니다.

"애슐리, 정말로 고맙다. 네 덕분에 비원이 이뤄질 거야——."

그는 매우 감동하며 애슐리 씨를 끌어안았습니다.

그녀가 여행을 떠나기 전부터 줄곧 찾아 헤맸던 여신. 그 꿈이그야말로 눈앞까지 다가와 있었고, 그리고 꿈을 현실로 이끌어준것이 바로 그를 동경해 모험가가 된 자신의 딸.

그에게 있어 오늘은 더할 나위 없을 만큼 행복한 날일 테지요.

아마도, 그녀에게도.

"……응."

그녀는 이제 부끄럽다느니 하는 말은 하지 않았습니다.

그저 아버지를 있는 힘껏 끌어안았습니다.

"내일은 열심히 할게"라고 답하면서.

그나저나 이런 때에도 분위기를 읽지 못하는 것이 저라는 여행자입니다.

"내일은 몇 시에 어디에서 집합합니까?"

아침 일찍 일어나야 하는 거라면 얼른 숙소로 돌아가서 자고 싶은데요. 하고 저는 끼어들어 말했습니다.

남의 시선을 개의치 않고 둘만의 세계에 빠질 뻔했던 아버지는 쓴웃음을 지으며 애슐리 씨를 놓아주더니, "딱히 일찍 일어날 필요는 없어. 여신의 둥지까지는 그리 멀지 않으니까"라고 답했습니다.

"그런가요?"

"그래. 말로 대략 두 시간쯤 가면 둥지가 있어——."

그러니까 낮에 우리 아지트 앞에서 만나자고 그는 말했습니다.

아지트라니 어딥니까? 하고 제가 묻자, 이 나라의 지도를 꺼내서 표시를 해주었습니다. 저희가 지금 이야기를 나누고 있는 레스토랑 가까이에 있는 창고였습니다. 그는 지금 거기 살면서 동료들과 모험가를 하며 생활하고 있다고 합니다.

그럼 여신은 어디에 있습니까? 하고 제가 묻자, 그는 "부디 새치기는 하지 말아줘" 하고 반쯤 농담으로 못을 박으며 지도 위에 표시를 해주었습니다.

"……과연."

저는 고개를 끄덕였습니다.

"⋯⋯⋯⋯어?"

그리고 애슐리 씨는 불쑥, 넋이 나간 목소리를 내더니 입을 다물었습니다.

저는 역시 애슐리 씨는 운이 없다고 확신했습니다.

그녀의 아버지가 표시를 한 곳은, 산악지대.

그곳은 언제나 애슐리 씨가 빈번하게 걸음 하는 곳.

새끼 새들이 사는 곳이었던 것입니다.

○

다음 날은, 깨닫고 보니 모든 것이 끝나 있었습니다.

저희는 점심이 되자 동시에 애슐리 씨의 아버지가 근거지로 삼고 있는 아지트로 갔습니다. 총 네 명 정도의 작은 그룹으로 행동하고 있는 그들은, 전원이 오래 사용한 무기를 갖고 있었습니다. 마법사의 모습도 보였습니다. 그룹의 연령층은 마법사인 여성만 20대 후반 정도, 나머지 세 남성은 30대부터 40대 정도일까요?

이른바 전원이 숙련된 모험가이자, 특히 희귀한 생물의 포획 등을 생업으로 삼아 돈을 벌고 있는 듯했습니다.

그런 그들이라도 여신은 고전하는 상대인가 봅니다.

"여신이라고 해도 이번 상대는 새끼 새다. 지난번 이상으로 주의할 필요가 있어―― 애슐리가 여신의 눈물을 가져와 줘서 정말로 살았어."

여신의 눈물만 있으면 이제 걱정할 필요 없다고 아버지는 호언 장담했습니다.

 그로서는 그녀가 지금 이곳에 있는 것이 기적이나 마찬가지일 테지요. 그래서 그는 아주아주 흥분해 있었습니다.

 "이제부터 할 일은 간단해. 여신의 눈물을 가진 인간이 가까이 다가간다. 동료가 그물로 잡는다. 그저 그뿐이야."

 여신의 눈물만 있으면, 새끼 새들은 쉽게 그물에 걸려줄 거라고 합니다.

 그다음은 간단합니다. 바로 옆에 여신의 눈물을 놔두면 새끼 새들은 날뛰지도 않고 조용히 운반되어줍니다.

 "그래서, 여신의 눈물을 갖고 미끼가 되는 역할 말인데── 애슐리, 해볼래?"

 눈을 반짝이며 단순한 작전을 말하는 그는, 꿈에 다가갈 수 있게 해준 사랑하는 딸의 어깨에 손을 올려두었습니다.

 "네 덕분에 드디어 여기까지 올 수 있었단다. 기념으로 중요한 역할을 맡기고 싶어."

 "…………내, 내가……, 하는 거야……?"

 명백하게 낭패스러워하는 애슐리 씨. 아버지는 그런 딸에게 용기를 북돋아 주었습니다.

 "괜찮아. 너도 우리와 같은 모험가니까 할 수 있어. 여신의 눈물만 가지고 있으면 공격받는 일은 절대 없을 거란다. 그리고 만약 공격받게 되면 우리가 구해줄게. 그러니까 해보지 않겠니?"

 그것은 분명 아버지가 딸에게 하는 감사 표현일 테지요.

혹은 아버지다운 일을 해보려 하는 것인지도 모릅니다.

"……으, 응…… 그럼……."

No라고 말하지 못하는 애슐리 씨는 그렇게 흘러가는 대로, 새끼 새들이 있는 곳으로 향했습니다.

산악지대에 도착한 애슐리 씨는 정해진 대로 새끼 새들 앞에 섰습니다. 그러고서 펼쳐진 것은 이제 눈에 익은 광경. 배고픈 새끼 새들은 어미 새에게 어리광을 부리듯이 삐약삐약 울면서 입을 크게 벌렸습니다.

새끼 새들은, 분명 매일 고기를 가져와 주는 애슐리 씨를 진짜 부모라고 착각하고 있는 것일 테지요.

"──미안해."

그녀가 작은 목소리로 말한 직후였습니다. 주변에 숨어 있던 모험가들이, 일제히 그물을 던져 새끼 새들을 포획했습니다. 그러고서 그들은 익숙한 손놀림으로 새끼 새들의 부리를 막고, 날뛰지 못하도록 몸과 다리를 묶고, 한 마리씩 각각 다른 우리에 던져넣었습니다.

새끼 새들은 그사이에 한 번도 거칠게 날뛰지 않았습니다. 얌전하게 구속되어갔습니다.

그러나 우리 속에서 꼼짝도 하지 못하는 새들은, 옆에서 보기에도 불쌍했습니다. 일을 마치고 돌아가는 중에 애슐리 씨는 줄곧 우리 옆에 앉아 있었습니다.

"…………."

슬픈 듯 눈을 내리뜨고서, 앉아 있었습니다.

그런 그녀의 머리를 아버지는 다정하게 쓰다듬었습니다.

"괜찮아. 자극하지 않게 운반할 거야. **이 애들의 부모 같은 마지막**은 만들고 싶지 않으니까."

그리고 새끼 새들은 애슐리 씨의 아버지네 거점까지 운반되었습니다.

그들은 기뻐했습니다.

그들의 오랜 노력이 드디어 보상받게 되는 것입니다. 여신의 깃털도 발톱도 희소성이 높고, 그리고 이용 가치는 가늠할 수 없을 정도. 특히 마력을 띠고 치료 능력까지 가진 깃털은 대체 어느 정도의 사람이 원하는 물건일까요.

만약 인위적으로 깃털을 늘리는 일이 가능하다면 얼마나 멋진 일일까요. 분명 앞으로의 인생에서 다 쓰지 못할 정도의 재산이 손에 들어올 테지요.

이것은 기뻐해야 할 일입니다.

"…………."

그러나, 알고 있어도, 그래도 애슐리 씨에게는 순수하게 기뻐할 수 없는 일일 테지요.

"저기, 아빠——."

감정을 말로 잘 표현하지 못하는 애슐리 씨는 매달리듯이 아버지에게 말을 걸었습니다.

뭔가 잘못된 것이 아닐까. 이건 좋지 않은 일이 아닐까. 그녀는 그러한 말을 꺼내려 했을 테지요.

"왜 그러니? 애슐리, 더 기뻐하렴. 이걸로 우리는 많은 사람에게 꿈을 줄 수 있단다."

기쁜 듯이 웃으면서 그는 말했습니다.

"너도 그걸 위해 모험가가 된 거잖니?"

○

"줄곧 좇아왔던 꿈이 이상과 달랐을 때, 어떻게 하면 될까?"

모든 것이 끝난 후에 그녀와 저는 아무런 말도 없이 언제나 찾던 레스토랑으로 걸음을 옮겼습니다. 그러던 중에 그녀는 제게 물었습니다.

그 눈은 어찌할 바를 몰라 하고 있었고, 슬픔에 잠겨 있었습니다.

"어려운 질문이네요."

오랜 꿈을 이룬 아버지와는 달리, 그녀는 실망 가득한 얼굴을 하고 있었습니다. 이상과 현실이 너무나도 달랐던 것입니다. 어린아이였던 때 그녀가 아버지에게 들었던 것은 결국에는 그저 꿈의 이야기였을 뿐.

인간이 이상 속에서 사는 것은 불가능할지도 모릅니다. 이상을 추구하며 살기란 어려운 일입니다. 아름다운 세계를 꿈꾸며 달려나가지만, 다다른 곳에는 꽃 한 송이 피어 있지 않았다는 것은 흔하디흔한 이야기입니다.

그런 때 어찌할 것인가.

"많은 사람은 현실에 낙담하면서도 적응해 살아가죠."

이상대로 되지 않는 현실 같은 건 어찌할 도리도 없으니까요.

"꿈은 그저 꿈이라 포기하고, 견디며 사는 게 보통입니다."

"…………."

"그리고 그러는 사이에 분명, 자신이 어떤 꿈을 갖고 있었는지도 잊어버릴 테죠."

"……어쩐지 슬프네."

"그런 거죠."

"…………."

눈을 내리뜬 그녀는, 그러고서 또 하나, 질문했습니다.

"일레이나 씨는?"

"뭔가요?"

"찾고 있던 이상이 현실과 달랐을 때, 일레이나 씨였다면 어떻게 할래?"

"어려운 질문이네요."

저라면, 어떨까요?

책에서 읽은 이야기를 꿈꾸며 여행에 나서고, 현실이 결코 그 이야기처럼 아름답지 않았을 때, 저는 어떻게 했었을까요? 떠올리면서, 기억을 더듬으면서, 저는 이야기를 들려주듯 그녀에게 전했습니다.

"저도, 역시 남들과 마찬가지네요."

결코 아름답기만 한 건 아닌 현실에 상처 입고, 낙담하고, 그러고서 익숙해져 살아왔습니다.

"…………."

아무래도 제 대답이 마음에 들지 않으셨나 봅니다. 그녀의 표

정은 어둡디어두웠습니다.

"역시 그런 건가."

"그런 겁니다."

저는 고개를 끄덕이며 말을 이었습니다.

"——하지만, 이상과 달랐다고 해서 인생이 크게 달라지거나
하지는 않았어요."

"…………?"

고개를 갸웃거리는 그녀에게, 저는 조금 잘난 척하듯 가슴을
펴며 이야기해드렸습니다.

"제 꿈은 여행을 하는 것이었지만, 여행길이 이상대로가 아니
었다고 해서 여행을 그만두거나 하지는 않았습니다."

"………… ."

"동경은 제 길을 정한 이유였을 뿐, 제 인생 그 자체는 아니니
까요."

그나저나 궁금한 것이 있습니다만.

"당신이 집을 나온 이유는, 여신을 찾고 싶어서였나요?"

"어?"

"조금 전부터 보고 있자니 왠지 세상이 끝난 것 같은 얼굴을 하
고 있는데. 제가 들은 이야기로는, 분명 당신의 꿈은 아버지의 이
야기를 동경해서가 아니었나요?"

"……그건 그런데."

그녀는 눈앞에 없는 아버지에게 마음을 쓰듯이, 목소리를 낮추
면서 말했습니다.

"하지만, 그 아버지가 하는 일이, 내 이상과는 달라서."

"꿈을 좇던 이유를 알 수 없게 되었나요?"

"무얼 위해 지금까지 해온 걸까 싶어졌어."

적어도 내가 찾아왔던 건, 새끼 새를 강제로 잡는 그런 일이 아닌걸——하고, 그녀는 말했습니다.

뭐 그럴 테죠.

"나, 어떻게 하면 좋을까."

어찌할 바를 몰라 하는 애슐리 씨.

"당신은 어떻게 하고 싶은가요?"

지금까지의 당신이었다면, 어떻게 했나요? 하고, 저는 물었습니다.

"…………."

그리고 그녀는 답했습니다.

그런데 하나 떠오른 것이 있습니다만.

그녀는 좋은 사람인 동시에, 불효막심한 아이이기도 했었지요.

○

"그나저나 설마 네 딸이 여신의 눈물을 가져올 줄이야. 이번 작전의 성공은 기적이야!"

성공을 거둔 그들은 탁자에 둘러앉아 대낮부터 술을 들이켰습니다. 활을 등에 멘 애슐리 씨의 아버지. 그리고 그의 어깨를 두드리며 이번 성과를 기뻐하는 검사 남성이 한 명. 조용히 술을 즐기는 도끼를 쓰는 사람이 한 명. 지팡이를 손질하는 마법사가 한 명.

총 네 명입니다.

"뭐, 기적이라고 하면 기적일지도."

애슐리 씨의 아버지는 조금 묘한 표현을 섞어 말하며 고개를 끄덕였습니다.

"사실 너희한테는 말하지 않았는데, 그 녀석이 이 주변 나라에 있다는 건 좀 전부터 알고 있었어."

어라라? 기적의 재회인가 했더니 전부터 알고 있었다고요? 감동의 재회가 바로 지금 의미를 잃고 말았군요.

"무슨 말이야?"

저와 같은 의문을 품고서 도끼를 쓰는 사람이 다음 이야기를 재촉했습니다.

애슐리 씨의 아버지는.

"모험가 동료한테 들었어. 젊은 모험가가 이 주변 나라를 어슬렁거리고 있다고."

말하길, 그 젊은 모험가는 황금색 머리카락에, 커다란 활을 등에 짊어지고 있고, 그리고 여신을 찾아 여행하고 있다고 했습니다.

여신을 찾는 여자아이라면 협력자가 되어줄지도 모른다——라며 그는 곧장 그녀를 동료로 끌어들이려 했습니다. 그때 그는 애슐리 씨의 모습을 보았습니다.

그는 아마도, 그녀의 모습을 보고 확신했을 테지요.

자신의 딸이 모험가가 되었다는 것을.

"기뻤고, 그 이상으로 놀랐어—— 그 녀석이 여신의 눈물을 갖고 있었으니까."

"그러고 보니, 전부터 갖고 있었다며? 처음 들었는데."

그렇게 말하면서 눈을 가늘게 뜨는 마법사. 아버지는 손을 내저으며 그 말을 부정했습니다.

"아니, 여신의 눈물은 내 게 아냐. 그건 우리 아버지 거야."

"아버지?"

"이미 은퇴했는데, 옛날에 모험가를 했거든── 여신의 생태를 발견한 장본인이지. 여신의 눈물은 내 아버지와 그 동료 마법사가 만든 거야."

모험가를 몹시도 싫어했던 할아버지가, 말인가요? 거기서 저는 퍼뜩 깨달았습니다.

"아, 혹시 애슐리 씨의 할아버지가 모험가를 싫어하는 건, 여신의 눈물을 상업적으로 이용하려 드는 인간에게 질렸기 때문이라든가, 그런 사정이었던 건가요?"

참지 못하고 말참견을 하고 마는 것이 저라는 사람이었습니다.

뒤를 돌아본 그들은 놀라며 무기를 들었습니다. 예상하지 못했던 갑작스러운 방문자이니 당연한 반응이라고 말할 수 있었습니다.

"⋯⋯⋯자네, 애슐리와 함께 있던 마녀인가. 대체 어디로──."

제게 보내던 경계를 풀면서 애슐리 씨의 아버지가 물었습니다.

활짝 열린 채인 문을 가리켜드렸습니다. 어디로라고 하신들.

당연히 문입니다만.

"⋯⋯⋯열쇠는?"

"그건 뭐, 마법으로 이렇게…… 간단히."

"…………."

애슐리 씨의 아버지는 저의 얼렁뚱땅인 대구에 큰 한숨으로 답했습니다.

"불법침입이야."

"자자, 함께 여신을 포획한 사이가 아닙니까. 새끼 새지만."

너그럽게 봐주세요, 하고 저는 말했습니다.

"…………."

가벼운 태도로 한 제 대구에 그는 떨떠름한 얼굴로 대답했습니다.

"그래서, 무슨 용건이지?"

"잊고 간 게 좀 있어서요."

"그게 뭐지?"

저는 구석에 있는 우리를 가리켰습니다. 거기에는 불쌍한 여신의 새끼 새들과 어미 새로 오해받고 있는 보석이 하나. 뭐냐고 하신들.

양쪽 다입니다.

"……무슨 뜻이지?"

눈치가 없는 아버지로군요.

"따님은 대체로 반항기라는 겁니다."

"뭐?"

그런 얼빠진 목소리가 새어 나온 직후였습니다.

휘익──하고 화살이 저희 사이를 스쳐 지나갔습니다. 아버지의 활시위를 자르면서.

"……어?"

다시 얼빠진 목소리가 새어 나왔고, 그리고 그들 네 사람이 화살의 궤도를 찾듯이 조금 전 제가 들어온 문밖으로 시선을 돌렸습니다.

"──미안해."

그들의 시선이 모였을 때, 그녀는 이미 두 발째의 화살을 쏘고 있었습니다. 이번엔 도끼를 쓰는 분이 들고 있던 도끼가 날아갔습니다.

그들은 그 두 발째 화살에 그녀의 명확한 적의를 느낀 것 같았습니다.

"──애슐리! 너, 무슨 생각이냐!"

아버지가 소리치고, 못 쓰게 된 활을 버리고 검을 뽑았습니다. 저희의 의도를 겨우 이해한 것일 테지요.

그 이후에 기다리고 있던 것은 충돌 이외의 무엇도 아니었습니다.

도끼를 쓰는 분과 검사와 아버지, 세 사람이 애슐리 씨에게 달려들었습니다.

아기 사슴조차 쏘지 못했던 애슐리 씨였지만, 여기에 이르러서 피로된 진짜 실력은 정밀 그 자체였고, 달려서, 닥쳐드는 그들의 무기를 하나하나 냉정하게 활로 쏘아 날려버렸습니다.

도끼를 쓰는 분이 맨손으로 그녀에게 덤벼들려 하자 그녀는 몸을 틀어 피하고, 그 기세 그대로 활로 남성을 후려쳤습니다.

아무래도 그녀 쪽은 아무 문제 없을 것 같습니다.

일단 저는 서둘러 여신의 새끼 새와 보석을 회수하기로 했습니다.

혼란을 틈타 저는 몰래 새장으로 접근──하려고 하던 때, 문득 시선이 그 가까이에 머물렀습니다. 모험가인 그들이 매일 모험으로 모아온 보물들이 되는 대로 놓여 있었습니다. 무기, 지팡이, 보석, 그 외 기타 등등, 온갖 물건이 굴러다니고 있었습니다.

역시 베테랑 모험가.

"어라라……."

저는 무기 하나를 주워 들었습니다.

"돈 될 물건은 늘 비축해둔다는 겁니까…… 좋네요……."

"일레이나 씨? 뭐 하는 거야?"

문 쪽에서 애슐리 씨의 목소리가 들렸습니다. 온화한 대사에서는 약간이지만 "후딱 하라고"라는 뉘앙스가 느껴지지 않는 것도 아니었습니다. 그러고서 뒤따라.

"어이! 너는 그 마녀를 막아!"

라는 애슐리 씨 아버지의 외침. 뒤돌아보니 마법사가 그야말로 내키지 않는다는 투로 제 쪽을 향해서 타박타박 종종걸음쳐 왔습니다. 참고로 그 뒤에서 애슐리 씨의 아버지는 땅바닥을 구르고 있었습니다. 딸에게 활로 두들겨 맞았나 봅니다.

혼란을 틈타서 우리째 빼앗으려 했습니다만.

들키고 말았네요.

곤란하군요.

"저기, 그 아이들을 빼앗기면 곤란한데요오……."

마법사는 항복해주세요 하고 조심스러운 느낌으로 지팡이를 이쪽으로 겨누었습니다.

어라라?

"아, 그 지팡이. 혹시『니케의 모험담』에서 니케가 썼던 것과 같은 지팡이가 아닙니까?"

"어머. 알아보는 건가요오?"

"좋아하나요?"

"후후후후. 저, 실은 마녀 니케를 동경해서 모험가가 되었거든요오."

"어머 어머 어머."

이건 상당한 팬이로군요.

"하지만 좀 방해되니까 그 지팡이는 몰수하겠습니다."

마법으로 지팡이를 튕겨내는 저.

"아앗! 지팡이가아!"

참고로『니케의 모험담』에 등장한 지팡이는 상당히 오래전에 유통되었던 빈티지풍의 지팡이입니다. 같은 팬으로서 흠집이 나는 건 두고 볼 수 없습니다.

그런고로 튕겨내면서도 공중에서 다시 마법을 부여해 둥실둥실 천천히 떨어지도록 조정해두었습니다.

"앗, 친절해……."

저희는 천천히 떨어지는 지팡이를 둘이 함께 바라보았습니다.

……이렇게 여유롭게 있을 때가 아니었습니다.

저는 우리에서 여신의 눈물을 빼냈습니다.

어미 새──의 대신이었던 물건을 빼앗긴 새끼 새들은 조금 전까지 조용했던 것이 거짓말인 양 파닥파닥 날뛰기 시작했습니다. 적어도 우리 안에서는 자유롭게 움직일 수 있도록 밧줄을 전부 풀어주었습니다.

우당탕탕하고 우리째 날뜁니다.

"일레이나 씨."

등 뒤에서 목소리.

다시 돌아보자, 땅에 쓰러진 세 사람과 그 앞에서 활을 들고 있는 애슐리 씨의 모습.

그 화살의 궤도 끝에는, 저.

라기보다도 여신의 눈물이 있었습니다.

"그거, 던져줘."

애슐리 씨에게 건네기 위해서 던진다, 라는 의미는 아마도 아닐 테지요.

여신의 눈물이 있는 한, 새끼 새들은 줄곧 어미 새가 옆에 있다고 착각해버리고 말 테니까. 여신의 눈물이 있는 한, 분명 비슷하게 이용하려 드는 사람들이 나오고 말 테니까.

"괜찮은가요?"

"당연하지."

그런 건 없는 편이 나아. 여신의 눈물을 부수고 싶어.

그것이 그녀가 하고 싶은 일일 테지요.

저는 여신의 눈물을 던졌습니다.

"애슐리! 너, 그게 뭔지 아는 거냐?!"

바닥에서 아버지가 비명에 가까운 소리를 질렀습니다.

"알아!"

그녀는 고개를 끄덕이고.

화살을 쏘았습니다.

"그냥 돌멩이잖아."

그리고 여신의 눈물은, 산산조각이 났습니다.

○

"아무리 시간이 흘러도, 어찌할 수 없는 후회만이 독처럼 몸을 좀먹지."

시골 쪽의 작은 나라에서.

애슐리 씨의 할아버지가 참회하듯이 말해준 내용은, 다음과 같았습니다.

"여신의 눈물이라는 보석은 우연의 산물이었어. 희귀한 새의 사체로 뭔가 만들 수 있는 게 없을까 하고 동료와 함께 시행착오를 거친 끝에 완성한 것이, 그 보석이었지."

모험가였던 애슐리 씨의 할아버지는 그 보석을 만들고서 얼마 안 되어 여신과 만났습니다. "그건 정말이지 아름다운 새였어. 마력을 띤 깃털을 가졌고, 모든 걸 베어 가르는 발톱을 가졌지. 그런 아름다운 새는 본 적이 없었어."

놀랍게도, 그들 앞에 나타난 여신은 그들을 동료라고 인식하고 있었습니다. 여신의 눈물을 가지고 있으면 여신이 경계하지 않고 접근해 온다는 것을 그들은 금세 깨달았습니다.

그러고서 그들은 여신을 연구하기 시작했습니다.

아무리 조사해도 결점이 없는 아름다운 새에, 그들은 홀렸습니다. 열중했습니다. 그리고 이윽고 여신의 눈물을 두고 다투게 되었습니다.

"그러고서 자연스러운 흐름으로 결별했지."

그런 건 가지는 게 아니었어── 할아버지는 내뱉듯이 말했습니다.

그것이 첫 번째 후회.

두 번째는, 모험가 시절의 이야기를 아들에게 들려주고 만 것이라고 합니다.

"아들도 역시 내 동료와 똑같이 되어버렸어. 어릴 때 들려준 여행 이야기에 홀리고 말았지. 내 탓에──."

그리고 세 번째 후회.

"손녀만은, 애슐리만은 똑같이 만들어선 안 된다고, 나는……."

그러나 그 마음도 역시, 닿지 않았던 것입니다.

손녀인 애슐리 씨는 할아버지의 거듭된 충고를 무시하고, 집을 뛰쳐나가 모험가가 되어버렸습니다.

그렇게 어찌할 도리도 없는 후회만이 할아버지를 좀먹고 있었던 것입니다.

몇 년이고, 몇 년이고.

"…………."

제가 마지막으로 애슐리 씨를 본 것은, 지금으로부터 반년 정도 전의 일입니다.

여신의 새끼 새를 함께 둥지로 데려다 놓은 그날 이후, 저는 그녀와 만나지 못했습니다——.

"앞으로 어쩔 셈입니까?"

여신의 눈물이라는 유사적인 부모를 잃고, 우리 안에서 날뛰는 새끼 새들을 겨우 둥지로 돌려놓았을 때, 저는 애슐리 씨에게 물었습니다.

양손으로 고기를 든 그녀는 "뭐가?" 하고 생글생글한 얼굴을 하고 돌아보았습니다.

"새끼 새들은 지금까지처럼 당신을 따르지 않을 겁니다. 앞으로는 어쩔 셈입니까?"

"전과 같아. 먹이를 주고, 그리고 이 애들이 자립할 때까지 보살필 거야."

아무래도 전처럼 딱 붙어서 돌봐줄 수는 없을 것 같지만——하고 그녀는 위협을 해 오는 새끼 새들을 보며 쓴웃음을 지었습니다.

그녀에게 있어 모험가란, 구하는 자를 가리킵니다.

어릴 때 동경했던 책 속의 모험가는, 적어도 그녀에게 있어서는 그렇게 비쳤던 것입니다.

설령 어린 시절에 동경한 이야기 속 주인공의 정체가 이상과 거리가 멀다고 해도.

관계없는 것입니다.

눈앞의 현실은 동경 그 자체를 부정할지도 모릅니다만.

그때까지의 날들을 없었던 셈 칠 수는 없으니까요.

"나는 있지, 이 아이들이 날 수 있게 되면 한 번 본가로 돌아갈까 해."

"그렇습니까."

"할아버지한테 사과해야만 하니까."

여신의 눈물을 깨버린 것. 충고를 듣지 않고 떠나버린 것. 심한 말을 뱉어버린 것.

그 후의 일은, 전부 집에 돌아간 다음에 정하고 싶어. 그녀는 그렇게 말했습니다.

"아, 그러고 보니. 일레이나 씨."

그녀는 멀리서 새끼 새들에게 고기를 던져주면서 말했습니다.

"일레이나 씨는 여행자였지? 내 본가에 갈 예정 같은 건 있어?"

"당신 본가가 어디에 있는지 모릅니다만."

"지도를 주면 알겠지?"

"제가 가줬으면 하는 일이라도 있는 겁니까?"

물으면서도 대략 짐작은 갔습니다.

"혹시 괜찮다면, 할아버지한테 여신의 눈물 파편을 건네줬으면 해."

나는 조금 더 걸릴 것 같으니까, 하고 말하면서 그녀는 제게 꾸러미를 건넸습니다. 안에는 조각조각 깨진 보석 파편이 담겨 있었습니다. 그러고서 그녀는 지도를 건네며 대답을 듣지도 않고 "부탁할게"라고 한마디.

이미 그녀 안에서는 제가 방문하는 것으로 정해졌나 봅니다.

"뭐, 마음이 내키면 가겠습니다."

언제가 될지는 알 수 없지만요——라고 그때는 대답했습니다만.

대략 반년 후가 되었군요.

약속대로 저는 반년의 세월이 지난 후, 그녀의 고향 옆을 지나
게 되었기 때문에 그녀의 할아버지에게 파편을 건네고 상황을 전
부 이야기한 것입니다.

"뭐, 마지막으로 만났을 때는 씩씩하게 지내고 있었으니까, 아
마 지금도 씩씩하게 지내고 있지 않을까요?"

애슐리 씨는 아버지의 실제 모습을 알고 다소 우울해하기는 했
습니다만, 결국 그녀에게 불안이 생겼던 것은 그 한순간 정도였
습니다. 그 후엔 언제나 밝게 행동했으니, 분명 지금도 잘해나가
고 있을 겁니다.

"언제쯤 돌아온다는 말은 했었나?"

"아뇨, 구체적인 시기는 전혀."

"그런가——."

손녀의 안부가 궁금한 것일 테지요.

"뭐, 조만간 돌아오지 않을까요?"

그러니까 괜찮을 겁니다——하고.

적당히 말하면서 저는 창밖을 올려다보았습니다.

눈부신 푸른 하늘 속.

마치 여신처럼 아름다운 새가 기분 좋은 듯이 날고 있었습니다.

"저기. 무서운 이야기를 해도 될까?"

제가 그 살인귀에 관해 처음 안 것은 바로 어제 일입니다.

"이 주변 지역에서는 유명한 이야기야. 생김새도 나이도 아무도 몰라. 그게 목격자가 없으니까. 하지만 언제나 같은 방식으로 사람을 죽여. 나라에서 나라를 오가는 살인귀는 언제부턴가 '여행하는 살인귀'라고 불리게 되었대."

어느 도시의 인기 있는 찻집에서.

제 맞은편에 앉은 그녀는 초콜릿케이크를 포크로 찍으며 즐겁게 이야기했습니다.

머리카락은 검정. 길고, 허리에는 단검과 지팡이가 하나씩.

평소엔 동료와 셋이 함께 나라들을 돌아다니는 여행하는 마법사라나요.

"그렇습니까."

그럼 그런 여행자가 대체 어째서 저와 단둘이서 식사를 하고 있는가 하면, 이것은 이제 단순히 운명의 만남이라고밖에는 말할 도리가 없을 테지요.

솔직히 자백하자면, 저는 여행 중에 그만 무심코 가벼운 마음으로, 딱히 생각도 하지 않고 인기 있는 가게 앞 행렬에 줄을 서는 일이 종종 있습니다. 시간이 남아도는 여행자에게 있어 행렬

71

에 줄을 서는 건 당연한 일입니다.

"손님은 몇 분이신…… 네? 한 분……? 잠시만 기다려주세요. 저기, 합석이라도 괜찮으실까요?"

그리고 행렬에서 하염없이 줄을 선 결과, 점원분에게 안내받은 것이 릿타 씨가 앉은 자리였다는 것입니다.

"야호."

릿타 씨는 처음 보는 제게 마치 오랜 지인인 양 가벼운 태도로 인사를 해 왔습니다.

그러고서 저희는 간단히 자기소개를 했습니다.

"재의 마녀 일레이나입니다"라는 저.

"흐응, 일레이나 씨구나. 잘 부탁해. 좋은 옷을 입고 있네."

"그렇습니까?"

"내 취향은 아니지만."

"대체 뭡니까?"

처음 보는 단계에서 그녀가 그럭저럭 별난 사람이라는 것만은 확실하게 알았습니다.

그러고서 그녀는 자신의 이름과 여행자라는 사실을 밝혔습니다.

말하길, 그녀는 현재 함께 여행하는 동료 두 사람과 떨어져 일시적으로 각자 행동하고 있다고 합니다. 어째서죠? 하고 묻자, 그녀는 바로 지금 먹고 있는 케이크를 가리켰습니다.

"여행 동료한테 들은 건데, 이곳의 케이크 맛을 모르면 손해라잖아"라고 합니다.

행렬이 생길 만한 이유는 있다는 것이로군요.

그러고서 대화는 잡담으로 변했고, 어째선지 갑자기 그녀는 살인귀 이야기를 시작했던 것입니다.

"흉흉한 이야기로군요."

"그렇지?"

"그리고 식사 중에 할 이야기는 아니로군요."

"그런가?"

 우물우물 태연하게 먹는 릿타 씨.

 그녀는 그다지 남의 말을 듣지 않는 타입인 것일까요? 그 후로도 쭉 '여행하는 살인귀'에 관해서 이야기했습니다.

"일단 말해두겠는데, 이건 주의 환기인 거야. 여행하는 살인귀의 표적은 주로 여행자거든."

"여행자를 노리는 여행자 살인귀인가요."

 상당히 성가신 특성을 가지셨나 보군요.

"이 살인귀의 표적은 주로 여성 여행자. 불쾌하게도 그 살인귀는 말이지, 반드시 옷을 전부 훔친대."

"옷을 훔친다고요?"

 고개를 갸웃거리는 저.

 그녀는 고개를 끄덕였습니다.

"입고 있던 옷을 이렇게 휙 벗기고, 그러고서 휙 입히는 거야."

"죄송하지만 전혀 모르겠습니다."

 어휘력이 없는 그녀를 대신해 설명하자면, 이 연쇄 살인마는 사람을 죽일 때 반드시 옷을 전부 벗기고, 그러고서 생판 남의 옷을 다시 입히고 떠난다고 합니다.

"그래서, 그 생판 남이란 누구인가요?"

"앞선 피해자."

"…………."

"인 동시에, 직전까지 살인귀."

"…………."

즉, 이 여행하는 살인귀는 죽인 상대의 옷을 몸에 걸치고, 정체를 숨기고, 질리면 또 다른 살인을 저지르고 피해자의 옷을 입고 다시 다른 사람인 척한다…… 그렇게 나라에서 나라를 오가고 있다, 라는 흐름을 이어가고 있나 봅니다.

"옷을 갈아입는 감각으로 살인을 저지르다니 상당한 위험인물이로군요."

"그렇지."

"하지만 어째서 일부러 옷을 갈아입는 짓을 하는 건가요?"

"나한테 물은들 모르지. 전문가도 아니니까."

그렇게 말하면서 억측을 이야기하는 릿타 씨.

"아마도, 자랑하고 싶은 게 아닐까?"

"자랑입니까?"

"이 연쇄 살인마는 지금까지의 살인을 자랑하고 싶은 거야. 그래서 일부러 범인을 알 수 있게 흔적을 남기고 도망치는 거지. 그래서, 살인을 기념하면서 다음 피해자한테서 옷을 빼앗는다. 그 반복. 거리에서 좋은 옷을 발견하면 『이 옷 괜찮은걸?』『아, 하지만 이쪽 옷도 괜찮은데?』 하고 음미하겠지? 그리고 새 옷을 사면 당연히 입잖아? 아마도 살인귀한테 있어서는 그런 감각인 걸 거야. 살인이란."

"……과연."

그 억측은 맥락이 통하는 것처럼 느껴집니다.

"말도 안 되게 위험한 인물이로군요."

"맞아. 그러니까 주의 환기를 하고 있는 거야."

좋은 옷을 입고 있으면 표적이 되고 말지도 몰라──하고 그녀는 짓궂은 미소를 지어 보였습니다.

여행하는 살인귀의 이야기는 이 주변 여행자 사이에서는 제법 유명한 이야기인가 봅니다. 몸에 걸친 걸 전부 벗겨서 타인인 척을 하는 흉악범. 이렇게나 특징이 알려져 있는데도 아직 잡히지 않은 건, 외모를 바꾸는 실력이 상당히 훌륭하기 때문일까요? 아니면 몸을 숨기는 실력이 상당히 훌륭하다든가.

어느 쪽이든, 분명 유익한 정보라고 할 수 있었습니다.

"마녀님도 조심해. 여행하는 살인귀는 주로 밤에 활동해. 피해자는 모두 숙소에서 살해당했어."

밤중에 찾아오는 손님은 특히 조심하는 편이 좋을지도, 하고 키득키득 웃는 릿타 씨.

"겁을 주는 겁니까?"

흥흥하네요.

"세상엔 모르는 편이 좋은 이야기도 있잖아. 아마도 이 이야기도 같은 부류일 거라고 보거든."

제가 눈을 가늘게 뜨는 중에도 릿타 씨는 태연하게 이야기를 계속했습니다.

"그게, 이런 이야기를 들으면 한동안 숙소에서 보내는 밤이 무서워지잖아?"

그건 뭐, 확실히 그렇습니다만.

"그런 이야기를 일부러 식사 중에 하는 겁니까……."

"나도 여행 동료한테 듣고서 엄청 무서웠거든. 불행을 나누는 거야."

"민폐인 이야기네요."

정말이지 식사 중에 할 만한 이야기가 아니라고 생각합니다만.

"뭐, 서로 조심하자고."

릿타 씨는 웃으면서 케이크를 맛있게 먹었습니다.

릿타 씨가 시신으로 발견되었다는 보고를 받은 것은, 그다음 날의 일이었습니다.

○

제가 그날 머문 나라는 작은 나라였기 때문에, 살인 사건의 소문이 저 같은 여행자에게 전해지기까지는 그다지 시간은 걸리지 않았습니다.

릿타 씨의 시신은 숙소에서 발견되었다고 합니다.

그녀가 전날 제게 이야기해준 것처럼, 옷을 갈아입혀진 채 숨이 끊어져 있었습니다.

바닥에 눕혀진 그녀의 얼굴에는 천이 덮여 있어 그 표정은 보이지 않았습니다. 그저 차가워진 몸만이, 숙소 바닥에 힘없이 쓰러져 있었습니다.

"아아…… 릿타……. 어째서 이런 일이……."

그녀의 시신에 매달린 것은 여행 동료일 테지요.

이야기에 따르면, 오늘 아침에 여행 동료 두 사람이 아침을 먹으러 가기 위해 릿타 씨가 묵는 방을 찾아왔다가 그녀의 시신을 발견했다고 합니다.

두 사람은 어제는 각자 행동하고 있었기 때문에, 그녀의 모습을 본 것은 그저께가 마지막이고, 그 후로는 보지 못했다고 합니다.

"…………."

범인은 문으로 평범하게 들어와 릿타 씨를 죽인 다음에 평범하게 문으로 나간 것일 테지요. 방의 어디에도 엉망이 된 흔적은 없었고, 창도 닫혀 있었습니다. 숙소의 벽은 얇은지, 릿타 씨의 가장 최근 행적을 알아내기 위해 병사들이 마을 주민에게 이야기를 묻고 다니는 것이 방 안에서도 시끄러울 정도로 잘 들렸습니다.

그러나 여행자의 지인 같은 건 간단히 찾을 수 있는 것이 아닙니다.

결국, 여행 동료 이외에 그녀의 방에 호출된 것은 저 말고는 없었습니다.

소리를 들은 사람도 없었습니다.

"여행하는 살인귀에 의한 범행이 틀림없을 겁니다──."

현장을 보러 온 병사 한 명은 막막해하며 릿타 씨와 마지막으로 대화한 저를 찾아왔습니다.

그 얼굴은 매우 어두웠습니다.

"마녀님, 자세한 이야기를 들려주셨으면 합니다만."

"네."

여기 오는 도중에 다른 병사님에게 가볍게 한 번 설명은 했습니다만, 뭐 이런 경우에는 몇 번이고 같은 이야기를 하는 것은 흔한 일입니다.

저는 고개를 끄덕이며 다시 설명했습니다.

"그녀와는 찻집에서 우연히 합석하게 되었고——."

마치 자신의 알리바이를 이야기하듯이 하나부터 순서대로 이야기하는 저.

"……흐음, 그렇습니까……."

병사님의 안색은, 어두웠습니다.

"참고로 그건 언제쯤이었습니까?"

"……어제 낮 무렵이었을 겁니다만."

틀림없습니다. 확실한 기억입니다.

제가 대답하자 병사님은 "……이상하군요" 하고 험악한 표정으로 고개를 갸웃거렸습니다.

그러고서 그는 말했습니다.

"그녀가 죽은 건 그저께입니다."

"……네?"

당황하는 제게 병사님은 말했습니다.

"그녀는 그저께 밤에 이 방에서 살해당했습니다. 어제 낮에 찻집에 있었을 리가 없습니다만——."

대체 어떻게 된 걸까요…… 하고 난처해하면서, 병사님은 릿타

©Azure

씨의 시신 쪽으로 걸어가더니, 그녀의 얼굴을 덮고 있던 천을 젖혀 제게 보여주었습니다.

"마녀님, 당신이 만난 릿타 씨는 이 여성이 틀림없습니까?"

드러난 것은 무시무시할 만큼 하얀 얼굴.

공포로 일그러진 하얀 얼굴.

저는 깜짝 놀랐습니다.

"……그건 대체 누구인가요?"

그곳에는.

전혀 모르는 생판 남의 얼굴이 있었던 것입니다.

●

"손님. 식사 중에 죄송합니다. 현재 점내가 몹시 붐비고 있어서──."

어느 나라의 레스토랑에서 혼자 식사를 하고 있던 여행자에게, 종업원은 고개를 숙였다.

먹으면서 귀를 기울여보니, 아무래도 가게 안이 붐비는 탓에 자리가 부족한 듯했다. 비어 있는 자리라고는 마침 2인석을 점령하고 있는 여행자의 자리 정도밖에 없다고 한다.

요컨대 자리 한쪽을 다른 손님에게 내어달라는 타진이었다.

"좋아요."

여행자는 흔쾌히 수락했다. 식사를 제공받고 있는 것이다. 자리 한쪽을 양보하는 정도에 무슨 문제가 있을까.

그리고 곧이어 한 손님이 그녀 앞에 앉았다.

"야호."

그녀는 마치 오랜 지인에게 하듯이 가볍게 인사를 던졌다. 조금 당황하면서 인사를 하고 맞은편에 앉은 여성은, 들어 보니 최근 여행을 갓 시작한 초보라고 한다.

확실히 맞은편 자리에 앉은 천진난만한 생김새의 여성은, 자세히 보니 예쁘고 좋은 옷을 입고 있었다.

"좋은 옷을 입고 있네."

그렇게 말하며 여행자는 여성의 얼굴을 보았다.

옷도 생김새도, 아주 예쁘고 매력적이었다.

"그나저나 묘한 인연인걸. 실은 나도 여행자인데──."

그리고서 여행자는 자신의 신상 이야기를 시작했다.

동업자라는 걸 알고 친근감이 일었는지, 예상치 못한 곳에서 여행자 선배와 만난 것이 기뻤기 때문인지, 초보 여행자와 그녀의 대화는 생각 이상으로 흥이 올랐다.

그리고 여행자는 대화 도중에 이야기했던 것이다.

"저기. 무서운 이야기를 해도 될까?"

제 3 장

우산과 빗자루와 비의 이야기

그날은 비가 내리고 있었습니다.

납처럼 무겁게 그늘진 하늘에서 끊이지 않고 쏴쏴 쏟아지는 빗방울들. 마치 시야 전체에 안개가 낀 것처럼, 세계가 어둡게 가라앉아 보였습니다.

"싫네요……."

레스토랑에 들어갔을 때는 아직 수상하게 흐린 날씨를 자아내고 있을 뿐이었습니다만, 고픈 배를 채우고 가게를 나왔을 땐, 바깥 세계는 완전히 달라져 있었습니다.

마치 훨씬 전부터 쏟아지고 있던 것만 같은 분위기를 보이는 억수 같은 비는, 아직 한동안 그칠 것 같지 않았습니다.

저는 우산을 펼치고 숙소로 향하는 길을 따라갔습니다.

비는 그다지 좋아하지 않습니다. 축축하고, 어둑하고, 기분이 가라앉으니까요. 그렇다고 해서 숙소에서 책을 읽으며 지내도 습기로 기분이 개운하지 않고, 시간과 함께 활력이 사라질 뿐. 마치 빗물을 빨아들인 천처럼 꼼짝도 하지 못하고 침대에서 뒹구는 꼴이 되는 것입니다.

아무것도 하지 않아도 지치고 맙니다.

"오늘은 돌아가면 바로 자기로 할까요……."

의욕이 전혀 없는 저는 한숨을 내쉬면서 말했습니다.

그러자 제 옆에서 나란히 걷던 그녀가, 우산을 들고서 이쪽을 보았습니다. 요즘 들어 그다지 느긋하게 숙소에서 잠을 못 잤으니, 휴양을 취하기에는 좋은 타이밍일 테지요.

"제가 있는데, 그냥 자버리는 건가요?"

세상에……! 하고 과장되게 놀라고 슬퍼하는 것은, 홀로 여행하는 저와 평소부터 행동을 함께하고 있는 여성, 혹은 물건.

빗자루 씨.

무기를 정기적으로 손질하지 않으면 녹이 슬어 못쓰게 되는 것과 마찬가지로, 마법도 정기적으로 쓰지 않으면 약해지고 맙니다. 특히, 물건을 인간으로 바꾸는 것 같은 복잡한 마법에 이르러서는 오랫동안 쓰지 않으면 사용법을 잊어버릴지도 모릅니다.

마법사로서의 실력을 갈고닦는다고 하는 명목으로도, 복잡한 마법을 정기적으로 쓰는 것에는 커다란 의미가 있습니다.

그런고로 오늘은 오랜만에 빗자루 씨를 인간으로 바꾸고, 그 김에 점심 식사도 함께한다고 하는 흐름을 거쳤던 것입니다. 이왕이면 빗자루 씨가 인간이 되는 마법을 자고 있을 때도 쓸 수 있을 정도로 단련하고 싶은 마음입니다.

그러나 이런 날에 하필이면 비라니 참으로 운이 나쁘군요.

"비, 좋지 않은가요? 빗소리가 마을의 소란스러움을 지워주잖아요. 이 떨어지는 빗방울이 고요하고 평화로운 한때를 준답니다."

저는 좋아해요 하고 그녀는 마치 내리는 비를 배려하듯이, 우산에서 밖으로 손을 뻗으며 미소 지었습니다.

"고요하고 평화롭다라……."

저는 빗소리에 귀를 기울였습니다. 돌바닥에 떨어지는 빗소리.

지붕을 때리고 튀어 오르는 빗방울. 물웅덩이 속으로 뛰어드는 비의 물방울. 각각 서로 다른 음색의 빗방울이 거리에는 끊이지 않고 쏟아졌고, 빗소리 사이를 메우며 겨우 들리는 것은 강아지의 울음소리 정도였습니다.

…………

강아지 울음소리?

『끼잉…… 끼잉…….』

문득 신경이 쓰여 저는 고개를 돌렸습니다. 보니, 길 구석 쪽에는 검은 우산이 펼쳐진 채 방치되어 있었습니다. 그 바로 아래에는 나무 상자가 하나. 강아지 울음소리는 거기에서 울리고 있는 듯했습니다.

"……유기견일까요?"

깨닫고 보니 제 다리는 그쪽으로 향하고 있었습니다. 떠돌아다니는 여행자인 탓에 이런 데서 강아지를 주워본들 저로서는 어찌할 방도도 없습니다. 하지만 한 번 신경이 쓰인 이상은 들여다보고 싶어지는 법입니다.

저는 나무 상자 쪽으로 아주 조금 잔걸음을 치며 향했습니다.

그리고 나무 상자를 덮은 커다란 우산을, 들어 올렸습니다.

"……강아지를 버릴 만큼 박정하면서 젖지 말라고 우산을 씌워주다니, 다정한 건지 잔혹한 건지 잘 모르겠군요."

그렇게 말하면서.

그리고 저는 나무 상자 안을 들여다보았습니다만.

"…………?"

고개를 갸웃거렸습니다.

『끼잉…… 끼잉…….』

울음소리는 들렸습니다.

그러나 나무 상자 안은 텅 비어 있었습니다. 개는커녕, 아무것도 들어 있지 않았던 것입니다.

"일레이나 님, 왜 그러시나요?"

등 뒤에서 종종걸음으로 쫓아온 빗자루 씨가 물었습니다. 그 말의 뉘앙스는 "무언가 이상한 거라도 있나요?"라는 의문보다도 "당신은 대체 무얼 하고 있는 겁니까?"라는 당혹스러움이 섞여 있는 것처럼 느껴졌습니다.

그리고 그녀는 우산을 들고 고개를 갸웃거리고 있는 제게 말하는 것이었습니다.

"울고 있는 건 상자 쪽이 아니라, 그 아이예요."

"네?"

저는 지금 막 들어 올린 참인 우산을 바라보았습니다.

『끼잉…… 끼잉…….』

비에 젖어서, 우산이 울고 있었습니다.

………….

어떻게 된 겁니까?

●

"대체 어떤 구조인 겁니까?"

울음소리를 내는 우산이라는, 참으로 희귀한 물건에 일레이나 님은 흥미진진해 했습니다. 숙소로 가지고 돌아오자마자 빗물을 닦아내고, 펼쳤다 접었다 하면서 다양한 시점으로 우산을 관찰했습니다.

그런데 다른 이야기입니다만, 연구에 있어 외견 관찰은 매우 중요한 요소인가 봅니다. 이전에 일레이나 님이 제게 말해주었습니다. 외견을 관찰하는 것으로 그 물건이 어떠한 물건인지를 대략적으로 파악할 수 있다고 합니다.

그런 연유로 일레이나 님은 물건을 조사할 때는 우선 외견을 자세히 살펴나 봅니다.

그 이야기를 해주었을 때, 저는 "하지만 물건 중에는 부끄럼쟁이인 아이도 있으니까, 너무 빤히 보지 말아주세요" 하고 물건으로서의 입장에서 의견을 들려드렸습니다만.

아마도 일레이나 님은 당시에 나누었던 대화는 잊어버렸을 테지요.

"대체 어디서 울음소리가……?"

콕콕 찔러보거나, 쓰다듬어보거나, 두드려보거나. 우산을 빈틈없이 구석구석까지 조사하고 있습니다.

그런 식으로 호기심에 불이 붙은 일레이나 님을 관찰하던 저는 여기에서 또 한 가지 눈치챈 것이 있었습니다.

"일레이나 님, 혹시 그 아이의 목소리가 안 들리시는 건가요?"

고개를 갸웃거리자 일레이나 님은 거울처럼 고개를 갸웃거렸습니다.

"목소리? 아뇨, 울음소리라면 조금 전부터 쭉 들리는데요."

"**울음소리**, 요? 눈물을 흘리며 울 때의 소리가 아니라, 동물의?"

"그렇습니다만……."

"과연."

저는 그제야 겨우 깨달았습니다.

"그럼 일레이나 님에게는 그 아이의 소리가 동물적인 울음소리로 들리고 있다는 건가요?"

"? 네, 뭐……."

일레이나 님은 "강아지 같은 느낌의 울음소리로 들리는데, 빗자루 씨는 다른가요?" 하고 물었습니다.

그렇군요.

"제게는 평범하게 인간적인 목소리로 들리고 있습니다."

끄덕이고, 우산을 보았습니다.

『꺄아아아아아아! 그만둬! 어디를 보는 거야! 내가 누군 줄 알고! 멈춰!』

우산 씨는 더듬더듬 더듬더듬 사양하지 않고 만져대는 일레이나 님에게 비명을 지르고 있었습니다.

"참고로 일레이나 님. 지금, 우산은 어떤 목소리를 내고 있나요?"

저는 물었습니다.

"아우웅. 이라고 하네요."

"멀리 짖는 소리인가요?"

"그런 식으로 말하고 있지 않은 건가요?"

"정말이지 아주 다른 말을 하고 있습니다."

아무래도 저와 일레이나 님 사이의 인식에 커다란 차이가 있는 모양이라는 사실이 여기에 이르러 확실해졌습니다.

『그만둬! 이렇게 사람이 있는 데서 펼치지 말아줘!』

"어라? 달콤한 목소리로 우는데요. 기뻐하는 걸까요?"

"몹시 화가 나 있습니다."

『적당히 해! 이런 짓을 하고 그냥 넘어갈 거라고 생각하지—— 꺄악! 하지 마! 어디를 만지는——.』

"어라라? 이 우산 울음소리가 갑자기 부드러워졌는데요? 혹시 어리광을 부리고 있나요?"

"아뇨, 몹시 화가 나 있습니다."

『크읏…… 이런 치욕을 당한 건 처음이야—— 좋아. 각오를 다졌어. 자! 구워 먹든 삶아 먹든 마음대로 해!』

"아, 이번엔 화내는 느낌의 울음소리가 되었는데요."

"아뇨, 이건 듣기에 따라서는 조금 기뻐하고 있다는 식으로도 해석할 수 있겠어요."

제 대답에 일레이나 님은 당황했습니다.

"상당히 복잡하군요……."

저는 고개를 끄덕였습니다.

"우산이라는 건 뾰족한 아이가 많습니다."

"흐음……."

그런가요? 하고 고개를 끄덕이는 일레이나 님. 그 타이밍에 일레이나 님은 "그런데 대체 어째서 이 우산 씨는 버려져 있던 건가요?" 하고 근본적인 질문을 던져왔습니다.

그것은 확실히 저도 궁금하던 참입니다.

"어째선가요?"

저는 우산 씨에게 물었습니다.

『뭐어? 뭐야. 빗자루 따위가 나한테 질문하지 말아줘!』

그렇군요.

"답하고 싶지 않은가 봅니다."

"과연."

일레이나 님은 가차 없이 우산을 펄럭펄럭 펼쳤다 접었다 했습니다.

『싫어어어어어어! 이야기할게요! 이야기할 테니까 그만둬어!』

우와아.

"그래서, 우산 씨. 대체 무슨 일이 있었던 건가요?"

『우으으으으으……. 나한테는 제대로 된 주인 아이가 있는데…… 이상한 여자에게 엉망으로 당해버렸어…….』

"뭐라고 하나요?"

"눈물을 흘리며 울고 있습니다."

펄럭펄럭하다 보니 우산에 묻어 있던 물방울이 바닥에 떨어져 있었습니다.

"이거 눈물이었던 건가요?"

이런, 하고 일레이나 님이 우산 씨를 접었을 때 그녀는 이야기를 시작했습니다.

우산 씨는 비 오는 날을 좋아했습니다.

우산이 가장 활약할 수 있는 날이니 당연합니다. 오래된 우산 가게에서 우산으로 태어난 그녀는, 양갓집 규수. 비 오는 날이 찾아올 때마다 그녀는 가슴 설레며 가게 안에서 창밖을 바라보면서, 조용히 우산을 계속 만드는 장인에게 말을 걸었습니다.

『아아, 기대돼. 기대돼! 대체 어떤 멋진 사람이 나를 사주시려나? 저기, 할아버지. 어떤 사람일 것 같아?』

숲의 나무를 이용해 만들어진 자루. 오랫동안 팔리지 않고 남아 있던 그녀는 목소리를 낼 수 있게 되었습니다. 오래 쓰인 물건은 종종 신기한 힘을 갖게 되기도 합니다. 장인은 돌아보며 말했습니다.

"으응? 뭐야? 뭔가 우산에서 이상한 소리가 나는데. 이 녀석도 이제 오래됐지…… 이래서는 팔리지 않겠어. 그래, 버릴까."

『에엑?!』

그녀는 다음 날, 타지 않는 쓰레기로 버려졌습니다. 그녀의 목소리는 사람에게는 들리지 않았던 것입니다.

"뭐, 가게 안쪽에서 이상한 소리를 내는 우산 같은 건 솔직히 말해서 꺼림칙하니까요."

일레이나 님은 정론을 말했습니다.

"일레이나 님, 그러지 마세요. 정론은 때로 괴롭힘이 됩니다."

이야기를 되돌리죠.

타지 않는 쓰레기로 버려진 그녀는 슬픔에 젖어 쓰레기장에서 하늘을 올려다보았습니다.

납빛 하늘.

아아── 나는 이런 데서 생을 마치게 되는 걸까. 양갓집 규수에서 순식간에 무직. 이 무슨 파란만장함인지. 너무나도 낙차가 커서 그녀는 멍해지고 말했습니다.

그리고 쏟아지는 비.

비는 가차 없이 그녀의 몸을 적셨습니다.

그러던 때의 일입니다.

"이런 이런, 갑자기 비라니…… 곤란한걸──."

한 남성이 그녀 앞을 지나갔습니다.

남성은 문득 그녀를 바라보더니 "오오. 이런 데 우산이 있잖아. 러키" 하고 그녀를 주워 들었던 것입니다.

『꺄악! 강제적인 사람……!』

양갓집 규수였던 그녀는 갑자기 남성에 의해 펼쳐진 것에 놀랐고, 당황했습니다.

『그만둬! 이 무례한 놈! 나는 당신 같은 남자에게 펼쳐질 그런 싸구려 우산이 아니야!』

말하면서도, 그러나 동시에 분명히 가슴이 빠르게 고동쳤습니다.

『어째서…… 어째서 내 가슴은 이렇게 두근거리는 거야……?』

금방 반하는 그녀는 곧바로 사랑에 빠졌습니다.

거기까지 들은 저는 물었습니다.

"그게 당신의 주인이라는 건가요?"

그녀는 고개를 가로저었습니다.

『아니, 첫 남자였어.』

"첫 남자."

그 말대로. 사랑에 빠졌으나 결국 첫 남자인 그와의 관계는 바로 끝을 맞이했습니다.

『그는 그러고서 찻집에 들어가, 그대로 나를 그 가게 우산꽂이에 두고 가버렸어…….』

어머나.

"너무한 사람이네요."

그나저나 어째서 버려진 건가요?

『다시 버려지고 싶지 않아서, 남자가 주운 직후부터 계속 말을 걸었더니 "우와앗! 이 우산 뭐야? 기분 나빠!"라며 버려졌어.』

"과연 버려지는 게 당연한 일이었나요."

『너무해! 무슨 심한 말을 하는 거야!』

훌쩍훌쩍 훌쩍훌쩍. 우산 씨는 다시 울기 시작했습니다. 일레이나 님은 "방금 닦은 참인데……"라며 살짝 짜증을 냈고, 뺨을 뽀로통하게 부풀리면서 걸레로 바닥을 문질문질.

우산 씨는 그런 일레이나 님의 바로 위에서 여전히 눈물을 떨어뜨리고 있었습니다.

『첫 남자인 그와는 그걸로 끝……. 나는 있지, 그의 집에도 들어가 보지 못했어…….』

첫 남성과의 관계는, 소나기 같은 가벼운 관계성밖에 없었다고 합니다.

『너무하지……? 나, 처음이었는데…….』

뭐, 처음이었는지 어떤지는 제쳐두고.

"그리고 어떻게 되었나요?" 하고 저는 다음 이야기를 재촉했습니다.

　말하길, 그녀는 그러고서—— 결국, 많은 주인의 손을 전전했
다고 합니다.

　『나는 그 후로 남녀에 상관없이 많은 사람의 손을 거쳐왔어…….』

　우산만큼 도난당하기 쉬운 물건도 없을 테지요. 어찌 된 것인
지 사람은 쏟아지는 비를 피하기 위해서라면 다른 사람의 우산을
훔치는 것은 죄가 되지 않는다고 하는 생각을 가지는 경향이 있
나 봅니다.

　결과, 그녀는 길거리와 우산꽂이 사이를 우왕좌왕 오가게 되었
습니다.

　"정말…… 갑자기 비라니 곤란한걸……."

　두 번째 주인은 어린 여자아이였습니다.

　"아아. 평소였다면 하인 남자들에게 우산을 들게 할 텐데."

　그 소녀는 평소 온갖 남자를 이리저리 바꿔대는, 우산 씨의 말
에 따르면 쓰레기 같은 여자였습니다.

　"어머, 좀 지저분하지만 이 우산이면 되려나."

　소녀는 우산을 주워 펼쳤습니다.

　『그르르르르릉!』

　우산 씨는 열 받았습니다. 솔직히 말하자면 그녀와 우산 씨의
상성은 최악이었습니다.

　"꺄아아아아아아아악! 우산이 말했어!"

　소녀는 우산 씨를 근처 찻집 우산꽂이에 처박고, 그대로 빗속
을 전력으로 뛰어 돌아갔습니다.

『훗! 꼴 좋다!』라고 우산꽂이에서 내뱉는 그녀.

그러고서 그녀가 다른 분 손에 넘어간 것은 고작 몇 분 후.

다음 주인은 참으로 부유해 보이는 차림새의 남성이었습니다.

"이런. 소나기인가. 이거 곤란하군."

찻집에서 막 나온 그는 하늘을 향해서 손바닥을 펼치고 물방울을 받으며 한숨을 내쉬었습니다.

"그러나 내가 젖어버리는 건 세상의 손실이지."

이 예쁘장한 남자는 마치 처음부터 우산이 제 것이었던 양, 당당히 우산을 훔쳤습니다.

『까악! 강제적인 사람……!』

우산 씨는 두근두근했습니다. 부유해 보이는 외모와 여차할 땐 박력 있게 이끌고 가줄 듯한 인간성이 우산 씨의 성벽에 정확하게 꽂혔다고 합니다. 저는 방금 만난 물건의 성벽을 들어야만 하는 것에 무어라 말할 수 없는 감정을 느꼈습니다.

이 예쁘장한 남자와의 관계는 한동안 이어졌다고 합니다만, 그러나 우산 씨가 말하길 이 남자는 어마어마하게 폭력적인 남자였다고 합니다.

"저기, 오늘은 어디에 데려가 줄 거야?"

우산 아래에는 한 명의 소녀.

예쁘장한 남자는 우산 씨라는 물건이 있으면서, 다른 여자를 우산 씨 아래로 들였던 것입니다!

"어디 가고 싶어? 네가 원하는 곳이라면 어디든 좋아."

"내가 좋아?"

"물론이지! 네가 제일이야."

"어머, 몰라! 다른 사람한테도 똑같이 말하지?"

싫지만은 않은 얼굴을 하면서 예쁘장한 남자의 어깨를 찰싹찰싹 때리는 소녀.

며칠 후.

다른 여자를 우산 아래로 들인 예쁘장한 남자는 "네가 제일이야……"라고 속삭였습니다.

이 남자는 쓰레기라고 저는 생각했습니다.

예쁘장한 남자는 진짜 여자친구가 있으면서, "최근 여자친구랑 그다지 사이가 좋지 않아서……"라며 그런 느낌의 고민을 드러내 약한 모습을 보이면서, 여성의 모성 본능을 자극하는 것으로 여자아이들을 마구 바꿔대는 쓰레기 자식이었습니다. 그에게 있어 여성은 간단히 주울 수 있고 간단히 버릴 수 있는 것인지, 우산 씨 아래에는 매번 다른 여성이 들어왔습니다.

우산 씨는 많은 사람을 들였습니다.

그리고 3주 정도가 지났을 무렵에, 어느 날 갑자기 그에게 버려졌습니다. 슬프게도 별것 아닌 이유로 주워졌던 우산 씨도 역시 간단히 버릴 수 있는 것 중 하나였던 것입니다.

만났을 때처럼 찻집에서, 그녀는 버려졌습니다.

그리하여 그녀는, 그 후로도 사람들 사이를 전전했습니다. 어느 날은 중년 아저씨가, 어느 날은 젊은 여성이. 어느 날은 할아버지가, 혹은 할머니가.

많은 사람이 그녀를 들고서 걸었습니다.

잠시, 비를 피하기 위해서만.

『후후…… 그러니까 있지, 나는 이제 많은 사람의 손에 더럽혀졌어…….』

자조하듯 웃으며, 그녀는 오해를 불러일으킬 대사를 뱉었습니다. 저는 못 들은 척했습니다.

"그래서, 지금 주인분과는 언제 만났나요?"

『좋은 질문이야!』

그녀의 목소리가 밝아졌습니다.??

"흠냐흠냐."

그리고 이 타이밍에 일레이나 님이 잠든 곤한 숨소리를 내기 시작했습니다. 이야기가 길어서 졸음이 밀려왔나 봅니다. 며칠 전부터 그다지 느긋하게 잠을 못 잔 것 같으니 어쩔 수 없는 일이지요.

우산 씨가 말하길, 이번 주인인 그와의 만남은 그야말로 운명적이었다고 합니다.

비가 내리던 그날, 그녀는 거리에서 누군가가 주워주기를 기다리고 있었습니다.

처음 버려졌던 날처럼.

『끼잉…… 끼잉…….』

그녀는 슬프게 울고 있었습니다. 비가 내릴 때마다 사람에게서 사람에게로 공유될 뿐인 매일. 대체 나는 무얼 하고 있는 걸까. 이럴 리가 없었다. 셀럽인 우산으로서의 긍지는 어디에도 없었습니다.

평생 이런 일이 이어지는 걸까── 그런 생각을 하자, 눈물이 멈추지 않았습니다.

그리고 그날도, 낯선 사람이 그녀를 주워 들었습니다.

"정말이지. 소나기라니 큰일이잖아."

그것은 아직 열 살 정도로 보이는 소년.

그녀는 울었습니다.

『아아, 슬퍼……! 나, 결국 이런 어린아이한테까지 주워지게 되고 말았어……!』

셀럽 우산인데!

떨어질 데까지 떨어졌구나! 하고 그녀는 한탄하며 슬퍼했습니다. 소년에게 그런 그녀의 한탄은 이상한 소리, 혹은 강아지 울음소리처럼만 들렸을 테지요.

그러나 소년은 그녀의 목소리 따위는 듣고 있지도 않았나 봅니다.

"대단해! 이 우산 엄청나게 멋져!"

쏟아지기 시작한 빗속에서 활짝 펼쳐진 검은 우산.

『흐응. 나는 고급 셀럽 우산이거든? 멋지다니 당연하잖아. 뭐야, 이 꼬맹이…….』

투덜투덜 불만을 말하면서도 그녀는 소년이 젖지 않도록 막아주었습니다.

소년은 기분 좋게 빗속을 걸었습니다.

『어차피 이 아이도 나를 버리겠지…….』

이제 그녀는 누군가 주워줘도 기뻐하지 않았습니다. 지금까지 대체 얼마나 많은 사람이 그녀를 주워왔을까요.

어차피 이 아이도 나를 버릴 거야. 기대를 하니까 슬퍼지는 거야.

그녀는 이제, 더는 울음소리를 내는 일조차 없어졌습니다. 그저 평범한 우산으로 영락했던 것입니다.

"다녀왔습니다."

소년은 집으로 돌아가자마자 우산을 그대로 욕실로 가져갔습니다.

"비는 꽤 지저분하니까, 제대로 깨끗하게 해야 해."

소년은 우산에 묻은 빗방울을 깨끗한 물로 닦아내고, 그리고 방에서 말렸습니다.

오랫동안 우산 씨에게 묻어 있던 지저분한 것들이, 씻겨나갔습니다.

『흥…… 어린아이인 것치고는 아는구나……. 우산 취급법.』

감탄하면서도 우산 씨는 자신에게 들려주었습니다. 이 아이도 어차피 나를 버릴 거야. 분명 버릴 거야. 기대하면 안 돼──라고.

그러나 소년은, 상당한 괴짜였습니다.

"그것참, 정말로 엄청나게 멋지네……."

방에서 말리는 중인 우산 씨를 바라보며 넋을 잃는 소년. 상당히 한가한지 그는 이어서 우산 씨를 스케치하며 시간을 보내고, 그리고서 밤이 되자 우산 씨를 안고 잠들었습니다.

『이 소년은 뭐야……?』

그리고 소년의 이상한 행동은 거기서 그치지 않았습니다. 소년은 상당히 우산 씨가 마음에 든 것일 테지요.

아침이면 우산 씨를 안고서 일어나는 것은 당연했고, 그리고 학교에 가는 동안 쭉 우산 씨에게 일방적으로 말을 걸고, 돌아오면 학교에서 있었던 일을 우산 씨에게 이야기합니다.

우산 씨는 지금까지의 생애에서 한 번도 없었던 전개에 아무튼 당황했다고 합니다. 그렇겠죠. 저도 들으며 당황했습니다.

그렇다고는 하나 소년은 아직 열 살.

감수성이 풍부한 시기입니다.

어릴 때는 무엇 하나 특별할 것 없는 물건이 보물이 되거나 하는 법입니다. 분명 그에게 있어서는 우연히 주운 우산이 그야말로 그러했던 것일 테지요.

그러나 그녀는 완전히 사람에게 마음을 허락하지 않게 되었습니다.

어차피 버림받을 테니까요.

"후후후. 우산 씨. 들어봐. 오늘은 있지, 학교에서 선생님께 칭찬을 받았어! 어째서라고 생각해? 그건 내 성적이 좋았기 때문이야."

우훗 하고 가슴을 펴는 소년.

1주일지, 2주일지, 아니면 1일일까요?

어차피 이 아이도 질릴 게 틀림이 없습니다――.

"우산 씨, 오늘은 휴일이니까 같이 외출하자!"

하지만 틈만 나면 소년은 우산 씨를 데리고 다녔습니다.

"오늘은 도서관에 가자!"

휴일은 언제나 함께였습니다.

"비가 내린다! 나설 차례야!"

비가 오는 날은 의미도 없이 밖에 나갔습니다.

"아아. 비 안 오려나. 얼른 우산 쓰고 싶다."

맑은 날은 비를 기다렸습니다.

"우산 씨를 줍고서 매일이 즐거워."

그래도 분명 조만간 질릴 것이 틀림없다며, 그녀는 입을 계속 다물고 있었습니다.

"쭉 비가 오면 좋을 텐데."

하지만 그런 식으로 웃는 소년에게 서서히 마음을 허락해가고 있었습니다.

그렇게 소년과의 둘만의 시간이 계속 흘렀습니다.

일주일 전의 일입니다.

"──와아! 오랜만의 비야!"

마음이 우울해질 만큼 쏟아지는 빗속에서 소년만이 마치 맑은 날인 것처럼 들뜬 발걸음으로 걸었습니다.

그에게 있어서는 비가 맑음인 것입니다.

"우산 씨, 오늘은 어디 갈까?"

오랜만의 휴일. 그는 우산을 소중하게 쓰고서 거리를 걸었습니다.

어느샌가 그녀도, 그런 그의 마음에 답하고 싶다고 생각하게 되었습니다.

『………….』

가고 싶은 곳은 어디일까요?

분명 말을 해도 그에게는 닿지 않는다는 걸 알면서도, 그녀는 말하고 있었습니다.

『어디든 좋아.』

그것은 그녀의 솔직한 기분이었습니다.

『내가 우산으로서 비를 막아줄 수 있는 곳이라면, 어디든——.』

그것은 물건으로서의 진심이었습니다.

소중하고 소중하게, 오래오래, 그저 써주었으면 할 뿐입니다.

그 마음은, 소년에게 닿았을까요?

분명 그에게는 이상한 소리로 들렸을 테지요. 언제나 그렇습니다.

"…………."

그는 침묵하고 있었습니다.

아아, 역시. 이상한 소리를 낸 탓에 꺼림칙하게 여겨지고 말았습니다——그녀는 낙담했습니다.

그리 생각했습니다.

"——어라? 너, 이런 데서 뭐 해?"

그러나 애초에 그녀의 말, 아니 소리 따위 그의 귀에는 전혀 닿지 않았습니다.

"학교에서는 얌전하면서, 오늘은 신나 보이네."

소년의 눈앞에는 비슷한 키의 남자아이가 세 명.

"아, 으……."

조금 전까지 넘치던 소년의 활기는 갑자기 사라졌습니다. 마치 사람이 달라진 것처럼, 소년은 입을 다물어버렸습니다.

언제나 쾌활하게 우산 씨에게 말을 걸던 모습은 어디에도 없었습니다.

"어? 너, 그 우산은 뭐야? 촌스러워! 너는 네 우산도 없어?"

"아, 그…… 저기……."

소년은 양손을 꼭 움켜쥐고, 우산 씨를 올려다보았습니다.

"에헤헤, 아빠한테, 빌린 거라……."

"아, 그래."

소년을 둘러싼 그들도 악의가 있어서 한 말은 아닐 테지요. 그저 지나치게 솔직할 뿐입니다. 배려라는 것이, 그 아이들에게는 없었습니다.

"하지만 너희 아빠, 진짜 이상한 우산 쓰시네." "촌스러워." "구닥다리야."

제멋대로 말해댔지만, 이것도 결코 악의가 담긴 것은 아닙니다.

알고는 있었습니다.

어린아이란 그런 법.

하지만 주운 우산인 그녀를 소중하게 안아주었던 소년을 비웃는 아이들에게, 그녀는 분노를 느꼈습니다.

방해하지 말아줬으면 했습니다.

모처럼 매일이 즐거워지기 시작했는데.

『촌스러워? 구닥다리야? 바보 취급하지 마! 나는 셀럽 우산이라고!』

정말이지 실례잖아! 하고 그녀는 큰 소리로 화냈습니다. 아마도 그 목소리는, 역시 일레이나 님에게 그렇게 들렸던 것처럼, 개가 우는 소리로 그들의 귀에 닿았을 테지요.

당연하게도 그것은 평범한 우산으로는 불가능한 일입니다.

"으, 으아아아아아!" "그 우산 뭐야? 무서워!" "귀신이다! 귀신이다!"

아이들은 제각기 소란을 피웠고, 그리고 소년에게서 저주의 우산을 빼앗아, 길에 던져버리고 말았습니다.

"앗──."

소년은 버려진 우산 씨에게 손을 뻗었습니다.

"어이! 너, 가자! 그런 우산은 위험하다고!"

그러나 어린아이 중 하나가, 반대쪽에서 그의 손을 잡고 뛰어가 버렸습니다. 무서워하는 것 같으면서도 재미있어하는 분위기의 아이들은, 그렇게 소년을 데리고 그대로 거리 저편으로 달려가 버렸습니다.

펼쳐진 채 길에 방치된 우산 씨를, 그 후 친절한 행인 한 사람이 상자 안에 꽂아놓고 갔습니다.

우산 씨는 언젠가 소년이 주워주기를 바라며, 누군가가 주우려 할 때마다 낮은 울음소리를 내며 거부했습니다.

그녀는 계속해서 소년을 기다렸습니다.

그리고 어제의 일이었습니다.

우산 씨는 보고 말았습니다.

소년이, 아이들과 함께 걷고 있는 모습을.

『………….』

소년은 아직 열 살.

감수성이 풍부한 시기입니다.

분명 손을 잡고 달려간 후에 의기투합이라도 한 것일 테지요.

소년은 즐겁게 걷고 있었습니다. 언제나 우산 아래에 있던 웃는 얼굴이, 아주 멀게 느껴졌습니다.

"──아."

대화 도중에 문득 시선을 이쪽으로 돌린 소년과 눈이 마주쳤습니다.

"…………."

그러나.

소년이 다시 그녀를 줍는 일은 없었습니다. 그에게 있어, 분명 우산 씨는 이제 저주받은 물건 그 자체였을 테지요.

그녀는 그 순간 깨달았습니다.

자신이 또 버려지고 말았다는 것을.

『끼잉…… 끼잉…….』

그다음은 저희가 아는 대로.

우산 씨는 길에서 울었고, 그리고 일레이나 님에게 주워지게 되었습니다.

『알고 있어── 나 같은 낡은 물건이 인간에게 사랑받다니…….』

긴 시간 추억을 이야기한 우산 씨는 다시 울기 시작했습니다.

아아, 일레이나 님이 또 화내고 말──.

"쌕쌕."

일레이나 님 잠드셨군요. 그럼 딱히 상관없겠네요.

저는 완전히 풀이 죽은 우산 씨를 위로했습니다.

"저기, 기운 내세요. 우산 씨──."

『부디 나를 이대로 부숴서 버려주세요……. 이제 나는 사는 게 괴로──.』

"어머!"

무슨 말을 하는 겁니까! 저는 기절초풍했습니다.

파괴라니, 물건인 우리에게 있어서는 죽음을 의미합니다.

"그렇게 막다른 곳에 몰릴 만큼 괴로운가요……?"

『소중한 사람에게 버려진 괴로움…… 당신도 알잖아?』

"아뇨 죄송합니다. 저는 버려진 경험이 없어서."

『으아앙!』

우산 씨는 다시 울음을 터뜨리고 말았습니다. 그야말로 천장에 구멍이라도 뚫린 건 아닐까 싶을 만큼, 바닥은 물에 젖고 말았습니다.

아아, 어떻게 하면 좋을까요.

저는 엉엉 우는 어린아이를 앞에 둔 어른처럼 어쩔 줄 몰라 하며, 그저 그 자리에 생기는 물웅덩이를 바라볼 뿐. 어찌할 도리도 없습니다.

『아가씨…… 그 괴로움 이해해.』

그러던 때, 갑자기 대화에 끼어든 것은 바닥의 나뭇결 씨.

『옛날 일이 생각나네…… 나도 젊을 때는 아가씨처럼, 나를 써주는 인간에게 꿈과 희망을 가졌었지……. 그 눈물, 내 안에 스며들었어…….』

두 가지 의미에서 말이지──하고 바닥의 나뭇결 어르신은 말했습니다. 표정은 알 수 없지만, 아마도 의기양양한 얼굴을 하고 있을 겁니다. 조금 기분 나쁜 대사에 저는 살짝 질렸습니다.

『으아아.』

순식간에 우산 씨의 눈물이 쏙 들어갔습니다. 고민에는 공감이 효과적이라고 합니다만, 이건 좀 효과가 너무 즉각적이로군요.

아무튼, 그건 그렇다 치고. 스스로 목숨을 끊고 싶다고 말하는 우산 씨에게 저는 잔소리를 하고 싶은 기분이 들었습니다.

"우산 씨, 부디 진정해주세요. 목숨을 내던지다니, 물건이 간단히 해도 될 말이 아닙니다."

『시끄러워! 그런 말을 하는 당신은 매일 소중하게 쓰이고 있잖아?』

"후후후."

『으아앙! 정말 싫어!』

망가져 주겠어! 하고 우산 씨는 소리쳤습니다.

『아까부터 시끄럽네!』

그런 우산 씨에게 덜걱덜걱 흔들리며 반응을 한 물건이 있었습니다. 창문 씨였습니다.

『너 말이야, 버려진 걸 원망하면서 불만을 늘어놓고 있나 본데, 나는 버려진 경험은커녕, 그걸 전할 상대조차 없다고. 어째선지 알아?』

창문이기 때문이겠죠.

『창문이니까!』

그렇죠.

『멍청이!』

그리고 창문 씨에게 공명하듯이 튀어 오른 건 침대 씨.

『나는 매일매일 손님을 계속 바꿔대고 있다고! 아무리 마음을 다해도, 손님들은 나를 전혀 돌아봐 주지 않아. 언제나 나는 하룻밤의 관계. 손님을 따뜻하게 해주면서 내 마음은 차가워질 뿐. 어째서인지 알아?』

그것은 침대이기 때문이겠죠.

『내가 무거운 여자라서야……!』

저는 일레이나 님이 의자에 앉은 채 잠들어서 정말 다행이라고 생각했습니다.

『뭐, 아무튼. 정리하자면, 너한테는 아직 기회가 있다는 거다.』

지금까지의 이야기를 멋대로 정리하는 것은, 방문 씨.

『너는 우산이고, 언제든 여기서 뛰쳐나갈 수 있어. 너를 운반할 수 있는 물건이 거기에 있으니까.』

어라? 혹시 제가 협력하는 걸로 이미 이야기가 진행된 건가요?

『하, 하지만…… 소년이 어디에 있는지 같은 거…… 나, 몰라요.』

침울해지는 우산 씨.

방문 씨는 그런 그녀를 문손잡이로 웃었습니다.

『하핫. 어이 어이, 이 나라에 대체 얼마나 많은 물건이 있다고 생각하는 거야?』

그리고 그는 말했습니다.

『이미 내 동료한테 네 파트너를 찾게 하고 있다고.』

『방문 씨……!』

아뇨, 방문만이 아닙니다.

이곳에 있는 물건들 전부가, 그녀의 등을 밀어주고 있었습니다.

움직이지 못하기 때문에 몇 번이나 마음 답답한 경험을 했던 물건 들이기에 이런 단결력이 나오는 걸까요? 그들은 하나같이 『만나러 가……!』라며 의욕적으로 그녀를 부채질했습니다.

"……뭐, 그러네요."

그리고 불초 저도 역시, 이곳의 분위기에 편승한 한 사람이었습니다.

"분명 소년과 만날 수 있으면, 다시 그의 물건이 될 수 있을 거라고 봅니다."

『……어떻게 그렇게 단언할 수 있는 거야?』

솔직히 말씀드리면 확증은 없습니다.

저는 언제나 일레이나 님이 그때그때의 분위기로 멋진 대사를 할 때처럼, 잔뜩 뜸을 들이고서 우산 씨에게 웃어 보였습니다.

말하길.

"왜냐면 소년은 감수성이 풍부한 시기이기 때문입니다."

●

소년 안에도 후회가 있었던 것일 테지요.

그는 빗속을 홀로 걷고 있었습니다. 비에 젖는 것도 개의치 않고, 우산을 쓴 사람들과 스쳐 지나가면서 우산 하나하나를 살피며 걸었습니다.

이건 마을 물건들의 이야기입니다.

『그 아이라면 금방 찾을 수 있을 거야.』

소년의 특징을 전하면서 묻고 다니자, 마을 물건들은 그 소년의 행방을 바로 가르쳐주었습니다.

『그 아이, 낮부터 쭉 길을 걸으며 무언가를 찾고 있어.』『몇 번이고 몇 번이고 이 길 앞을 지나갔어.』『분명 이제 곧 올 거야.』

그래서 저는 우산 씨를 쓴 채로, 큰길에서 소년을 기다렸습니다.

그가 온 것은, 얼마 후였습니다.

"…………."

줄곧 찾아다닌 탓에 피로가 쌓였는지, 아니면 이미 희망을 잃었는지, 소년의 눈동자는 어둡고 어둡게 탁해져 있었습니다.

비에 젖은 몸을 질질 끌듯이, 무거운 발걸음으로 터덜터덜 그는 걸었습니다.

괜찮은 걸까요?

"그러다 감기 걸립니다."

이런 날 우산도 쓰지 않고 돌아다니다니. 그렇게 저는 소년에게 웃어 보이면서 우산을 씌워주었습니다.

원래 주인인 소년에게 다가가듯이, 우산 씨는 기울여 소년을 비로부터 지켜주었습니다.

"누나, 이거, 어디서——."

"어릴 때 보이는 세계는 좁은 법이죠."

당황하는 소년의 말을 자르면서 저는 말했습니다.

"주위 아이들에게 한마디 들은 것만으로 가치관이 흔들리고 만다. 한마디 들은 것만으로 자신의 모든 것이 별로라고 생각되고 만다."

그야말로 마치 우산으로 가로막힌 것처럼, 시야에는 아주 일부만 보입니다. 사실은 우산 너머에도 풍경이 가득 펼쳐져 있는데도.

"……누나, 누구야?"

"후후후. 누구일까요?"

제가 누구인지는 지금 아무 상관 없습니다.

"일단 물건의 요정이라고 해두기로 할까요?"

"물건의 요정…….."

우산 씨와 저를 번갈아 바라본 다음 그는 "그렇, 구나"라고 당혹스러움이 섞인 반응을 보였습니다. 그 후에 "……수상해"라고 작게 중얼거렸습니다. 저한테는 확실하게 들렸거든요.

……물건의 요정이라는 말은 크게 틀린 것도 아닙니다만.

뭐, 됐습니다.

"생김새라는 건 그렇게 중요한 건가요?"

저는 갈피를 잡지 못하는 소년에게 말했습니다.

"눈앞에 있는 사람 마음에 드는 게 그렇게 중요한 건가요?"

예를 들면 소년에게는 목소리를 듣는 것도 이야기를 나누는 것도 불가능한 물건들이 그에 관해 잘 이해하고 있듯, 결코 서로 관계가 없더라도 사람은 타인을 잘 보고 있는 법입니다.

"…………."

침묵하는 소년.

저는 계속해서 그에게 말을 걸었습니다.

"눈앞만 신경 쓰는 삶의 방식은 지친답니다."

혹은 이렇게 말해야 할까요?

"정말로 소중한 사람을 제대로 바라봐 주세요."

"…………."

엄밀하게 말하자면 우산 씨는 인간이 아니기는 합니다만.

『끼잉…….』

그렇게 약삭빠르게 그의 손안에서 우는 기묘한 우산 씨에게 제대로 애정을 쏟아줄 수 있는 건, 분명 이 소년 정도일 테지요.

"이 아이, 소중히 여겨주세요."

대체 얼마나 우산 씨가 그를 소중하게 여기고 있는지.

버려지고서 얼마나 불안했는지.

말하지 않아도, 부디 알아주었으면 합니다.

"…………."

그러고서 소년은, 양손으로 꼭 쥔 오래된 우산의 자루를 바라보고는.

우산을 들었습니다.

"응."

그리고 그는 고개를 끄덕였습니다.

넓게 펼쳐진 시야 속에서.

○

"일레이나 님이 잠든 사이에 그런 일이 있었답니다. 그런 이유로 우산 씨는 원래 주인인 소년에게 돌아가게 되었던 겁니다."

"안 잤습니다."

어느 틈엔가 방에서 사라진 빗자루 씨가 돌아왔을 때, 그녀의 머리카락은 젖어 있었고, 저는 수건을 건네면서 그녀에게 "어디 갔던 겁니까?" 하고 물었습니다.

그에 대한 답이 그러한 것이었기 때문에, 저는 납득이 되어 과연 하고 고개를 끄덕이기에 이르렀습니다.

"눈을 떴을 때 바닥이 축축해서 무슨 일인가 했는데, 그런 사정이었나요."

"네? 일레이나 님, 잠드셨던 건가요?"

"안 잤습니다."

고집스럽게 인정하지 않는 저. 이야기 중에 자는 실례인 마녀란 대체 누구일까요? 그것참, 저로서는 전혀 짐작도 안 가는군요.

"요즘 피곤하신가 보네요."

수건으로 머리를 말리면서 빗자루 씨는 걱정스레 눈썹을 내리떴습니다. 본인 상태를 걱정해보는 건 어떨까 하는 생각이 안 드는 것도 아닙니다만.

그나저나 괜한 걱정을 끼치고 말았군요.

"요즘 좀 이런저런 일이 있었으니까요. 경계하느라 좀처럼 잠을 못 잤었어요."

흐아암 하고 저는 하품을 하면서 말했습니다.

"그나저나 이야기를 들어보니 상당히 특이한 소년인 것 같네요."

"개 우는소리를 내는 우산 주인이니까요. 어떤 의미에서는 우산 씨는 소년이랑 잘 어울릴지도 모르겠어요. 우산 씨에게 그가 필요했던 동시에, 분명 그에게도 우산 씨가 필요 불가결했던 것일 테지요."

뭐 그것도 그렇지만, 처음 보는 빗자루 씨에게 갑자기 우산을 건네받고 용케도 당황하지 않았네요. 수상한 사람이라고 오해받아도 불만을 말할 수 없을 겁니다.

"…………."

"당신이 무사히 돌아와서 안심했습니다."

"일레이나 님……!"

저를 걱정해주시다니……! 감사한 말씀입니다! 하고 그녀는 무척이나 기뻐했습니다만.

아뇨 아뇨 그런 의미가 아니라.

"당신이 없으면 제가 여행을 할 수 없게 되고 맙니다, 라는 의미랍니다."

○

그다음 날, 저는 그 나라를 떠나기로 했습니다만.

"또 비……."

올려다보니 뚝뚝 빗방울이 쏟아지고 있었습니다. 떠나기 전에 한번 하고 찻집에 들어갔을 때는 내리지 않았습니다만, 아무래도 제가 가게 안에서 커피를 즐기는 사이에 다시 날이 굳어지고 말았나 봅니다.

빗속 여행은 그다지 좋아하지 않습니다만.

"부, 부탁이야……! 기다려줘! 나를 버리지 말아줘!"

가게 앞에서 멍하니 있으려니, 단정한 생김새의 남성이 길바닥에서 크게 소리치고 있는 것이 보였습니다. 좋은 옷은 젖었고, 아마도 잘 정리했었을 터인 머리 모양이 후줄근하게 망가져 있었습니다. 그래도 개의치 않고 남성은 여성의 다리에 매달렸습니다.

"시끄럽네! 지금까지 실컷 바람을 피워댄 주제에 무슨 낯짝으로 말하는 거야! 쓰레기 같은 남자가!"

그런 그를 가차 없이 짓밟는 것은 젊은 여성.

"너에게만은 진심이었어! 믿어──."

"뒈져버려!"

남성의 말을 자르고 밟아버린 것은, 다른 여성이었습니다. 자세히 보니 그의 주변에는 각양각색의 우산이 늘어서 있었고, 그리고 다양한 여성이 그의 무참한 모습을 내려다보고 있었습니다.

"나만 좋아한다고 말했으면서……." "죽여버리겠어." "너무해……." "바람둥이였다니 어떻게 된 거야?" "이 쓰레기가."

빗속에서 쉼 없이 쏟아지는 욕설. 전혀 봐주지를 않습니다.

상황을 보아하니, 여러 여자에게 달콤한 말이라도 해왔던 것일 테지요.

"누나, 이런 데서 뭐해? 누구 기다려?"

예를 들면 이런 식으로, 비를 피하고 있는 여성에게 말을 걸거나 했던 것일까요?

"뭐, 그런 참입니다. 친구가 잠깐 답례 인사를 다니는 중이라──."

그렇게 저는 목소리가 들린 쪽으로 고개를 돌렸습니다.

열 살 정도의 소년이 우산을 기울여 쓰고서 이쪽을 올려다보고 있었습니다.

"답례 인사?"

낯선 단어인 것일까요? 소년은 이상하다는 듯이 고개를 갸웃거렸습니다.

"신세를 졌던 사람에게 인사를 하고 있어요. 이 나라에서 여러 사람에게 도움을 받은 일이 있다나 하면서."

"그렇구나!"

소년은 비 오는 흐린 하늘에 어울리지 않을 만큼 밝은 얼굴로 미소를 꽃피웠습니다.

"소중한 사람에게 감사의 말을 전하는 건 좋은 일이야."

"그러네요."

"그런데, 누나. 우산, 없어?"

"아, 네. 뭐, 없네요."

"그렇구나! 그런데 내가 들고 있는 우산, 어때?"

소년은 휙 하고 제게 우산을 들이댔습니다.

그건 아주아주 낡고, 그러면서『왕왕!』하고 마치 개가 우는소리 같은 소리를 내는 신기한 우산이었습니다.

참으로 재미있는 우산이라고 할 수 있지 않겠습니까?

"잘 어울리네요."

"에헤헤. 역시 그렇지? 고마워!"

그 말을 기다렸다는 듯이 그는 다시 기뻐하며 웃더니, "안녕!" 하고 그대로 우산을 소중하게 쓴 채 걸음을 내디뎠습니다.

"…………."

괜찮으면 씌워줄까?

아뇨 아뇨 됐습니다. 낯선 여성에게 그런 말을 하며 돌아다니다간 저렇게 됩니다.

우왓, 저게 뭐야?

아마도 쓰레기 같은 남자가 아닐까요? 저렇게 되고 싶지 않다면, 쓸데없이 여성에게 작업을 거는 짓은 하지 말도록 합시다.

……뭐, 그런.

대화가 오가리라고 저는 예측하고 있었습니다만.

평범하게 돌아가 버렸습니다. 비를 피하는 중에 갑자기 나타난 낯선 소년에게 우산 자랑만 듣고 홀로 남겨졌습니다.

"──오래 기다리셨죠? 일레이나 님. 여러 물건에게 인사를 하고 다니다 보니 예상 이상으로 시간이……" 하고 뒤쪽에서 목소리가 하나. 빗자루 씨였습니다.

"……일레이나 님? 무슨 일 있으셨나요?"

제 시선을 좇아 그녀는 길 저편을 바라보았습니다.

각양각색의 많은 우산이 오가는 큰길.

비슷한 색과 모양의 우산은 있지만, 완전히 똑같은 것은 하나도 없는 우산의 무리입니다.

저는 그중 하나를 바라보면서 말했습니다.

"괴짜 소년과 만났습니다"라고.

낡은 우산을 쓴 소년의 모습은 이윽고 인파 속에 섞여 보이지 않게 되었습니다.

"……아아, 과연. 일레이나 님, 만나셨군요."

빗자루 씨는 저와 같은 곳을 바라보며 납득한 듯이 고개를 끄덕였습니다.

그리고 그녀는 부드럽게 웃으며, 말했습니다.

"그런데, 일레이나 님. 저건 괴짜가 아니라 쓰레기 같은 남자가 아닐까 싶습니다."

"그쪽이 아니에요."

제 4 장

"오늘이야말로 결판을 내지 않겠는가. 나의 라이벌이여!"

그런고로 자, 결투.

……하기 전에 우선 내가 어디의 누구이며 무얼 하고 있는지 설명하지 않으면 안 되겠지.

나의 이름은 크레틸.

나라 밖의 초원에서, 다크 블루 머리카락을 흩날리며 높다랗게 소리를 지르는 마법사이다. 나이는 열일곱. 얼굴은 귀엽다. 마법 실력도 그럭저럭. 그리고 얼굴이 귀엽다.

학업 성적은 언제나 최상위. 마법 명문 고등학교에서도 나와 어깨를 나란히 할 정도의 성적을 받는 사람 같은 건 한 사람밖에 없다. 참으로 완벽하다.

문무겸전 재색 겸비란 나를 위해 존재하는 단어라고 해도 과언이 아니다. 오히려 내가 어원이라고 주장하고 싶을 정도다.

이 정도로 설명하면 내가 어떠한 사람인지를 이해하는 건, 갓 태어난 새끼 사슴이라 해도 간단한 일이리라.

그리고 이런 나에게는 라이벌이라 부를 수 있는 이가 한 명 있었다.

"응? 결판……? 오늘 예정은 소풍 아니었어?"

평원에 돗자리를 깔면서 고개를 갸웃거리는 것은 나의 라이벌. 이런 상황에서 소풍이라니! 문무겸전 재색 겸비의 내가 적이라

인정한 이답다.

학업 성적에서도, 마법 기술 면에서도, 동년배 중에서 이 나드나만이 나와 어깨를 나란히 할 정도의 실력을 가졌다.

실력은 비등비등하다 해도 과언이 아니다.

그러나 비등비등하기에 흑백을 가리고 싶어지는 것이 아닐까?

고로 나는 오늘, 나라 밖의 초원으로 나드나를 불러냈다.

어느 쪽이 마법사로서 위인지를 정할 때가 온 것이다.

당연하게도 사이좋게 소풍 같은 걸 하며 기분을 내기 위한 게 아니다.

"싸우기 위해 불러낸 게 당연하지 않은가 이 어리석은 자여!"

"뭐? 거야? 오랜만에 크레틸이 부르길래 나는 당연히 소풍이라고 생각했지."

"아니다. 배틀이다."

"에이. 날씨도 좋은데 마법으로 싸우는 거야? 소풍 쪽이 재미있을 거야."

"아니 배틀을 한다."

"혹시 지난번 시험에서도 2등이었던 걸 마음에 두고 있는 거야?"

"시끄러워."

"그보다, 나는 싸운다는 말은 듣지 못했으니까 오늘은 지팡이를 안 가져왔는데?"

"뭐?"

뭐라고?

"아니, 그게, 싸울 마음이 없기도 했고. 그러니까 하고 싶어도 무리야."

…………

뭐어?

내가 분개한 것은 말할 것까지도 없으리라.

"너는 대체 무얼 하러 온 것이냐!"

"아니, 그러니까 소풍인데……."

그렇게 화내지 마, 하고 나드나는 실실 웃으며 가방에서 바게트를 꺼냈다. 그 모습에서는 이제 완전히 식사할 마음밖에 느껴지지 않았다.

"뭐, 지팡이를 빌려준다면, 해도 좋아. 결투."

마치 떼를 쓰는 어린아이를 달래듯이 그녀는 어쩔 수 없이 몸을 일으켰다. 나드나는 나와의 결투를 식전에 하는 가벼운 운동 정도로 여기고 있는 것일까.

사람을 우습게 보는군.

나는 웃었다.

"하하하! 나드나, 말해두겠다만, 나중에 빌린 지팡이라서 졌느니 하는 말 말아라."

"오케이, 오케이. 괜찮아."

휙휙 손을 내저으며 실실 웃는 나의 라이벌.

아무래도 이 계집애한테는 자신의 처지라는 걸 알게 해줄 필요가 있을 것 같다.

"말해두겠지만 오늘의 나는 평소와 다르다. 나드나. 크크큿. 나는 네가 울음을 터뜨리지는 않을지 걱정이구나."

"어? 정말? 무서워라. 살살 해줘."

시종 가벼운 분위기로 내게 대꾸하는 나드나. 여유로운 얼굴을 할 수 있는 것도 지금뿐이다.

이리하여 나와 나드나는 결투를 했다.

이것은 통산 42번째의 결투였다.

○

"그러한 사정으로 나는 현재 스승님이라 부를 수 있는 사람을 찾아서 거리를 배회하고 있다. 그러던 때 당신을 발견한 것이다. 이것은 운명이다. 사흘 동안만이라도 좋으니 내 스승님이 되어주길 바란다."

그 소녀가 제 앞에 나타난 것은, 제가 나라의 문을 통과한 직후의 일이었습니다.

여담입니다만, 나라의 사정에 무지한 여행자를 노리고 터무니없는 장사를 시도하는 인간이 드물게 있습니다.

그런 만큼 입국 직후에 말을 걸어오는 사람을, 저는 나름 경계하고 있습니다만.

"과연."

눈앞에 갑자기 나타나 자신을 크레틸이라고 태연하게 소개한 그녀에게 저는 흥미를 느꼈습니다. 흥미를 느낀 데다, 그녀가 제멋대로 이야기한 본인의 신상 이야기에 귀를 기울이기에 이르렀던 것입니다.

말하길, 그녀에게는 라이벌이 있다고 합니다.

뭐, 요컨대 그녀의 이야기를 정리하자면.

"완패했으니까 복수하고 싶다, 라. 그런 겁니까?"

그런 것일 테지요.

제 앞에 선 크레틸 씨의 복장은, 진흙투성이 먼지투성이.

화창한 하늘 아래에, 그 차림새는 마치 진흙탕에 머리부터 처박힌 듯 온몸이 모조리 더러웠습니다.

그런 차림새를 하고서 스승님이 되어달라느니 하고 제안을 하니, 결투인가 뭔가 하는 것의 결과는 짐작이 되었습니다.

"후후후. 그 통찰력은 역시라고 해야겠군."

"본 그대로의 감상을 말했을 뿐입니다만."

"아니, 그게 아니야. 마녀님. 통찰력이 뛰어난 마녀를 스승으로 맞이한 나 자신을 칭찬하고 있는 겁니다."

"…………."

"역시 나야……. 문무겸전 용모 단정 재색 겸비의 덩어리라고 불릴 만하다."

나르시시즘 덩어리를 잘못 말한 게 아닌지?

말 곳곳에서 "나 대단하지?"라고 말하고 싶은 듯한 분위기가 배어 나오고 있었습니다. 이 크레틸이라는 소녀는 아무래도 온몸 구석구석 자존심으로 뒤덮인, 자기 평가가 이상하리만치 과한 소녀인가 봅니다. 저는 뭔가 과거의 자신을 보는 것만 같아서 부끄러워졌습니다.

"그나저나 라이벌한테 일방적으로 져놓고 문무겸전이라니 어떨까 싶습니다만."

"으음. 듣기 거북하군. 마녀님. 나는 일방적으로 지지 않았다."

"그렇습니까?"

"이번엔 어느 쪽인가 하면 아쉬운 패배였다. 흥이 잘 오르지 않아서 이번엔 우연히 이기지 못했을 뿐이고 그러고 보니 오늘은 아침부터 아무것도 못 먹어서 배가 고팠던 것도 원인 중 하나고, 그리고 집 문단속을 잘했는지 어땠는지 신경이 쓰여서 승부에 좀 집중하지 못했던 것도 이번 승부에는 큰 영향이 있었다. 정리하자면 이번에 진 건 우연이라는 거다. 결코 내가 약한 게 아니다. 알았나? 마녀님."

"말이 엄청나게 빨라."

"아무튼 이번엔 우연히 상태가 나빴을 뿐입니다. 마녀님. 평소의 나였다면 이런 추태는 보이지 않았을 겁니다."

"그렇습니까?"

그러고 보니.

"그런데 라이벌분과의 승부 전력은 어떻게 됩니까?"

통산 42회째의 결전이라고 했으니 이번엔 졌다고 해도, 어느 정도의 비율로 승리했습니까?

"그렇군요. 겸손하게 말해서 42전 42패라고 할까요."

"당신은 겸손이라는 말의 의미를 모르는 겁니까?"

시원스러울 만큼 전패가 아닙니까?

"하지만 43회째의 결투에서는 유종의 미를 장식하고 싶습니다. 마녀님."

"네에······."

그래서 일부러 마녀를 찾았다는 겁니까.

그보다 이 아이는 지금까지 실컷 지기만 해놓고서 잘도 천재인 척을 하는군요.

"이런, 마녀님 지금 『지금까지 실컷 지기만 해놓고서 잘도 천재인 척을 하는군요』라고 생각했지요?"

"대단하네요. 토씨 하나 안 틀리고 똑같이 생각했습니다."

"어째선지 압니까?"

"얼굴 가죽이 두껍기 때문일까요?"

"나도 질 때마다 같은 생각을 했기 때문입니다!"

"두꺼운 얼굴 가죽 아래서는 눈물을 흘리고 있던 거로군요······."

뭐, 그녀로서도 자신이 천재라고 진심으로 생각하고 있는 건 아닐 테지요. 자신을 크게 칭찬하는 듯한 언동은, 대략 80퍼센트는 농담으로 한 발언이거나 한 겁니다.

그러한 제정신이라고는 생각할 수 없는 언동을 할 만한 인간을, 저는 잘 알고 있습니다.

그것은 대체 누구일까요?

그렇습니다. 저입니다

"하지만 승부에 지나치게 연연하는 것도 어떨까 싶습니다. 어린애도 아니니까요."

"멋모르는 소리 하지 말아주세요. 마녀님은 승부의 세계를 사는 자들을 우롱하는 겁니까?"

"당신에게 있어 라이벌분과의 싸움은, 승부의 세계와 같은 의미로 여겨질 만큼 중대한 겁니까?"

"물론입니다!"

한층 더 목소리를 높이는 그녀.

"그리고 승부의 세계에 있으면 지는 건 드문 일이 아닙니다. 어떤 천재라 해도 실패와 패배는 경험하는 법입니다."

"……뭐 그렇지요."

저는 순순히 고개를 끄덕였습니다. 일리 있습니다.

"실패했을 때 어떠한 분석을 할 수 있는가가, 천재와 범인의 갈림길이라고 생각합니다. 마녀님."

흐음흐음.

"그래서 천재인 당신은 어떤 결론에 이르렀습니까?"

내가 묻자 그녀는 잠시 사이를 둔 다음, 맑은 눈동자로 저를 바라보면서 말했습니다.

"역시 이건 다른 천재에게 의견을 물어봐야겠군."

"오호라?"

네에? 천재, 입니까? 어라 어라? 그건 대체 누구인지?

"내 라이벌도 내게 뒤지지 않을 만큼 천재다. 역시 천재를 상대하기 위해서는 한 사람이라도 많은 천재의 의견을 들어보는 편이 좋은 게 당연합니다. 마녀님."

"과연, 하지만 제가 천재라는 걸 용케 간파했군요."

"사실 당신에 관한 건 입국 심사를 받을 때부터 줄곧 관찰했습니다만, 그 자신만만한 표정, 행동, 그리고 그러한 자신감을 뒷받침하는 별을 본뜬 브로치. 추측하건대 상당히 어린 나이에 마녀가 된 천재 마법사일 테지요."

"어머머머머머머머."

"어떻습니까? 마녀님. 맞나요?"

"아무래도 당신 통찰력은 확실한 것 같군요……."

"후후후. 그렇지요? 그런고로 사흘 동안, 마녀님에게 여러 가지 것들을 배우고 싶다. 어떻습니까?"

"네? 마법을 배우는 게 아니라?"

"마녀님. 나드나를 알기 위해서 나는 천재의 모든 것을 알고 싶다고 생각하고 있습니다. 그런고로 마법만이 아니라 생활 습관과 취미와 특기 등도 보여주십시오. 천재를 아는 것으로 나는 조금이라도 강해지고 싶습니다. 마녀님."

"과연. 욕심이 많군요."

"멋모르는 말 하지 마십시오. 나는 그저 지식과 기술 모든 것을 갈망하고 있을 뿐."

후후후 하고 그녀는 대담한 미소를 지었습니다.

"나는 분한 겁니다. 마녀님. 나의 라이벌은 내게 빌린 지팡이로 이긴 데다,『뭐, 오늘은 우연히 이긴 거야』같은 잠꼬대를 지껄였다. 그건 마치 적에게 온정을 받은 듯한 굴욕. 나는 어떻게 해서든 그녀에게 갚아주고 싶다."

"진 상대에게 마음을 쓰다니, 그 아이 착한 아이로군요."

"혹은 내가 나잇값도 못 하고 울어서 배려한 건지도 모릅니다."

"당신 운 겁니까?"

"아무래도 42회나 연속해서 지면 마음이 꺾이는 거 아니겠습니까?"

"뭐, 마음은 이해합니다만……."

"아무튼 나는 천재를 깊게 알고 싶습니다. 그러니 마녀님, 당신의 행동을 하나하나 자세히 기록하게 해주십시오."

뭐, 요컨대 사흘 동안 옆에 딱 붙어서 마법을 가르치는 게 아니라, 어디까지나 말동무로 평소 모습을 보여주면서 틈이 있으면 마법을 가르쳐줬으면 한다, 라. 그러한 스탠스인가 봅니다.

저에게는 부담이 거의 없는 좋은 조건이라고 말할 수 있습니다.

그녀의 요청을 받아들일지 말지는 착수금에 달렸다고 할 수 있겠습니다.

"참고로 말하는 걸 잊었습니다만, 마녀님. 나는 문무겸전 용모단정 재색 겸비 금의옥식 덩어리라고 불리며 이름 높은 만큼, 돈이라면 많이 있습니다."

"알겠습니다. 하겠습니다."

두말없이 저는 그녀의 제안을 받아들이기에 이르렀습니다.

"그럼, 마녀님. 그렇게 정해졌으면 나에 관한 건 신경 쓰지 말고 우선은 입국한 후에 하는 행동을 평소대로 해 보여주시겠습니까?"

"평소대로, 말인가요……."

결코 평소 생각을 해가며 행동하고 있는 것이 아닌지라, 이런 때는 대처에 곤란하군요. 평소의 저라면 대체 어떻게 할까요? 사람은 자연체라는 것을 의식한 순간 자연체가 아니게 되는 것 같습니다.

저는 잠시 생각한 다음.

"일단 찻집에라도 들어갈까요?"

그렇게, 지금 이 자리에서의 최선책으로, 딱히 별생각도 없이 근처 가게를 가리켰습니다.

"괜찮다면 제가 사겠습니다. 아침 식사는 했나요?"

"아니, 됐습니다!"

"어라? 벌써 끝낸 겁니까?"

"실은 조금 전에 샌드위치를 잔뜩 먹은 참이라."

"당신, 진 상대에게 위로를 받은 데다 밥까지 얻어먹은 겁니까?"

"맛있었습니다."

"잘됐네요……."

●

"오늘이야말로 결판을 내지 않겠는가. 나의 라이벌이여!"

제42회의 아쉬운 패배로부터 나흘 후의 일이다.

나흘 전과 완전히 똑같은 대사를 의기양양하게 외친 마법사가 있었다. 우선 내가 누구인지를 다시 한번 설명하지 않으면 안 되리라.

"에이…… 또 하는 거야……?"

"멋모르는 소리 하지 마라. 나의 라이벌이여. 라이벌이니까 싸우는 게 당연하다."

의욕 없는 나의 라이벌, 나드나를 앞에 두고 가슴을 펴는 내 이름을 크레틸.

그것은 다크 블루 머리카락을 흩날리며 높다랗게 소리를 지르는 마법사이다. 나이는 열일곱. 얼굴은 귀엽다. 마법 실력도 그럭저럭. 자신만만한 얼굴을 하고 있고, 뭐라 해도 역시 얼굴이 귀엽다.

다시 한번 말하겠다.

내 이름은 크레틸.

그것은 언젠가 마법사계에 이름을 떨칠 마법사의 이름이다.

"그리고 너를 이번에야말로 철저하게 때려눕힐 여자의 이름이 다아아아아아아아아아아아아아앗!"

찰싹! 하고 나는 그녀에게 도전장을 날렸다.

마녀 일레이나 씨를 사흘간 관찰하면서 얻은 지식과 기술과 무기로, 나는 통산 43번째 승부에 도전한다. 준비는 만전이다.

"이런 데서 승부⋯⋯?"

의아한 얼굴을 하는 나의 라이벌.

평소라면 나는 그녀를 나라 밖의 초원으로 불러냈을 테지만, 이번엔 다르다.

근처 찻집이다.

"후후후. 눈치채지 못한 모양이로군. 나의 라이벌. 내가 오늘 이곳으로 너를 불러낸 그 순간부터 이미 승부가 시작되었다는 것을!"

"요컨대 결투라 칭한 외출이라는 거? 친구와 함께 이런 가게에 오는 거 처음일지도."

딱 맞댄 양손을 뺨에 대고서, 에헤헤 하고 웃는 나드나. 우리 앞에 터무니없이 커다란 파르페가 놓인 건 바로 그 직후의 일이었다.

내 말대로, 승부는 이 순간에도 이미 시작되었다.

마녀님과 함께 지내면서 나는 많은 것을 배웠다.

나는 사흘이라는 시간 동안 마녀 일레이나 님을 따라 많은 곳을 갔다. 그것은 서점이거나, 평범한 찻집이거나, 혹은 가까운 공원이거나.

마녀 일레이나 님은 자유로웠다. 무엇에도 얽매이지 않고, 흐르는 시간에 몸을 맡기며 살아가는 모습은 부럽기까지 했다.

"크레틸 씨. 당신, 저를 보고 자유로워 보여서 부럽다고 생각하고 있죠?"

어느 날 일레이나 님은 그런 나를 꿰뚫어 본 것처럼 말하기 시작했다. 나는 앞으로 도움이 될 이야기가 시작될 기척을 민감하게 포착하고 메모장을 펼쳤다.

일레이나 님이 말하길, 여행자가 자유로워 보이는 건 틀림없다고 한다.

"특정 나라에 살지 않고, 학교와 일 같은 정해진 틀에 속하지 않는 삶의 방식은 분명 틀 안에 있는 당신이 보기엔 눈부시게 보일 테지요. 하지만 현실은 다릅니다. 자유로워 보이는 여행자에게도 당연하게도 고민이 있습니다."

예를 들어 어떤 일로 고민하고 있습니까? 하고 내가 묻자, 그녀는 그러네요 하고 커피잔을 양손으로 든 채 허공을 바라보고.

"장래의 불안이라든가, 노후의 생활 자금에 관한 거라든가, 그런 걸까요?"

"그 정도의 일이라면 나도 고민하고 있습니다만."

"그렇군요. 그러니까 당신들과 전혀 다르지 않다는 겁니다."

"…………."

좀처럼 이해하지 못하는 내게 그녀는 알기 쉽게 설명해주었다.

"마녀도 여행자도 딱히 특별한 인간이거나 한 건 아니라는 겁니다."

평범하게 고민하고, 평범하게 생각하며 삽니다. 그렇게 그녀는 말을 자아갔고.

그리고, 거기에 더해 그녀는 승부에서 이기지 못하는 내게 조언을 하나 해주었다.

"입장이 달라져도 사람은 사람 그대로입니다. 고민하지 않는 사람은 없어요."

자칭 완벽한 당신에게도 라이벌에게 이기지 못한다고 하는 고민이 있는 것처럼——하고, 마녀 일레이나 님은 말했다.

그리고 나는 깨달았다.

"즉, 나드나한테도 약점이 있다는 뜻인가……?"

"그러네요. 있을지도 모르겠네요."

후우 하고 커피에 숨을 한 번 불며 말하는 마녀님. 그리고 그녀는 이어서 한마디.

"뭐, 낯선 마녀에 관해 연구하기 전에 가까운 라이벌을 연구하는 쪽이 빠르지 않을까 싶었답니다. 처음부터."

그 말은 즉.

내게 부족했던 건 상대에 대한 이해라는 이야기다.

"오늘은 내가 산다. 원하는 만큼 먹도록 해라."

그런고로, 오늘은 마녀 일레이나 님과 함께 지낸 지난 며칠 동안처럼 그녀를 여기저기 데리고 다니면서, 그녀의 생태를 연구하기로 했다.

"맛있어!"

내가 노리는 것도 모르고 파르페에 얼굴이 환해지는 나의 라이벌. 과연, 아무래도 단걸 좋아하나 보다. 그러고 보니 지난번 결투 때 먹었던 샌드위치도 과일 샌드위치가 많았던 것 같다.

식사를 끝낸 다음에는 쇼핑을 했다.

제일 먼저 간 가게는 서점이다.

"아, 나 이 책 사고 싶었어."

나드나는 최근 출간된 추리 소설을 소중하게 안아 들고서 계산대로 갔다. 그 발걸음은 춤을 추는 듯 가벼웠다.

그러고 보니 일레이나 님과 지낸 사흘간 중에도 서점에 갔던 적이 있었다.

계산대 앞에 줄을 서서 이쪽을 돌아보며 "잠깐만 기다려줘" 하고 손을 흔들어 보이는 나드나에게 손을 마주 흔들면서, 나는 일레이나 님과의 대화를 떠올렸다.

"소설은 좋아요. 이제부터 며칠은 자기 전에 좋은 시간을 보낼 수 있을 것 같네요."

후후후 하고 추리 소설을 안아 들면서 웃는 일레이나 님.

그런 그녀에게 나는 이때라는 듯이 가슴을 폈다.

"일레이나 님. 속독이라는 것을 아십니까?"

"네, 존재 정도는 알고 있습니다. 책을 휘리릭 넘기는 것만으로도 내용이 이해되는 거 말이죠?"

그 말대로! 하고 나는 가게 안에서 목소리를 높였다.

"나는 속독이 가능한 아이라, 지금 일레이나 님이 들고 있는 책이라면 5분 정도면 다 읽을 수 있습니다."

내 자랑거리다.

나는 가슴을 펴며 말했지만, 일레이나 님은 그런 나를 보며 한숨을 내쉬었다.

"자랑한들 전혀 부럽지 않은데요."

"그렇게 사양할 것 없지 않습니까? 괜찮다면 속독 방법을 가르쳐드리죠."

"괜찮습니다."

성가시다는 듯이 그녀는 손을 흔들었다.

"저, 독서는 식사와 마찬가지로 음미하면서 즐기는 거라고 생각하고 있는지라."

"식사는 그저 영양 보충일 뿐입니다만."

"아무래도 서로 절대 용납할 수 없는 생각을 가지고 있는 것 같군요."

"하지만 속독을 하면 한정된 시간을 유효하게 활용할 수 있습니다."

"그렇게 해서 만든 시간에 하는 일이 속독 포교 활동이라는 건 얄궂은 느낌도 듭니다만."

아무튼 됐습니다──하고 그녀는 전혀 이해를 보이지 않았다.

과연, 아무래도 천재는 모두 하나같이 시간 단축을 원하는 인간뿐인 건 아닌가 보다. 이것도 또한 공부다.

그나저나 내 라이벌은 어떠할까?

봉투에 넣은 책을 소중하게 끌어안은 나드나에게 묻자, 그녀는 고개를 갸우뚱하며 당연하다는 듯이 답했다.

"응? 급하게 읽어서 무슨 득이 있어?"

"과연 너도 일레이나 님과 같은 타입의 인간인가."

"무슨 말을 하는 건지 잘 모르겠는데……."

그냥 혼자 하는 말이니 신경 쓰지 말라며 나는 손을 내젓고, 나드나와 함께 서점을 뒤로했다.

그러고서 몇 가게를 더 돌고, 나는 나드나와 함께 옷을 보러 가거나, 딱히 의미도 없이 길을 걸어보거나, 할 일도 없으니 일단 광장 벤치에 앉아보거나 했다.

참고로 이것들은 전부 나드나의 요청에 답한 결과이다.

"의미도 없이 길을 걷는 거 좋아해."

그녀는 일레이나 님과 정말이지 똑같은 대사를 늘어놓으며, 익숙할 터인 거리를 눈부시다는 듯이 둘러보았다.

"이런 데서 차분하게 시간을 보내는 것도 좋아해."

그렇게 말하며 앉은 것이 광장의 벤치였다.

참고로 일레이나 님도 어제 같은 자리에 앉았다. 이 녀석 일레이나 님인가?

"오늘은 같이 보내자고 해줘서 고마워."

내 옆에 앉은 나드나는 쑥스러운 듯이 어딘가 먼 곳을 바라보면서 내게 말했다.

"이렇게 함께 시간을 보내자고 해주는 사람이 내 주변에는 없으니까, 기뻤어."

"천재인 너에게 함께 하자고 하는 사람이 없다니, 주변 녀석들도 보는 눈이 없군."

"천재라……."

한숨을 내쉬는 나드나. 평소 실실 웃고 있는 나드나치고는 드물게도 표정이 어둡다.

"천재라는 말을 들어도 그다지 기쁘지 않은걸."

"어째서지?"

"주변 사람들이 뭐든 잘하는 게 당연하다는 듯이 여기는 건 엄청난 압박이거든. 게다가 언제나 실실 웃고 있으니까, 고민 없어 보인다는 말을 자주 듣고."

그리고 나드나가 꺼내놓은 말은 언젠가 마녀님이 했던 말.

"사실 나도 모두와 비슷한 고민을 하면서 살고 있는데."

역시 이 녀석 일레이나 님인가?

천재라고 불리는 인간은 누구나 타인과의 차이로 고민하는 것일까? 새로운 발견이다. 내일부터 나도 타인과의 차이로 머리를 끌어안기로 하자.

"그런데, 오늘은 어째서 함께 시간을 보내자고 해준 거야?"

나드나는 고개를 갸웃거렸다.

고민을 털어놓아서인지, 나드나의 표정은 다시 약간 밝아졌다.

그건 제쳐두고.

어째서 그랬는지 물어본들 곤란한데.

"어째서 그런 걸 묻는 거지?"

나는 질문에 질문으로 답했다.

나드나는 조금 놀라 허둥대는 모습을 보이고서 "아, 미안. 나, 아까도 말했지만, 친구, 라는 걸 가져본 적이 없어서, 잘 모르겠지만, 이건 그런 거잖아?" 하고 다시 갈피를 잡을 수 없는 소리를 했다.

"……?"

나도 천재일 터인데 이 녀석이 말하고자 하는 바를 전혀 모르겠다. 큰일이다.

"어? 아니, 그게, 평소라면 이상한 결투 같은 걸 하잖아. 오늘은 평소랑 다르게 여러 가게를 돌아다니기만 하고, 안 싸우는 건가 싶어서. 즉, 오늘부터는 싸우는 라이벌이 아니라 친구——."

"아니 오늘은 안 한다는 말은 한마디도 하지 않았는데."

휙, 지팡이를 꺼내는 나.

안 한다는 말은 안 했다.

"괜찮다면 지금부터 할 생각이었다만."

심지어 지금까지의 모든 흐름은 이 순간을 위해 있었다고 해도 과언이 아니다.

"…………."

순식간에 얼굴에서 표정이 사라지는 나드나.

이것도 일레이나 님과 세운 면밀한 작전의 산물이다.

나는 어제까지 이 나라에 있었던 그녀와의 일을 다시 떠올렸다——.

139

『상대인 라이벌 씨와 결투해서 이기고 싶은 거라면, 가장 먼저 상대를 아는 건 물론 당연한 일이겠지만, 그것만이 아니라 상대의 페이스를 무너뜨리는 것도 중요합니다.』

『무슨 뜻인지?』

『상대가 싫어하는 걸 해주는 겁니다. 예를 들면 종일 끌고 다닌 다음에 결투를 신청한다든가.』

『그거 의미가 있는 겁니까?』

『매우 있습니다. 저녁 무렵, 딱 저녁 식사 시간쯤에 "아, 집에 돌아가면 뭘 먹을까" 하는 생각을 하는 타이밍에 갑자기 급한 용건이 들어오면 싫잖아요? 대략 그런 걸 해주면 됩니다.』

『당신 악마입니까?』

『후후후…… 이기기 위해서라면 다소 더러운 수를 쓰지 않으면 손해라는 겁니다.』

『과연……!』

그런고로.

이번엔 하염없이 그녀를 데리고 다닌 끝에, 결투를 신청한 것이었다.

효과는 즉각적이었던 것이 틀림없다.

"아, 그래……."

하아, 하고 크게 한숨을 내쉬는 나드나. 마치 오늘 하루의 일을 전부 부정당한 듯한 분위기조차 띠고 있었다.

"저기, 오늘도 지팡이, 안 가져왔는데——."

"내 예비 지팡이를 빌려주지."

"용의주도하네……."

"후후후. 더 칭찬해줘도 좋다."

"칭찬한 적 없는데……."

기막혀하며 내게서 지팡이를 받아 드는 나드나.

"오늘이야말로 지지 않겠다. 나의 라이벌이여!"

"네네……."

낮 동안과는 전혀 다른 사람처럼 나른하게 대응하는 나의 라이벌. 이 의욕 없는 모습에 나는 확신했다.

일레이나 님의 조언대로라면.

틀림없이, 오늘은 이길 수 있다──.

그리고 우리는 다시 평소처럼 나라 밖의 초원까지 가서.

다시 서로에게 지팡이를 겨눈 승부가 시작된다.

"으아아아아아아아아아아아아아아 각오해라 나드나아아아아아아아아아아아아아아아!"

1분 후.

"으아아아아아아아아아아앙! 두고 보자아아아아아아아아아아아아!"

거기에는 울면서 패주하는 마법사가 있었다고 한다.

그것이 내가 아니기를 빌 뿐이다.

●

"……그래서, 그 라이벌분에게 이번에도 졌기 때문에, 이번에는 다른 마녀의 힘을 빌리려고 한다, 라는 겁니까?"

통산 43회의 패배를 기록한 날의 다음 날의 일이다.

나라의 문 앞에서 새로운 마법사의 방문을 기다리던 중에, 한 마녀가 우리나라를 방문했다.

그것은 숯처럼 검은 머리카락을 어깨 정도 길이에서 단정하게 자른 어린 마녀였다.

이름은 사야라고 한다.

입국과 동시에 말을 걸어온 내게 그녀는 싫은 내색 하나 않고 사정을 들어주었다. 심지어 "이런 데서 서서 이야기하는 것도 뭐 하니, 저기서 이야기를 하죠"라며 찻집까지 손을 끌고 가주었다.

그리고 나는 점심을 먹으면서 사정을 이야기하기에 이르렀다.

나는 4일 정도 전에 이 나라에 왔던 일레이나 님이 의외로 귀찮다는 얼굴을 하면서 나를 상대했던 것을 떠올리고, 눈앞의 사야 님이 천사로 보였다.

"사정은 잘 알았습니다. 아무래도 당신은 스승님 운이 없었던 것 같군요."

잠시 이야기를 들은 것만으로도 이렇게 이해가 빠르다.

"하지만 그 스승님이란 사람, 마녀로서 상종 못 할 사람이로군요! 그 마녀님은 무책임해요. 사흘이나 있었으면서 아무것도 가르쳐주지 않았으니까요!"

그리고 천사로 이름 높은 사야 님은 이런 생면부지의 나를 걱정하며, 나에게 뭐가 뭔지 모를 것을 불어넣은 마녀에게 분노를 드러냈다.

그러나 그런 말까지 들으니 죄악감도 느껴졌다. 무엇보다 특별

©Azure

히 아무것도 가르쳐주지 않아도 된다고 부탁한 건 다름 아닌 나 자신이니까.

"내 부탁 방식에도 문제가 있었던 거니까 그 마녀님이 전부 나 쁘다고는——."

"아뇨!"

내 말을 자르는 사야 님.

"알겠습니까? 크레틸 씨. 스승님이 된 이상 제자가 요청한 것 만이 아니라 제자가 하고 싶은 것도 제대로 알아봐 줘야만 하는 겁니다!"

"그런 겁니까?"

"그런 겁니다! 실은 내 스승님이라 불리는 사람도 의외로 적당 적당한 사람이라, 그것참, 수업을 받던 때는 괜찮았거든요? 엄하 게 가르쳐줬으니까요. 그런데 마녀가 되자마자, 틈만 나면 돈을 주면서 담배를 사 오게 하는 날들. 너무하다니까요."

툴툴 분개하는 사야 님. 그 분노는 어느 쪽인가 하면 일레이나 님이라기보다 다른 누군가를 향한 분노처럼 느껴졌다.

"뭐, 아무튼 남에게 무언갈 가르치는 입장이 된 이상은 상대의 의도를 파악하고, 표면으로는 드러나지 않는 진짜 감정—— 진짜 목적까지 이끌어내 줘야만 하는 겁니다!"

역설하는 사야 님.

이 얼마나 의식 높은 사람인가. 이건 이제 천사라고 하는 귀여 운 존재가 아니다. 신이다. 나는 마음속으로 그녀를 칭송했다. 그 녀의 인도를 따르면 분명 나드나에게 이기는 것도 어렵지 않을 것이다. 그리 생각하게 하는 설득력이 그녀에게는 있었다.

"정말이지, 어디의 누구인가요? 그 적당적당한 마녀란 사람은."

분개하는 사야 님. 나는 답했다.

"재의 마녀 일레이나라고 하는 분입니다."

"네?"

우뚝.

사야 님이 멈추었다. 마치 시간이 얼어붙은 것처럼 그녀는 굳어졌다.

"방금 뭐라고?"

경직해 있는 탓인지 말도 왠지 딱딱했다.

"아니, 그러니까, 재의 마녀 일레이나라는 분에게 지도를 받았습니다만."

뭐, 결과는 엉망이었지요 하고, 나는 조금 전과 다름없이 어깨를 으쓱였다.

"……과연."

어흠, 하고 헛기침을 하는 사야 님.

"크레틸 씨, 알겠습니까? 제자라는 건 때로 스스로 스승님의 깊은 뜻을 알아차려야만 하는 법입니다. 스승님은 어디까지나 가르침을 주며 이끄는 입장. 그러나 제자에게 배울 마음이 없으면 아무리 스승님이 길을 닦아놓은들 의미가 없는 겁니다. 알겠습니까?"

"갑자기 왜 그러시나요?"

"사흘이나 일레이나 씨에게 배웠으면서도 라이벌한테 이기지 못하다니! 일레이나 님이 들으면 울 겁니다!"

갑자기 히스테릭하게 소리치는 사야 님.

"왠지 이 사람 갑자기 정서 불안이 됐는데."

일레이나라는 이름은 저주의 주문이나 뭐 그런 건가?

"아무래도 이건 내가 일레이나 씨의 뒤를 이어서 당신을 이끌 필요가 있을 것 같군요."

이런 이런 어쩔 수 없네요, 하고 한숨을 내쉬는 사야 씨.

"뭐, 내 손에 걸리면 식은 죽 먹기입니다. 맡겨두세요."

그리 말하며 그녀는 툭 하고 자신의 가슴을 쳤다.

"고, 고맙습니다······!"

깨닫고 보니 조금 전까지의 신이 돌아와 있었다. 대체 방금 그 건 뭐였지?

"그럼 크레틸 씨, 상대와의 관계를 조금 더 자세히 가르쳐주시겠습니까?"

말하길, 매우 우수한 사회인인 사야 님은 오늘 이 나라에는 일로 왔는지, 체재 날짜는 사흘 정도라고 한다. 바쁜 그녀는 사흘 이상은 머물지 못하는 듯했고, 그것은 즉 나의 수행에 쓸 수 있는 시간도 사흘 정도라는 뜻이다. 우연히도 지난번 내가 가르침을 청했던 마녀 일레이나 님과 같은 날짜 수였다.

"사흘 동안이라고 해도, 나는 일레이나 씨처럼 친절하지 않을 겁니다! 각오해두세요!"

단언하는 사야 님.

평생 따라가겠습니다.

"상대인 나드나는 나와 나란히 설 수 있을 정도의 천재라서——."

나는 그녀에 관해 알고 있는 것을 전부 알려주었다. 기이하게도 여기서 일레이나 님의 조언에 따라 얻은 지식이 도움이 되었다.

지난번 결투 때 나드나와 둘이서 외출한 덕분에 그녀의 취미, 기호를 나는 어느 정도 이해하고 있었던 것이다.

나드나.

그것은 천재이자, 고고하며, 그리고 독서를 좋아하고, 단것이 좋고, 그러고서 휴일에 친구와 놀러 나가고 싶어 하는 소녀였다.

"오호라."

나드나와 나의 관계를 들은 순간 묘한 반응을 하는 사야 님.

"그런데 그 지난번 결투 전에 외출했던 이야기, 조금 더 자세히 들려주시겠습니까?"

이 사람 어쩐지 갑자기 기뻐 보이는 얼굴이 됐어.

"그게……."

나는 기억하는 한의 것들을 전부 이야기했다. 이러이러 여차여차하고.

"과연."

순간 점심인 파스타를 먹는 손이 빨라지는 사야 님. 마치 그것은 내 이야기를 밥 친구 삼고 있는 것 같았다. 그러나 신이 그런 상스러운 짓을 할 리 없다. 아마도 배가 고픈 것이리라. 바쁜 마녀님이라도 배는 고픈 법이다. 오히려 바쁜 마녀이기에 적극적으로 영양 보충이 필요하리라. 그게 틀림없다.

"과연, 사정은 자~알 들었습니다! 사흘이나 있으면 상대인 나드나 씨 같은 건 여유로 공략할 수 있습니다. 안심하세요."

"정말입니까?!"

이야기를 들은 것만으로도 이미 그녀의 머릿속에는 나드나 공략법이 완성되어 있다는 것인가. 역시 이것이 진짜 천재······!

"부디 꼭 지도를 부탁드립니다!"

나는 고개를 깊게 숙이고, 그러고서 사야 님과의 특훈에 들어갔다.

"후후후······ 일레이나 씨에게 빚을 지울 좋은 기회로군요······!"

조용히 중얼거리는 사야 님. 얼굴은 신이라기보다 악마의 그것이었다.

"왠지 이 사람 갑자기 정서 불안이 됐는데······."

아무래도 천재란 일반인으로서는 이해하기 어려운 특별한 것을 가지고 있는가 보다.

●

사야 님과의 수업 성과를 발휘하게 된 것은, 그로부터 며칠 후의 일이었다.

"후후후. 내 집에 어서 와라."

"와아, 넓은 집!"

그날, 나는 나드나를 집으로 불러들였다.

············.

승부를 할 셈이면서 대체 무얼 하고 있는 건가 하고 스스로도 생각하지만, 이것이야말로 나의 스승인 사야 님이 노리는 것이었다.

이쪽이 내 방이야 하고 나드나를 안내하는 중에 나는 나의 스승인 사야 님과의 대화를 떠올렸다.

"다음은 방으로 안내할까요……."

후후후후, 하고 대담한 미소를 짓는 사야 님. 나는 당혹스러웠다. 나는 승부를 하고 싶은데요?

"네, 네. 알고 있습니다. 그렇죠. 승부를 하고 싶죠."

싱글벙글 웃으며 끄덕이는 사야 님. 그 모습은 마치 어린아이의 이야기에 흐뭇해하며 귀를 기울이는 어머니 같았다.

"자, 괜찮아요. 내가 지금부터 가르쳐주는 방법을 쓰면 식은 죽 먹기니까요."

"식은 죽 먹기인가요?"

"다음부터는 승부가 성립하지 않게 된다고 해도 과언이 아니죠."

"그렇게나요!"

기대가 컸다.

그러나 방으로 불러야만 하는 이유는 전혀 짐작되지 않았다. 나는 기대와 불안이 반반으로 뒤섞인 복잡한 감정을 품은 채 나드나를 집으로 불렀고, 그 김에 오늘이라는 날이 찾아올 때까지 지저분한 방이 신경 쓰여서 청소를 하거나, 나드나가 왔을 때 무얼 할까 하고 시뮬레이션하거나, 그리고 오늘을 손꼽아 기다리거나, 엄마에게는 "친구가 집에 올 거니까" 하고 아무튼 주방에서 나오지 말라고 못을 박아두거나 했다. 천재인 나의 평소 모습을 나드나에게 보여주는 것은 즉, 그녀에게 약점을 들킨다는 것과 같은 의미라 해도 과언이 아니다.

"어머, 어서 오렴."

그럼에도 분위기를 읽지 않고 주방에서 냉큼 나오는 것이 나의 어머니이다.

"네가 나드나구나? 귀여워라."

몹시 한가한 주부 특유의 거리감으로 나의 라이벌인 나드나를 대하는 나의 어머니. 손을 잡고, 어머나 인형같이 귀엽네 우후후 하고 웃는다.

모친이라는 생명체는 대체로 이런 때에 쓸데없는 말을 하는 법이다. 그리고 나의 어머니도 예외는 아니었다.

"이 애 특이하지? 그래서 친구가 생긴 적이 없어. 나드나, 크레틸과 사이좋게 지내주렴."

"엄마, 하지 마!"

나는 이 이상의 실언을 거듭하기 전에 서둘러 나드나의 등을 떠밀어 억지로 그 자리를 벗어났다. 그녀는 나의 어머니를 돌아보면서 작은 목소리로 "좋은 어머니잖아" 하고 웃었다. 그런 얼굴 하지 마.

그리고 나드나를 방으로 데려갔다.

내 방은 무시무시할 정도로 깨끗했다. 먼지 한 톨 없다. 참으로 완벽한 방이라고 다시 생각했다.

나드나는 내 방을 보자마자 깨끗하네 하고 감상을 말했다. 나는 그렇다며 고개를 끄덕였다. 그러고서 나드나는 마치 뭔가 나쁜 것이라도 찾듯이 방 안을 천천히 배회했다.

뒤가 켕기는 것은 없을 터인데 묘하게 차분할 수가 없었다.

내가 가지고 있는 책과 자료에 반응해서 그녀는 "이거 재밌지" "나도 이거 갖고 있어" 하는 감상을 늘어놓았다. 마치 뱃속을 탐색 당하는 듯한 기분이다.

넓은 집에 비해서는 소박한 넓이인 내 방은 금세 볼 것이 없어졌다. 나드나는 방 한가운데에서 할 일도 없이 서 있었다. 대체 무얼 하고 있는 건가 생각한 순간에, 겨우 내 방에는 앉을 곳이 침대나 공부용 책상 앞 의자밖에 없다는 것을 깨달았다.

이 무슨 실태인가.

그러나 손님을 침대에 앉힐 수는 없으리라.

"…………."

할 수 없다. 나는 침대에 걸터앉았다. 그리고 의자에는 네가 앉도록 하라며 나는 나드나를 보았다.

"아, 응."

무언가를 알아차린 나드나는 직후에 고개를 끄덕이면서 털썩하고 내 옆에 앉았다.

"…………."

너 거기에 앉은 거냐……?

나는 당황하고, 무어라 말을 걸어야 할지 망설였다. 망설인 끝에 나드나를 바라보기에 이르렀다.

그러고 보니 오늘의 나드나는 지난번에 함께 놀러 갔을 때 산 옷을 입고 있었다. 그런 것을 이제 와서 눈치챈 것은 어째서일까? 나는 긴장하고 있는 것일까?

아무 생각도 할 수 없게 된 나는 현실로부터 도망치고 싶어졌다.

나는 이제부터 대체 어찌하면 좋을까.

『크레틸 씨…… 크레틸 씨…….』

그리고 현실로부터 도피한 순간에 내 머릿속에 울려 퍼지는 목소리. 나는 그 목소리의 주인을 아주 잘 알고 있다.

『스, 스승님……!』

그것은 바로 며칠 전까지 함께했던 사야 님의 목소리였다. 나는 놀라 주변을 둘러보았다. 대체 어디에서? 어디선가 사야 님이 보고 계셔?

그보다.

『스, 스승님, 도청이라도 하고 있는 겁니까……?』

『후후후…… 내가 그런 짓을 할 인간으로 보이나요?』

『………….』

『아니 거기서 입 다물지 말아주세요.』

『스승님, 천재는 어딘가 상식이 결여된 부분이 있는 법이니 도청당해도 놀라지 않습니다. 하지만 가능하다면 사전에 한마디 해주셨으면 좋았을 겁니다.』

『아니 도청하고 있는 걸 전제로 이야기를 진행시키지 말아주세요…….』

『하지만 대체 어디서 말을 걸고 있는 겁니까?』

『후후후. 크레틸 씨. 내 모습을 찾아도 어디에도 없습니다. 분명 진짜 나는 지금쯤 당신이 모르는 나라에서 평범하게 일을 하고 있을 테지요. 요컨대 지금 당신 머릿속에서 울리는 내 목소리는, 사야의 목소리이면서, 그러나 내가 아닙니다.』

『……무슨 말인가요?』

『눈치가 없군요. 요컨대 이건 당신의 망상이라는 겁니다!』

　요컨대 당신 뇌 내 사야 씨입니다 하고 사야 님, 아니 신은 말씀하셨다. 나는 경악했다.

『혹시 저까지도 머리가 이상해진 겁니까……?』

『마치 내가 완전히 망가져 있는 것 같은 말투로군요.』

『………….』

『아니 부정해주세요.』

『그건 어찌 됐든 제 머릿속에 나타나다니 대체 무슨 용건입니까. 신이여.』

『이야기를 돌렸어…… 뭐, 됐어.』

　대화는 혼탁해진 사고 회로를 바로잡아 준다. 내 기억이 만들어낸 사야 님은 어찌할 바를 몰라 하는 내게 하나의 길을 제시해 줄 것이 틀림없다.

『크레틸 씨. 내가 당신에게 전수한 것을, 잘 떠올려 주세요…….』

『내가 사야 님에게 배운 것…….』

　나는 옆에 있는 나드나를 보았다.

『이미 실행하고 있습니다만.』

『이런 이런. 무슨 말을 하는 겁니까! 지금부터가 진짜라고요!』

『이제부터가……?』

『뭐, 방으로 안내했을 때 순순히 들어와 준 시점에서, 이건 이제 승리 확정이라고 해도 과언이 아니에요.』

『정말입니까?』

『네. 지금이라면 아마도 고백해도 오케이 해줄 겁니다!』

『……고백?』

응?

무슨 말을 하는 거지?

사고 회로를 바로잡기는커녕, 혼돈에 휩싸이는 내 머릿속에서 사야 님의 목소리만이 울렸다.

『잠깐. 분위기 없는 소리 하게 하지 마세요. 지금이라면 라이벌 씨와 맺어질 수 있다는 거예요!』

『네?』

『응?』

『……무슨 말씀을 하시는 겁니까?』

『……라이벌 씨가 돌아보게 해달라는 상담이 아니었나요?』

『……아니 실제로 이기고 싶다는 이야기였습니다만.』

『승부에 이기고 싶다는 명목이면서 실제로는 친밀한 관계가 되고 싶다고 하는 이야기였던 게?』

『아닙니다만.』

『……그렇습니까?』

『처음부터 그런 이야기를 했었을 터입니다만…….』

『………….』

『사야 님?』

『………….』

『사야 님? 저기?』

결론부터 이야기하자면, 사야 님의 목소리는 그걸 끝으로 들리지 않게 되었다. 그건 내가 겨우 긴장에서 풀려난 탓일까, 아니면 옆에서 시선을 느꼈기 때문일까.

"············."

대체 얼마 동안 나란히 앉아서 서로 침묵하고 있었던 것인지.

나드나는 이쪽을 바라보며.

"······에헤헤."

하고만, 웃었다.

나는 라이벌인데?

아니 이제 애초에 라이벌이란 뭐지?

나는 대체 무얼 하고 있는 것인가······?

갑자기 머리가 새하얘지는 나.

그때 일레이나 님과의 대화가 내 머리 깊숙한 곳에서 싹을 틔웠다.

"아무리 해도 승부에서 이길 수 있을 것 같지 않다고 느꼈을 때 쓸 수 있는 좋은 방법을 하나 전수해드리죠. 이건 절대로 패배하고 싶지 않을 때 쓸 수 있는 매우 유효한 수단입니다."

그런 대단한 수단이 있는 겁니까······?

그렇게 묻는 내게, 그녀는 의기양양한 얼굴을 하고서 말했다.

"후후후. 도망치는 겁니다."

도망쳐 버리면 승패는 없었던 일이 되니까, 질 것 같을 때는 적극적으로 씁시다──라고.

흐음흐음.

과연 그렇군.

"⋯⋯⋯⋯."

나는 자리에서 일어났다.

1초 후.

"으아아아아아아아아아앙!"

그곳에는 울면서 자신의 방에서 도망치는 한심한 마법사가 한 명 있었다고 한다.

그것이 내가 아니기를 여전히 빌 뿐이다.

○

"암네시아 씨, 아빌리아 씨."

그녀는 면접을 위한 접수 용지를 두 장 늘어놓고, 우리 이름을 각각 부르고서 말했습니다.

"역시 상대가 제대로 된 사람인지 어떤지를 자세히 조사하고서 가르침을 청하는 편이 좋다고 생각한답니다."

여행을 하다 보면 자금이 부족해지는 일도 있는 법입니다.

저와 언니, 두 사람은 그날 방문한 나라에서 『누구나 돈을 벌 수 있는 간단한 일!』이라는 수상한 벽보에 낚여서 면접을 보러 갔습니다.

면접 장소는 제법 호화로운 단독 주택.

저와 언니 두 사람은 그곳의 한 방, 척 보기에도 한창때인 여자아이의 방 같은 곳으로 안내되었고, 그리고 척 보기에도 한창때의 여자아이인 크레틸 씨라는 분과 대면했습니다.

그야말로 오직 시험을 위해서 준비했다고밖에는 여겨지지 않는 낡은 의자에 앉혀진 우리는, 그야말로 시험을 위해서 진지한 표정을 짓고 있는 크레틸 씨에게 이번 일의 내용을 들었습니다.

"알겠습니까? 두 분. 저는 이미 자신의 스승님에게 두 번 배신당했습니다──."

그녀는 라이벌인 나드나라는 여자아이에게 이기기 위해 스승님을 찾고 있다고 합니다. 지금까지 스승님이 된 사람들은 하나같이 그다지 좋은 분은 아니었는지, 라이벌인가 하는 분에게는 역시 지고 말았다고 합니다.

"홋…… 설마 두 번 연속으로 질 줄이야……. 아니, 엄밀하게 어제 건 진 게 아니지만."

진 기억을 먼 옛날 일처럼 이야기하는 크레틸 씨. 저는 성실하게 손을 들면서 "참고로 지금까지의 기록은?" 하고 고개를 기울였습니다.

"그럼 지망 동기를 들려주시겠습니까?"

우와, 무시당했습니다.

"누구나 할 수 있다고 쓰여 있어서 지망했습니다. 딱히 깊은 이유는 없습니다."

그리고 질문에 고지식할 정도로 솔직하게 답하는 언니. 무슨 말을 하는 겁니까? 머리가 이상한 애라고 여겨질 겁니다.

"후후후…… 과연. 암네시아 씨. 아무래도 당신은 천재로서의 소질을 가지고 있나 보군."

크레틸 씨도 무슨 말을 하는 겁니까.

"이 애 무슨 말을 하는 거야?"

언니도 당황하고 있었습니다.

"천재란 늘 어딘가 망가져 있는 법입니다"라는 크레틸 씨.

"아빌리아, 어쩌지? 나 이 애가 무슨 말을 하는지 모르겠어."

"그건 아마도 이 사람이 천재이기 때문이 아닐까요?"

"후후후."

천재라는 단어에 민감하게 반응하는 크레틸 씨.

"아빌리아 씨, 뭘 좀 아는군요. 합격입니다."

뭐가 뭔지 잘 모르겠지만 합격이 되었습니다.

그것참, 천재라고 불리는 분 모두 어딘가 망가져 있는 것도 아니고, 어딘가 망가져 있는 분 모두가 천재인 것도 아니라고 생각합니다만.

세세하게 파고들었다간 기분을 상하게 할 것 같았던지라 저는 파고드는 것을 그만두었습니다. 왜냐면 우리는 지금 면접을 보고 있으니까요.

"하지만, 크레틸 씨. 어째서 그 라이벌에게 이기고 싶은 겁니까?"

"지고 있으니까 이기고 싶은 겁니다. 그 이상의 이유는 없습니다."

"흐음……."

과연, 하고 표면상으로는 고개를 끄덕이는 저.

솔직히 뭐가 뭔지 모르겠습니다. 물어본 바에 따르면 상대인 나드나 씨라는 분은 천재라고 불리는 아이라고 합니다. 그런 아이와 싸워서 졌다고 해도 "뭐, 상대가 안 좋았네요" 하고 어느 정

도 체념하지 않나요?

그렇게 생각했습니다만 역시 저는 입을 다물었습니다. 왜냐면 면접을 보고 있으니까요.

"이유가 막연하네. 정말로 이기고 싶은 거야?"

그런데 분위기를 읽지 못하고 고지식할 정도로 솔직하게 묻는 언니. 이거 두 번째입니다.

"언니, 무슨 말을 하는 겁니까?"

"이상한 말을 하면 합격이 될 거라고 생각해서."

"정말 무슨 말을 하는 겁니까?"

"후, 후후후후…… 이유가 막연하다, 라. 후후후후……."

한편 웃으면서 고개를 숙이는 크레틸 씨.

그녀 자신도 무언가 느끼는 바가 있는 것일까요?

"그런가……" 하고 작은 목소리로 중얼거리는 것이 제 귀에는 분명하게 들렸습니다.

그리고 당연하게도 언니도 놓치지 않고 들었습니다.

"지금까지의 이야기를 들은 바로는, 뭐랄까. 크레틸 씨한테서는 진지하게 이기겠다고 하는 기개가 느껴지지 않았어. 마치 라이벌 씨와 연결점을 갖기 위해 승부에 도전하고 있는 것 같아."

어째서 면접관에게 지적을 하고 있는 겁니까?

"크윽."

게다가 상당히 효과가 있군요.

"실제로는 어떤데?"

"……어떠, 냐니?"

고개를 든 크레틸 씨의 표정은 떨떠름한 듯도, 긴장해 굳어진 듯도 보였습니다. 이제 어느 쪽이 면접을 받고 있는 건지.

"정말은 어떻게 하고 싶어? 솔직하게 말해봐."

"…………."

"정말로 승부에서 이기고 싶은 거라면, 어디의 누구인지도 모를 마법사한테 세 번이나 스승님이 되어달라고 부탁하거나 하지 않잖아? 나라면 유명한 마법사나 선생님한테 배울 거야."

크레틸 씨는 입을 다물었습니다.

어라? 대체 어떻게 된 걸까요?

"……이상한 말을 해도, 괜찮을까요?"

"응, 그럼."

수긍하는 언니.

그러고서 크레틸 씨가 이야기한 것은 거의 자백이라고 볼 수 있는 말들이었습니다.

"솔직히, 요즘 스스로도 어떻게 하면 좋을지 모르겠어요……."

처음엔 약간의 우발적인 마음이었다고 합니다.

학교에서 1등인 나드나 씨. 크레틸 씨도 성적은 좋았고, 시험 순위는 언제나 라이벌분에게 가까운 위치. 당연히 그녀를 의식하지 않을 수 없었습니다.

그러나 솔직하게 말을 걸 용기는 없었습니다.

그 결과 어떠한 수를 썼는가.

이러한 수를 썼다고 합니다.

『후후후…… 네가 성적 1등인 나드나인가? 나와 승부해라.』

…………

어째서?

라고 생각하지 않을 수 없는 수단을 그녀는 취했습니다. 왜냐면 그녀는 자칭 천재이자, 그리고 당연하게도 이상한 사람이니까!

"결국, 그 후로 40회가 넘도록 그런 이유로 그녀를 불러내서는 승부했습니다……."

그리고 승부를 계속한 결과, 그녀는 자신의 마음을 깨달았던 것입니다.

"승부에 이기면 이제 두 번 다시 결투하지 못하는 게 아닐까 생각했더니, 도무지 이길 수가 없었다. 지난번 싸움에 임했을 때는, 결국 어찌하지도 못하게 돼서 도망치고 말았다. 뭐라고 할까, 이제 완전히 나드나와 친해지고 싶지만, 도망친 이상 이제 시치미를 떼며 말을 거는 것도 부끄럽고 어떻게 하면 좋을까 생각하는 오늘 이 순간입니다. 타인에게 조언을 받았다는 명목이 있으면 행동할 수 있지 않을까 하는 임시변통적인 수를 쓰는 제가 있던 것도 분명합니다. 일단 뭐든 좋으니까 조언이 필요했습니다."

"그랬구나."

언니가 바로 고개를 끄덕였습니다.

아마도 절반 이상은 안 들었을 겁니다. 그런 얼굴을 하고 있습니다.

혹시 크레틸 씨는 자신의 마음을 그다지 겉으로 드러낸 적이 없는 걸까요? 아니면 지금까지 줄곧 감추어두었던 마음을 토해내고 편해지고 싶었던 것일까요? 그녀의 입에서 새어 나온 말은 마치 둑이 터진 것처럼 한꺼번에 쏟아져 나왔습니다.

그러나 그녀에게서 흘러드는 감정들을 전부 받아들일 수 있을 만큼, 우리도 마음의 준비가 되어 있지는 않았습니다.

그녀의 마음을 받아들이는 것이 가능한 사람이 있다고 한다면, 그건 역시 지금까지 수없이 승부를 받아왔던 나드나 씨, 그 사람일 테지요.

뭐, 이런 짠 것 같은 타이밍에 나타나거나 하진 않겠지만.

"——크레틸."

달칵하고 방문이 열렸습니다.

돌아보니, 거기에는 크레틸 씨와 비슷한 나이의 여자아이가 한 명.

"……! 나, 나드나."

나드나 씨라고 합니다.

이 무슨 타이밍?

"이야기는 다 들었어……."

"뭐? 도청이야?"

"아니 문에 귀를 대고 들었어."

"아니 애초에 여기 왜 있는 거야?"

"어제 그런 느낌으로 끝났으니까, 또 이야기를 하고 싶어서 와 버렸어. 안 돼?"

"안 되는 건 아니지만."

과연 이 사람도 조금 이상한 사람이로군요.

그러고서 나드나 씨는 방으로 들어오자마자 "나도 같은 기분이야"라고 말을 꺼냈습니다. 추측이지만 이 사람한테는 저와 언니의 모습이 보이지 않는 것일 테지요.

"나는 너한테서 도망쳤어…… 이제 너와 마주할 자격 따위……."

이 사람 갑자기 멋진 대사를 뱉기 시작하는군요.

"딱히 상관없어. 조금 어벙한 부분이 있는 건 전부터 알고 있었는걸."

"뭐라고?"

"40번 이상이나 싸웠는걸. 당연하잖아?"

에헤헤헤 하며 크레틸 씨에게 다가가는 나드나 씨.

"하지만, 앞으로는 도망치지 말아줘."

그렇게 말하면서, 도망칠 곳을 막듯이 그녀는 크레틸 씨 앞에 섰습니다.

한편 저와 언니는 방 출입구 쪽까지 밀려났습니다.

"나드나……."

"크레틸……."

무엇보다, 다디단 느낌의 분위기가 감도는 공간에 왠지 모르게 끼어들기 어려웠던 것입니다. 이제 두 사람 주변에는 누구라 해도 침입하지 못할 테지요.

"언니, 이건 대체 어떻게 된 전개인가요?" "잘 모르겠어."

그런 상황에서 우리는 우왕좌왕했습니다. 돌아가고 싶어.

"우으…… 잘됐구나. 크레틸……."

그런 중에, 방문 앞에 갑자기 나타난 성인 여성이 한 사람.

"언니 이분은 누구신가요?" "잘 모르겠어."

"엄마입니다."

어머니셨습니까.

어머니는 사이좋게 서로를 마주 보고 있는 두 소녀를 바라보면서 울고 있었습니다.

"정말로 잘됐어. 크레틸…… 줄곧 친구가 생기지 않아서 고민했는데, 단숨에 세 명이나 생기다니……."

엄마는 기쁘구나……! 라는 어머니.

세 명? 어라라?

나드나 씨, 그리고 혹시 저와 언니도 인원수에 포함되어 있는 겁니까?

……이 이상 사태가 성가셔지는 건 피하고 싶습니다.

"저기, 어머니." "저와 언니는 면접을 보러 왔을 뿐, 친구인 건──."

"에엣…………………………………………………."

"잘 생각해보니 친구였습니다." "그러게 베스트 프렌드였어."

그리하여 결국 저와 언니도, 그렇게 그녀들의 묘한 분위기에 말려들기에 이르렀던 것입니다. 크레틸 씨에게 수업을 해주었다고 하는 두 명의 마법사들이 조금 더 이른 단계에서 크레틸 씨의 본심을 깨달았다면 이렇게는 되지 않았을 테지요.

뭐 그 덕분에 두 사람 사이가 이렇게까지 친밀해졌다, 라고 말하지 못할 것도 없겠습니다만.

"크레틸……."

"나드나……."

그나저나 참으로 달짝지근한 분위기로군요…….

이쪽까지 속이 쓰릴 것만 같아——.

"……헉!"

그때 제 머릿속에 번개가 쳤습니다.

지금 분위기라면, 무슨 말을 해도 받아들여지지 않을까요——?

빙글, 언니 쪽으로 돌아서는 저.

말했습니다.

"언니, 이상한 말을 해도 괜찮겠습니까?"

그러자 언니는 만면에 미소를 지으며 답했습니다.

"응. 안 돼."

○

제가 그 나라를 다시 방문한 것은, 처음 방문한 날로부터 대략 한 달 정도가 지났을 무렵의 일입니다.

딱히 의미도 없이 다시 그 나라 관광을 시작한 저는, 평소처럼 딱히 의식하는 일 없이 쇼핑을 하거나, 찻집에 가거나, 광장 벤치에서 책을 읽거나 하면서 시간을 보냈습니다.

역시 자유롭게 시간을 쓸 수 있다는 건 좋은 거로군요.

시간을 언제든 느긋하게 사치스럽게 쓸 수 있다는 것이 여행자의 특권일 테지요.

그 대신 지갑에는 늘 불안이 드리워져 있습니다만.

"……자유롭네요."

귀를 기울이면 거리의 시끌벅적한 소리가 들려옵니다.

길에서 장사를 하는 사람. 광장에서 작은 새에게 먹이를 주는 사람. 길을 오가는 사람들에게 음악을 들려주는 사람. 그리고 저와 마찬가지로 자유로운 시간을 만끽하는 사람.

그러고 보니, 제가 사흘 동안 교사 역할……을 흉내 내주었던 그녀는 대체 그 후 어떻게 되었을까요?

"설마 다름 아닌 내가 속독하지 못하는 책이 나타날 줄이야……."

"그러니까 말했잖아. 그 책, 재미있어서 잠 못 자게 된다고."

지극히 평범한 두 여자아이가 제 앞을 지나갔습니다. 휴일에 마을 어디서나 볼 수 있는, 그런 평범한 여자아이입니다.

그중 한쪽, 다크 블루 머리카락의 여자아이는 문득 돌아보더니 제게 살며시 손을 흔들었습니다. 그곳에 있는 미소는 그저 평범한 여자아이의 것이었습니다.

승부 같은 것과도 인연이 없고, 천재라고도 말하기 어려운, 평범한 여자아이였습니다.

저는 마주 손을 흔들어주었습니다.

이런 좋은 날에 어디 사는 누군가의 승부 결과를 알고 싶어 하다니, 그건 분명 아주.

"멋모르는 짓이죠."

그래서 저는, 다시 자유로운 시간으로 돌아가기로 했습니다.

"오. 여행자님이다. 어서 와. 편하게 지내."

활짝 열린 채인 문 옆에 우연히 있던 주민 하나가 친구를 맞아 주는 듯한 가벼운 태도로 마녀를 나라로 맞아들여 주었습니다.

어느 마녀가 그날 방문한 것은 칵테일 컨트리라는 이상한 이름 으로 불리는 나라였습니다.

말하길, 그 나라에는 명확한 나라 이름이라는 것이 존재하지 않았고, 방문한 여행자가 그 나라의 특징을 따서 이름 붙였다고 합니다.

이 나라를 부르는 이름은 사람에 따라서 달랐습니다. 어떤 사 람은 이곳을 마블 컨트리라고도 불렀고, 또 다른 사람은 패치워 크 랜드라고 부르고 있었습니다.

명확한 이름조차 정해지지 않은 점에 이 나라의 풍토가 드러난 다고도 할 수 있을 테지요.

다양한 특징의 사람들이 모여 사는 이 나라는 주민 수도 불명. 영토라는 것조차 불명료. 주민들은 좋을 대로 살고 있습니다.

나라라기보다도 사람이 멋대로 살고 있을 뿐인 곳이라고 불러 도 좋을 정도입니다.

즉, 이 나라는 매우 복잡한 나라인 것입니다.

마녀가 이 나라로 빗자루를 타고 오게 된 것은, 지금으로부터 사흘 정도 전의 일.

어느 나라의 상점가를 걷고 있던 때의 일입니다.

"거기 마녀님. 잠깐 아르바이트하지 않겠어?"

등 뒤에서, 목소리가 들렸습니다.

"좀 짭짤한 이야기가 있는데, 어때? 귀여운 마녀님."

귀여운 마녀님?

대체 누구를 말하는 것일까요?

그렇습니다.

"저입니까?"

휙 뒤를 돌아보는 것은 잿빛 머리카락과 유리색 눈동자의 마녀. 검은 로브와 검정 삼각 모자를 걸치고, 가슴께에는 별을 본뜬 브로치가 하나. 아주 귀여운 이 마녀는 대체 누구일까요?

다시 한번 말씀드리죠.

그렇습니다. 저입니다.

"아까 입국하는 걸 봤는데, 당신 여행하는 마녀지? 그럼 하나 괜찮은 장사가 있는데, 안 해볼래?"

"네? 괜찮은 장사요?"

참으로 수상쩍은 권유에, 저는 그렇게 얼굴을 찡그렸습니다. 그러나 이야기를 들어보니 의외로 제대로 된 권유였나 봅니다.

말하길, 칵테일 컨트리라고 불리는 나라에 책을 사러 가달라, 라는 것이었습니다. 그 나라에서만 파는 물건을 꼭 좀 구하고 싶다고 합니다.

그렇게 갖고 싶으면 직접 가면 되는 게 아닌지? 하는 생각이 안 드는 것도 아니었습니다만, 당연히 남에게 부탁하는 데에는 나름의 이유가 있는 법입니다.

"사실 그 나라는 치안이 너무 나빠서……."

요컨대 상인분은 무서워서 가고 싶지 않다는 겁니다.

저는 놀랐습니다.

"어머! 뒤숭숭한 나라에 연약한 여자아이를 보내다니."

"당신 마녀잖아."

"그리고 연약한 여자아이이기도 합니다만."

"아무튼 좀 가줘. 우리는 가능한 한 그 나라에는 가고 싶지 않아."

"우리?"

하고 제가 고개를 갸웃거린 직후였습니다.

제 주변에 상인 동료로 보이는 사람들이 줄줄이 모여들었습니다.

"그 나라에 가는 건가? 그럼 그 김에 화장품도 좀 사다 줘!" "괜찮으면 옷을 사 와주지 않을래?" "나는 무기를!" "나도 나도!" "저도 저도!" 마치 경쟁이라도 하듯 그들은 돈을 제게 내밀었습니다.

대체 어떤 나라인가 싶었습니다만.

"우와, 위험해 보여."

아무래도 많은 상인에게 있어서는 그다지 가고 싶지 않은 나라인가 봅니다.

그리고 저는 상인분들에게 대량의 돈을 받아 들고, 뒤숭숭한 나라를 향해서 빗자루로 나아가기에 이르렀습니다. 이 나라에 관한 다양한 이름을 들은 것도 그때였습니다.

저는 그들에게 "결국 그 나라는 어떤 나라인 겁니까?" 하고 물어보았습니다만, 그들은 모두 한 번밖에 가본 적이 없는지, 반응은 하나같았습니다.

"으음……."

낮게 신음할 뿐.

결국 무엇 하나 확실하지 않은 채로 저는 각테일이거나 패치워크이거나 혹은 마블이거나, 다양한 이름만을 가진 나라까지 가게 되었던 것입니다.

뭐, 다양한 이름이 있었습니다만.

"우리나라는 구획에 따라서 많은 파벌이 있거든."

나라에 관한 건 그 나라에 사는 사람에게 묻는 게 제일이겠지요.

나라에 도착하자마자 저는 일단 일부터 처리하기 위해 상인분들에게 부탁받은 물건 목록을 읽으며 거리를 배회했습니다.

우선 가장 먼저 방문한 곳은, 서점.

"참고로 우리 독서가가 사는 이곳은 독서가 구획이라고 불리고 있지."

"네에."

"우리나라는 취미 취향에 따라서 사는 구획이 다르거든. 독서가라면 독서가 구획. 옷을 좋아하면 패션 구획. 그리고 근육을 좋아하는 근육 구획과 향수를 좋아하는 향수 구획 같은 곳도 있지."

"흐음……."

과연, 마음이 맞는 사람끼리 모여서 살고 있다는 겁니까.

보면 확실히, 여기는 독서가 구획이라고 불리는 만큼, 주변에 온통 서점투성이였습니다. 제가 우연히 들어간 서점은 시크한 분위기의 가게. 철학서를 많이 다루는 가게였습니다.

"독서가 구획 중에서도 우리는 가장 고상한 가게야. 입지도 나라의 입구에서 가장 가깝고, 무엇보다 좋은 책을 많이 두고 있지."

제게 심부름을 의뢰한 상인분들이 주로 원하는 것은, 이 나라의 주민이 만든 것이었습니다. 구매 목록에는 바로 이 나라에서 쓰인 철학서 제목이 쓰여 있었습니다.

저는 지정된 권수만 가지고서 계산대로 갔습니다.

그리고.

"이 나라의 주민이 쓴 모험 소설도 찾고 있습니다만, 어디에 있습니까?"

저는 고개를 갸웃거렸습니다.

"아…… 모험 소설 말이지. 그거라면 독서가 구획 구석 쪽에 있어."

순간 태도가 차가워지는 고상한 서점인가 하는 곳의 점원분. 저는 뭔가 해선 안 될 말이라도 한 것일까요?

위화감을 느끼면서도 저는 목록에 기재되어 있는 철학서 제목에 줄을 긋고, 그러고서 길을 나아갔습니다.

그곳에 있던 것은 다채로운 분위기의 가게.

"어서 옵쇼! 모험 소설이라고 하면 우리 가게지. 뭘 찾고 있지?"

가게 안으로 들어서자마자 점원분이 말을 걸어주었습니다. 찾는 물건이 많아서, 하나하나 착실하게 찾기 힘든 만큼 이렇게 마음을 써주는 것은 감사한 일입니다.

저는 종이를 그대로 점원분에게 보여주었습니다.

그는 바로 "과연! 최근 막 출간된 신작 말이구나! 잠깐만 기다려"라며 가게 안쪽까지 갔다가 돌아왔습니다.

"철학 서점에는 이미 다녀온 거야?" 하고 목록을 돌려주면서 묻는 점원분.

"네" 하고 제가 고개를 끄덕이자, 점원분은 웃는 얼굴로 말했습니다.

"하하하하! 편협한 직원이었지?"

그 가게는 독서가 구획의 구석으로 쫓겨난 불쌍한 가게야, 하고 점원분은 웃으면서 말했습니다.

"…………"

과연, 같은 구획의 가게끼리도 결코 사이가 좋은 것은 아닌가 봅니다.

○

"아하하하! 독서가 놈들 따위 애초에 남과 잘 어울릴 줄 모르는 놈들 무리니까요! 그래서 같은 독서가끼리도 사이좋게 지내지 못하는 겁니다."

다음으로 방문한 곳은 부티크.

이 나라에 사는 디자이너가 직접 만든 옷을 상인이 원했기 때문에, 이번에는 패션 구획을 방문했습니다. 전체적으로 휘황찬란한 분위기가 감도는 구획입니다.

구매 목록대로 쇼핑을 하고 있으면 바로 점원이 나타나서 일방적으로 토크를 개시. 뭐, 이런 부분은 평범한 부티크와 그다지 다르지 않군요.

"얼마 전에도 같은 구획 동료끼리 말싸움을 하지 뭐야? 정말이지 기가 막힌다니까. 사회성이 부족해서 남이 싫어할 말을 가리질 못하는 거지."

정말로 바보라니까──하고 빈정대듯이 웃는 부티크 점원분.

그다음으로 방문한 곳은 향수 가게가 늘어선 향수 구획.

고상한 분위기와 좋은 향기가 나는 거리였습니다.

참고로 향수 구획은 패션 구역 옆에 위치해 있습니다.

"또 아로마 피워댔지! 그만 좀 해줄래? 역한 냄새가 우리 물건에 배잖아!" "뭐어? 우리 물건 냄새가 배면 오히려 감사합니다 해줬으면 하는데?"

냄새를 파는 가게와 옷을 파는 가게. 아무래도 나란히 있기에는 상성이 그리 좋지 않은지, 가게의 주인들이 가게 앞에서 말다툼을 하고 있었습니다.

저는 그런 모습을 바라보면서 이 나라에서만 파는 향수인가 하는 걸 다른 가게에서 구입.

"와아, 하고 있네."

향수가 담긴 상자를 제게 건네면서 가게 주인은 남 일인 양 방금 그 가게의 상황을 바라보고 있었습니다.

가게 주인들의 말다툼은 과열되었고, 서로 멱살을 잡고, 다른 가게 주인과 손님들이 말리러 나설 정도의 소동이 되어가고 있었습니다.

"소란스럽군요."

그렇게 느긋하게 바라보는 저.

그러고 보니 이 나라는 뒤숭숭한 나라라고 불리고 있었습니다만.

"저런 다툼이 꽤 많은가요?"

저는 물었습니다.

"응? 아니, 전혀."

그녀는 고개를 시원스럽게 가로저으면서 답했습니다.

"저건 상당히 얌전한 편."

저는 다시 말다툼을 하고 있는 그녀들에게 시선을 돌렸습니다.

"웃기지 마! 옷 가게 주제에!" "시끄럽네! 가까이 오지 마! 향수 냄새 지독하니까!"

두 명의 주인이 주먹을 휘둘렀고. 그리고 주변 점원들도 서로의 구획 사람들에게 이러니저러니 하고 욕설을 퍼붓고 있었습니다.

말리러 나선 건가 싶었습니다만, 아무래도 그녀들은 싸움에 가세를 하고 있을 뿐인가 봅니다.

…………

저게 얌전한 편……?

고개를 갸웃거리는 저.

제 옆에 있는 가게 주인은 점점 구획 사이의 항쟁이 되어가고 있는 패싸움을 바라보면서, 작게 중얼거렸습니다.

"싫다 정말. 저런 사람들이 있으면 우리 구획 사람이 모두 저런 느낌인 줄 알 거 아냐."

○

하지만 분명 패션 구획과 향수 구획의 말다툼(주먹질 포함)은 거리를 한바탕 돌아본 후에 돌이켜보니, 그래도 얌전한 편이었는 지도 모르겠다는 생각이 들었습니다.

다른 구획의 싸움은 정말이지 엄청났습니다.

예를 들면 화가 구획. 서로 그림을 보여주면서도 "네 이 구도는 나를 따라 한 거잖아?" "아니 아니 그쪽이야말로." "뭐라고?" "어엉? 해보자는 거냐?"라며 불꽃을 튀기기 시작. 거기서 끝나면 좋았을 테지만. 소동을 듣고서 달려온 다른 화가들이 "어느 쪽이 따라 했는지는 흥미 없지만 개인적으로는 이쪽이 좋아" "아니 아니 나는 이쪽이" 하고 취향을 이야기하기 시작한 탓에 소동은 그림의 우열로 발전. 그 결과 분쟁 중인 화가들을 내버려 두고 장외 난투로 발전. 덤으로 "어이 너희 동료가 너희 탓에 주먹다짐을 벌이고 있잖아. 어떻게 책임질 거야?"라느니 하며 다른 구획의 인간이 나대는 지경. 지옥도.

어머나 무섭네요 하고 저는 목적하던 그림을 구입하고서 서둘러 도망쳤습니다.

그러고서 방문한 곳은 무기점 구획.

"저 가게 주인이 부정을 저질렀대!"

어느 인기 있는 무기점 주인이 밖에서 가져온 무기를 자신이 만든 무기라고 속여 판매한 것이 밝혀졌다고 합니다. 어머나, 큰 문제! 당연하게도 정의감 넘치는 다른 가게 주인들에게 비난을 당했습니다.

그리고 가게 주인인 여자아이가 귀엽다는 이유로 일부 무기점의 주인들이 문자 그대로 방패가 되어, 무기점끼리의 다툼으로 발전. 그리고 그런 남성들의 모습을 기분 나쁘다는 이유로 다른 구획의 여성들이 비난을 퍼붓고, 또 이어서 다른 구획의 남성들이 그런 여성들에게 귀여운 여자를 질투하는 거라며 비웃고. 거듭 또 다른 구획의 여성들을 끌어들인다는 참상이 되어 있었습니다. 마치 주변 일대에 불을 지른 듯한 참상입니다.

"같은 여성으로서 어떻게 생각하나요? 마녀님!"

정의감 넘치는 무기점의 남성은 제게 물어왔습니다.

우와 말려들겠어.

"에헤헤. 잘 모르겠습니다. 에헤헤."

저는 질문의 의미조차 이해하지 못하는 바보 같은 여자아이인 척을 하면서 냉큼 물러났습니다. 그리고 온갖 무기가 마구 날아다니는 위험한 구획에서 도망친 후에 방문한 곳은, 근육 구획.

오늘 마지막 쇼핑을 할 구획입니다.

"과연. 분명 근육 구획에서는 오리지널 근육 드링크를 만들고 있어. 상인 나리는 물건 보는 눈이 아주 좋은걸."

제가 방문한 곳은 근육 트레이닝 전문점⋯⋯이라는 간판을 내건 가게.

넓은 가게 안에는 근육 트레이닝 전문 기구가 진열되어 있었고, 트레이닝을 하며 땀을 흘리는 남녀로 넘쳐나고 있었습니다. 가게에 들어간 직후부터 습기와 온도가 한층 높아진 듯 느껴진 것에서도 그들의 트레이닝을 향한 열의를 엿볼 수 있습니다.

점원분에게 구매 목록을 보여주자 바로 해당 상품을 가져와 주었습니다.

목록을 본 단계에서는 애초에 근육 드링크라는 것이 대체 무엇인지 잘 몰랐습니다만, 아무래도 평범한 스무디였나 봅니다.

"이게 우리나라 비전의 근육 드링크야."

"어떤 음료인가요?"

"몸속의 근육이 눈을 뜨는 마법의 드링크지."

"과연."

잘 모르겠습니다.

"자네, 지금 잘 모르겠다고 생각했지?"

"알아차린 겁니까?"

"그야 알지…… 네 표정근이 그렇게 이야기하고 있어……."

"과연."

위험한 음료로군요.

"이 드링크를 트레이닝 후에 마시면 근육을 단련하는 효과가 있거든. 구체적으로 말하자면 나 같은 몸매가 된다고 할까?"

그리고 점원분은 제게 봉투를 건네주면서 포징.

저는 이제 이 시점에서 서둘러 돌아가고 싶었습니다만, 그러나 한 가지 신경 쓰이는 게 있었기 때문에 짐을 받아 들면서 고개를 갸웃거리기에 이르렀습니다.

"이 구획은 꽤 평화롭네요."

여기에 이르기까지 방문한 구획에서는 대체로 어디선가 다툼이 일어났다고 기억하고 있는데, 그러나 보기에 근육 구획에서는 그러한 광경은 없는가 봅니다.

보이는 것은 한결같이 땀을 흘리는 남녀뿐. 대화도 그리 없습니다.

"과연. 자네는 눈썰미가 정말 좋은걸."

점원분은 밝은 갈색으로 탄 얼굴을 웃음으로 물들였습니다.

"저걸 보라고."

가리킨 것은 가게 안쪽에서 포징하는 남성의 모습. 노출된 근육은 번들번들 빛나 보였습니다. 트레이닝 후의 땀으로 젖어 있는 것일까요?

"아니 저건 오일이야."

오일이었습니까.

"그래서, 마녀님. 저걸 보고 알겠어?"

물어보는 근육 점원.

"잘 모르겠습니다."

"저건 사이드 체스트라고 불리는 포즈인데, 주로 단련한 흉근을 어필할 때 쓰는 거거든."

"포즈 이름 쪽은 설명해주지 않아도 괜찮습니다만."

"호오, 알고 있었어? 제법 근육통인가 본데."

"아니 애초에 흥미가 없다는 의미입니다만……."

그보다 근육통이라니 뭡니까……?

어느 쪽인가 하면 질문의 의도부터 듣고 싶은 바입니다만.

저는 그러한 의도를 담아서 근육 점원을 바라보았습니다. 점원분은 또다시 제 표정에서 감정을 읽어냈는지.

"마녀님이 의문을 느낀 대로, 이 구획은 비교적 평화로워."

그는 끄덕이면서 이유를 이야기해주었습니다.

그건 매우 단순 명쾌한 이유.

"애초에 이 구획 인간은 자신의 근육 이외에는 흥미가 없어."

와아, 납득.

○

한바탕 쇼핑을 마친 저는 대량의 짐을 숙소에 두고, 이곳의 중앙 구획으로 걸음을 옮겼습니다.

근육 구획까지 가서 쇼핑을 조금 한 시점에서 저는 이미 지쳐서 얼른 돌아가고 싶다는 심경이었습니다만, 헤어질 때 근육 점원분이 아주 신경 쓰이는 말을 했던 것입니다.

"자네, 알겠어? 근육 드링크는 반드시 트레이닝 후 30분 이내에 마시지 않으면 효과가——."

가 아니라.

"여기는 분명 비교적 평화롭지만, 더 평화로운 구획이 있어. 중앙 구획이라고 하는데——."

라고 이야기해주었던 것입니다.

뒤숭숭한 다툼투성이인 이곳에서 가장 평화로운 곳.

신경 쓰이는 것이 당연합니다. 그래서 저는 즉시 방문했습니다. 중앙 구획은 근육 구획에서 그리 멀지 않은 곳에 있었습니다.

"호오오."

결론부터 말씀드리자면 분명 중앙 구획은 매우 평화로운 생활을 누리는 분들이 모여 있는 것 같았습니다.

보이는 광경은 다른 나라와 그리 다르지 않습니다.

평범한 찻집이 있고, 평범한 레스토랑이 있고, 그리고 평범한 주택과 평범한 주민이 자유로운 시간을 만끽하고 있습니다.

시험 삼아 찻집에 들어가 테라스석에서 느긋하게 있어 보았습니다.

메뉴를 보고, 적당히 커피를 주문하고, 느긋하게 있기를 몇 분. 따뜻한 커피가 나왔고 한 모금 마셨습니다.

"……맛있어."

결코 일품이라는 것은 아닙니다만, 나라를 돌며 쇼핑하느라 애쓴 후의 커피는 적당히 맛있었습니다.

요컨대 평범하다는 것입니다.

"자네, 못 보던 얼굴인데. 혹시 여행하는 분인가."

"…………."

혼자만의 시간을 만끽하고 있을 때 말을 걸어온 남성이 있다는 것이 평범한지 어떤지는 확실하지 않지만 말이지요.

목소리에 휙 돌아보니, 제 뒷자리에 한 남성이 있었습니다.

남성은 "여어" 하고 손을 흔들더니.

"아, 미안. 경계하지 않아도 돼. 딱히 너를 유혹해서 이러저러할 마음은 없어."

"그건 유혹할 셈으로 말을 걸어오는 남성의 상투적인 문구인 것 같습니다만."

"하지만 나한테 그럴 마음이 없는 건 사실이거든."

그는 가슴 주머니에서 명함을 꺼내서 제게 건넸습니다.

저는 경계하면서 받아 들었습니다.

"다양성의 나라, 운영 위원……?"

우선 나라 이름부터 전혀 모르겠습니다만? 하고 저는 고개를 갸웃거렸습니다.

"이 나라에 사람을 모으는 사람을 말하는 거야."

혹시 눈앞의 남성도 다소 근육에 치우쳐진 경향이 있는지, 표정을 통해 제 마음을 읽어냈습니다.

"다양성의 나라라는 건, 현 단계에서의 이 나라 이름이야. 아직 명확한 이름은 없지만."

"호오오."

"자네는 관광객이지? 이 나라에 자네 같은 어린 마녀가 있는 건 드물어. 괜찮다면 이것저것 이야기를 들려줄 수 있을까? 이 나라는 그다지 관광객이 오지 않거든. 앞으로의 참고로 삼고 싶어."

다양성의 나라 운영 위원이라는 수수께끼의 직함을 가진 남성은, 그러고서 자신의 사정을 밝혀주었습니다.

말하길, 이 나라의 중앙 구획에 사는 사람들은 원래 여행자나 상인이 중심이었다고 합니다. 다양한 나라를 거쳐 온 그들이 한곳에 모여서 살게 된 것이, 이 나라인가 봅니다.

"우리가 여행하면서 봐온 건, 아무런 불편 없이 사는 것이 가능한 평범한 사람과 그렇지 않은 사람이었어."

나라를 오가면 다양한 사람을 보게 되는 법입니다.

그는 말했습니다.

"특히 많은 나라에서는 다수파가 평범하다고 여겨지고, 소수파는 괴짜, 이상한 사람, 그런 식으로 호칭 돼. 대다수의 의견에 떠밀려서 자신의 의견을 말하지 못하게 되고 말지. 그런 사람들이 었어."

"……흐음."

"사람은 집단에 소속되면, 개성을 잃어. 소속된 집단 그 자체가 자기 자신의 말이 되지. 개성을 잃고, 그리고 다른 의견과 생각이 받아들여지지 않게 돼. 상반된 자는 전부 이상한 것처럼 보이게 되고 말아. 자기 자신이 있는 곳이 마음 편하니까 말이야."

"…………."

"차이를 인정하지 못하는 인간만큼 작은 건 없을 거야. 사실 인간은 타인과의 차이를 서로 더욱 인정해야만 해."

호오.

"그래서 생각해낸 게 다양성의 나라라는 겁니까?"

"맞아! 타인과의 차이를 서로 인정함으로써 진정한 평화를 향해 가는 나라를, 우리는 만든 거야!"

"흐음."

훌륭한 취지로군요.

"그런데 이 나라는 누가 다스리고 있는 건가요?"

"하하하! 마녀님, 누구 한 사람에게 나라를 맡긴다고 하는 생각은 시대착오적이야."

"…………."

과연. 제 의견은 아무래도 다양성 중 하나로서의 가치가 없나 봅니다.

"이 나라의 치안이 상당히 나쁘다고 상인들 사이에서 악평이 퍼지고 있는 것 같습니다만——."

관광객이 별로 오지 않아서 고민을 하는 듯했기에 저는 상인들에 의한·이 나라의 평가라는 것을 들려드렸습니다.

이러이러 여차여차.

그러자 운영 위원인 남성은 "으음……" 하고 마치 이 나라에 관한 질문을 받은 상인들처럼 복잡한 얼굴을 하면서 낮은 목소리로 신음했습니다.

"치안이 나쁜 나라, 라……."

저는 고개를 끄덕였습니다.

"그러네요. 뭐 파벌 싸움만 벌어지고 있는 것 같고……."

"이 나라에 사는 인간은 모두 괴짜라고 불리는 사람들이니까 말이지……."

그는 말했습니다.

"게다가, 이 나라는 아직 생긴 지 얼마 안 돼서 여러 문제가 있어. 일단, 취미가 비슷한 자들을 모아서 커뮤니티를 만드는 것으로, 주민들이 알력을 만들기 어렵게는 하고 있지."

"…………."

"같은 취미를 가진 사람끼리 모여서 서로의 차이를 이해하는 것. 이건 사람끼리의 차이를 서로 알아가기 위한 첫 한 걸음이야"라는 운영 위원 씨.

과연, 그렇군요.

"그렇다면 지금은 아직 잘 풀리지 않고 있나 보군요."

저는 말하면서 길 쪽을 가리켰습니다.

"……?"

돌아보는 운영 위원 씨.

그 시선 끝에는 이 나라가 지향하는 방향과는 정반대의 것이 펼쳐져 있었습니다.

무기점끼리의 항쟁입니다. 아무래도 이곳까지 소동이 번져버렸나 봅니다──여자아이를 지키기 위한 방패가 된 남성이거나, 크게 소리를 지르며 도움을 구하는 여성이거나, 정의감 넘치는 남성이거나, 다양한 사람들이 마치 축제처럼 소란을 피워대고 있었습니다.

그리고 그 소동을 들은 사람이 다시 소동에 더해지고, 더욱 소동이 번져갑니다.

내버려 두면 진화되리라고 생각했었는데, 유감스럽게도 불길은 점점 번져갈 뿐.

그것참 큰일이네요.

멀리서 보고 있는 입장에서는 평범한 축제와 구별이 되지 않는 상황이었지만, 그러나 무기를 든 많은 사람들이 거리에서 소동을 벌이고 있는 모습은 치안이 나쁘다는 것 말고는 달리 할 말이 없는 광경이었습니다.

"이런 이런 설마……."

운영 위원 남성이 말하길, 저런 소동은 제법 빈번하게 일어난

다고 합니다.

뭐, 그렇지 않다면 치안이 나쁜 나라라느니 하는 말을 듣지도 않을 테지요.

"곤란한 일이로군요."

멀리서 소동을 바라보며 저는 말했습니다.

운영 위원 남성은 "그러게 말이야…… 정말이지 곤란한 일이야" 하고 한숨을 내쉬고.

그러고서 말했습니다.

"저런 사람들이 있으면, 이 나라 사람이 모두 저런 느낌인 줄 알 게 아닌가."

○

그러고서 나라를 나온 저는 크디큰 짐들을 빗자루에 매달고서 날아, 상인분들에게 전달해드렸습니다.

"이게 주문한 물건들입니다."

괴짜들이 많은 나라에서는, 다른 데서는 좀처럼 보기 힘든 희귀한 것을 구할 수 있는지, 상인들은 몹시 기뻐했습니다. 돈을 받고서 저도 몹시 기뻤습니다. 그야말로 모두 행복한 멋진 전개라고도 할 수 있었습니다.

"…………."

그나저나, 뭐 일단, 만약을 위해.

제가 방문했던 그 나라에 관해서는, 나라의 운영을 하는 분들이 부르는 이름이 일단 있다고 하는 것도 겸사겸사 상인분들에게 가르쳐주었습니다.

"호오 '다양성의 나라'라……." "촌스러운 이름인걸. 마블 컨트리 쪽이 좋은데." "아니 패치워크 랜드 쪽이." "아니 칵테일 컨트리지." "뭐? 구려." "어이 너 지금 뭐라고 했어?" "어이 어이 싸움은 그만둬. 하지만 칵테일 컨트리는 확실히 제일 구리긴 해." "그렇게나 별로야……?"

정식 이름을 알려줬어도 여전히 나라의 이름에 관해서 의견이 갈리고 있는 것을 보면, 이 나라의 풍토가 드러나는 것인지도 모릅니다.

상인분 중 한 사람은 제게 물었습니다.

"그나저나 마녀님."

"네."

"다양성의 나라는 어땠나?"

현 단계에서의 치안 상태와 나라의 분위기를 묻는 것일 테지요. 과연 대체 어찌 답하면 좋을는지.

저는 짧은 시간 방문해 다양한 구획에서 일어난 일과 만난 사람들의 일을 떠올렸고.

결과, 낮은 목소리로 신음했습니다.

"으음……."

분명 저는 이때 복잡한 얼굴을 하고 있었을 겁니다.

이건, 제가 자유의 도시 크노츠를 방문했을 때의 이야기.

프랑 선생님과 사야 씨와 재회했을 때의 추억담입니다.

"하아……."

추억담이라고 하면서 짜증 섞인 한숨을 내쉬는 마녀는 대체 누구일까요?

그렇습니다. 저입니다.

"어라? 일레이나. 뭔가 문제라도 있나요?"

그리고 제자의 고민을 재빠르게 눈치채는 것이 나의 스승인 프랑 선생님이었습니다.

저희는 지금, 나라에서도 제법 인기 있는 찻집으로 걸음을 옮기고 있었습니다. 제법 인기 있는 가게 안에는 제법 사람이 있었고, 그리고 제법 맛있는 빵과 커피가 저희 앞에는 놓여 있었습니다.

저는 빵을 먹으면서 다시 크게 한숨을 내쉬었고, 맞은편에 앉은 선생님을 보았습니다.

"선생님, 아시겠나요?" 우물우물.

"당신이 좋아하는 빵을 먹는 중에 한숨이라니 별일이잖아요."

"그래서는 제가 종일 빵을 먹고 있는 둘도 없는 빵순이 같지 않습니까." 우물우물.

"그렇게 말하고 있습니다."

"하지만 선생님, 고민 탓에 이 좋아하는 빵도 전혀 맛있게 먹지 못하고 있는데요."

아아, 참으로 불쌍한 저. 매우 우물우물 먹으면서도, 그러나 다시 크게 한숨을 내쉬었습니다.

몹시도 고민하는 모습의 제게 선생님은 의외라는 듯이 눈을 크게 떴습니다.

"어머, 그런가요? 정말로 상당한 고민인가 보군요."

"네. 그건 정말이지 제 생애에서도 이토록 머리를 끌어안은 적은 없지 않을까 싶을 정도로 정말로 곤란해하고 있습니다."

"대체 무슨 일인가요?"

"실은 말이죠……."

빵을 한 손에 들고 몸을 내미는 저.

그야말로 지금부터 중대한 발표를 하겠습니다 하고 말하는 듯한 자세에 스승님도 역시 몸을 앞으로 내밀고.

"네……."

꿀꺽, 하고 마른침을 삼켰습니다.

그러고서 저는 한참 뜸을 들이고, 말했습니다.

"최근…… 살이 쪄서."

"네…… 네?"

"살이 찌기만 한 거라면 모를까, 대체 왜 살이 찌고 만 건지 전혀 짚이는 바가 없어서 곤란합니다."

대체 어째서일까요? 저는 슬픔에 잠기며 빵을 우물우물 우물우물. 맛있게 먹지 못해도 빵을 먹는 손을 멈출 생각을 하지 않습니다.

"원인은 명백한 것 같은데요."

"응? 선생님. 뭘 보고 계시나요? 안 드릴 거예요. 맛있지 않아도 빵은 빵이니까."

"우와아."

"아무튼 저는 지금 매우 곤란해서 낙담하고 있답니다. 선생님."

"하지만 먹고 있지 않나요?"

"이건 즉, 스트레스 때문에 분풀이로 먹는 거예요. 곤란하네요."

"우와아."

"저는 평소와 그리 다르지 않은 식생활을 유지하고 있을 뿐인데…… 대체 어째서 제 몸은 무게를 더해버린 걸까요……."

"평소 식생활이 지나치게 편중되어 있을 뿐인 게 아닐까요……?"

어이없다는 듯이 한숨을 내쉬는 프랑 선생님. 그 모습은 완전히 두 손 들었다고 말하고 싶은 듯했고, 그 유명한 별무리의 마녀조차 내던질 심각한 문제에 제가 직면했다고 하는 사실을 드러내고 있었습니다.

세상에, 어떻게 된 일일까요.

"하아…… 이대로는 제 체중이 무진장하게 늘어날 거예요."

저는 망연자실했습니다.

누군가 도와주실 수 없을까요?

"이야기는 잘 들었습니다!"

짜안! 하고 갑자기 내 옆에 앉는 소녀의 모습.

보니 그것은 검은 머리카락을 가지런히 짧게 자른 소녀이자, 어딘가 모르게 사야 씨 같은 용모를 하고 있는 것처럼 보였습니다. 검은 로브를 몸에 걸쳤고, 자세히 보면 가슴께에는 별을 본뜬 브로치와 달을 본뜬 브로치가 있었습니다. 마치 사야 씨처럼.

그리고 제가 갖고 있는 것과 완벽하게 똑같은 목걸이와 삼각 모자도 있었습니다.

와아, 우연.

"…………."

이라기보다, 사야 씨 본인이었습니다.

"이야기는 잘 들었습니다! 일레이나 씨!"

다시 그녀는 목소리를 높였습니다.

"어머, 사야 씨."

프랑 선생님은 갑자기 등장한 사야 씨를 보고도 그리 놀라는 기색도 없이 우후후 하고 웃으면서 물었습니다.

"언제부터 듣고 있었나요?"

"처음부터 듣고 있었습니다."

"어머나."

"일레이나 씨의 용량이 잔뜩 늘었다는 이야기였죠."

"어머나……."

선생님의 표정이 약간 어두워졌습니다.

질려하고 있어…….

"사야 씨, 대체 어디서 솟아 나온 겁니까?"

저는 사야 씨를 빤히 바라보면서 물었습니다.

"이 주변에서 일레이나 씨의 향기가 나서 왔습니다."

"빵 냄새를 잘못 말한 건?"

저 그렇게 냄새가 납니까……?

"일레이나 씨. 일레이나 씨가 있는 곳은 그 즉시, 나도 냄새를 맡을 수 있다는 겁니다. 기억해두세요."

"터무니없는 스토커가 아닙니까."

"아니에요! 내 행위는 스토킹 같은 게 아닙니다!"

"그럼 뭔가요?"

"사랑의 미행……일까요?"

"역시 스토킹이 아닙니까."

무슨 말을 하는 겁니까? 하고 저는 한숨을 내쉬었습니다.

"어머나……."

한쪽에서 프랑 선생님은 매우 몹시 질려했습니다.

그 유명한 별무리의 마녀의 표정조차 순식간에 얼려버리는 사야 씨의 엉뚱하기 그지없는 언동들에 제가 전율한 것은 말할 것까지도 없었습니다.

그리고 동시에 "사야 씨와의 관계성을 이상하게 오해받으면 어쩌지" 하고 약간이지만 조마조마했다는 것도 말할 것까지도 없었습니다.

"아무튼 이대로는 일레이나 씨가 '너무나도 귀여운 여자아이는 누구일까요? 그렇습니다. 저입니다' 하고 말할 수 없게 되고 만다는 이야기였지요?" 우후후 하고 웃는 사야 씨.

"날려버릴 겁니다." 우후후 하고 웃는 저.

"일레이나 평소 그런 말을 하는 건가요?" 어머나 우후후 하고 웃는 선생님.

"제자의 흐뭇한 일면을 보고 말았네요, 같은 얼굴을 하지 말아주세요. 선생님."

"실제로 흐뭇한 일면을 보고 말았으니까요."

"그런 흐뭇한 일면을 가진 일레이나 씨에게 비장의 대책을 가져온 것은 누구일까요? 그렇습니다. 나입니다."

"날려버릴겁니다사야씨."

찌릿 노려보는 저.

한쪽에서 프랑 선생님은 "어머" 하고 고개를 사야 씨 쪽으로 돌렸습니다.

"빵을 과식하는 것에 대해 뭔가 대책이 있는 겁니까?"

저와 마찬가지로 빵을 잘 드시는 프랑 선생님도 마음에 걸렸나봅니다.

사야 씨는 "물론입니다!" 하고 가슴을 폈습니다.

"비장의 대책이 있습니다!"

"비장의 대책······!"

눈을 반짝이는 프랑 선생님.

한편에서 저는 저대로 어차피 이상한 대책이라도 말할 셈이겠지 하고 눈초리가 가늘어졌습니다.

그런 중에 사야 씨는 당당하게 말했습니다.

"채소에 매일 오케스트라를 들려주면 맛있어진다고 하는 이야기를, 아시나요?"

와아, 벌써 안 좋은 예감이.

"그게 대체, 뭔가요?"

고개를 갸우뚱하는 프랑 선생님.

"이건 즉, 음식에 매일 같은 소리를 들려줌으로써, 음식이 이쪽의 뜻에 따르게 된다는 겁니다."

"그렇군요."

"그리고 이 사실은 인간을 상대로도 유효하다고 저는 생각합니다."

"그런……가요?"

"그리고 이 사실은, 매일 일레이나 씨에게 사랑을 속삭여주는 것으로 일레이나 씨가 장래에 나를 돌아봐 줄 가능성이 있다는 것을 시사하고 있습니다!"

"그런……가요?"

이쪽 보지 말아주세요. 선생님.

"일레이나 씨가 나와 함께 생활하면서 영양 밸런스가 잡힌 제대로 된 식사를 할 수 있게 된다는 이야기입니다. 한시도 떨어지지 않고 일레이나 씨를 건강으로 이끌어 보이겠습니다!"

"어머나 납치 감금이네요."

태평하게 말하지 말아 주세요. 선생님.

아니, 그나저나.

"뭐, 결과적으로 살이 빠진다는 점에 있어서는 사야 씨의 대책도 나쁘지는 않네요……."

저는 그렇게 진지하게 생각해보았습니다.

"스트레스로 깡마를 미래가 보입니다."

"너무해!"

으아앙, 하는 사야 씨.

아니, 어느 쪽인가 하면 그런 제안을 하는 사야 씨 쪽이 너무하다고 생각합니다만……

"그나저나, 일레이나. 진심으로 살을 빼고 싶은 거라면, 나랑 같이 산다고 하는 방법도 괜찮지 않나요?"

생글생글한 얼굴로 프랑 선생님이 말했습니다.

"프랑 선생님과요?"

"네. 매일 내가 만든 요리를 대접해줄게요."

"……제 기억이 옳다면 선생님이 만든 요리는 도저히 먹을 수 있는 게 아니었던 것 같은 기분이 듭니다만."

"네. 뭐, 그러니까 아마도 결과적으로는 살이 빠질 거라고 보는데요."

"결과는 바라던 바지만 과정이 싫습니다."

"어머나."

"그럼 제 대책은——."

냉큼 끼어드는 사야 씨.

"과정이 싫습니다."

휙 하고 저는 고개를 돌렸습니다.

"너무해!"

요컨대 양쪽 제안 모두 탈락이라는 겁니다.

"역시 다이어트는 보통 수단으로는 안 되는 거군요……."

곤란하네요, 하고 저는 빵을 우물우물하며 한숨을 내쉬었습니다. 역시 그다지 맛있지 않네요……

그런 저를 보면서, 한숨이 옮겨간 것처럼 프랑 선생님도 마찬가지로 한숨을 내쉬었습니다.

"빵을 그만 먹는 걸로 끝날 이야기인 것 같은데요……."

라면서.

뭐, 그건 제쳐두겠습니다.

"두 사람의 지금 대화에서 좋은 대책이 하나 떠올랐으니, 오늘은 이쯤에서 실례하겠습니다."

저는 "좋은 대책……?" 하고 의아하다는 듯이 고개를 갸웃거리는 두 사람을 힐끗 곁눈질하며 자리에서 일어나.

네, 하고 고개를 끄덕이며 말했습니다.

"빵에 오케스트라를 좀 들려주고 오겠습니다."

제 7 장

깊은 숲속에 있는 작은 나라.

어스름의 헤르베.

고요하고 잠잠한 밤의 거리에, 등불이 희미한 빛을 밝히고 있었습니다. 눈에 보이는 한, 거리에 밝혀진 빛은 그뿐이었고, 어둠과 희미한 빛이 교대로 찾아왔습니다.

나라와 밖을 잇는 문에서 이어지는 큰길에 사람의 모습은 없었고, 돌바닥을 두드리는 신발 소리는 하나뿐.

바람은 오싹할 만큼 차가웠고, 올려다보면 아무것도 없는 밤하늘 안에 선 같은 가느다란 달만이 떠 있습니다.

마녀는 어두운 하늘을 올려다보면서, 어둠 속에 남겨져 있는 달을 가련히 여겼습니다. 마치 세상에 홀로 남겨진 듯한 외톨이. 쓸쓸합니다.

"…………."

그리 생각한 직후에 애초에 자신도 마찬가지로 외톨이이고 쓸쓸한 존재라고 깨달은 가련한 마녀가 한 명. 그 마을의 길 위에는 있었다고 합니다.

구체적으로 말씀드리자면, 그 외모는 잿빛 머리카락에 유리색 눈동자. 그리고 검은 로브와 삼각 모자를 걸친 여행자라고 합니다. 평소라면 입국과 동시에 "꺄아! 귀여워!" 하고 갈채를 받을 터입니다만, 오늘 밤은 조용하고 누구에게서도 어디에서도 목소리가 들리지 않았습니다.

그런고로 쓸쓸하게 풀이 죽어 걷는 마녀가, 한 명 있었다고 합니다.

그것은 대체 누구일까요?

그렇습니다. 저입니다.

"……곤란하네요."

입국하고 30분 정도.

일단 가로등이 이어지는 큰길을 10분 정도 걸었습니다만, 누구 한 사람 만나지 못했습니다. 스쳐 지나간 키 큰 건물들은 마치 여행하는 마녀의 방문을 거부하는 듯 창문을 단단히 걸어 잠그고 있었습니다.

이곳은 사람이 없는 도시입니까? 라는 생각을 할 만큼.

어쩌면 "꺄아! 귀여워!"라는 갈채를 받는 망상을 한 것이 들통 나서 질린 겁니까? 라는 생각을 할 만큼. 뭐가 어찌 됐든.

"곤란하네요……."

저는 같은 말을 반복하면서 크게 한숨을 내쉬었습니다.

원래대로라면 이런 시간에 올 예정이 아니었습니다.

이 나라의 밤은 좋게도 나쁘게도 유명하니까요.

"──마녀님, 알겠습니까? 아무리 마녀님이라고 해도, 이 나라의 밤은 아주 위험합니다. 오늘은 신속하게 입국 심사를 실시할 테니, 서둘러 숙소를 찾아서 숨어주십시오."

입국 심사 때 문지기 병사님에게 들은 말입니다. 운이 좋은 건지 나쁜 건지, 입국한 타이밍은 문이 닫히기 직전. 문지기 병사님도 서둘러 건물 안에 숨어버릴 것 같았고, 저도 얼른 숙소를 찾는 편이 좋을 거라며 통과시켜주었습니다.

그러나 아무리 길을 걸어도, 열린 가게는커녕, 인적조차 보이지 않았던 것입니다.

이 나라는 밤이 되면 아무도 나다니지 않게 됩니다. 주민은 물론이고, 병사도, 여행자도, 상인도, 동물조차도 나다니지 않게 된다고 합니다.

이 나라의 밤은, 인간의 것이 아니었습니다.

『……아.』

등 뒤에서 목소리가 들렸습니다.

어라? 주민분인가요? 하고 거의 반사적으로 저는 돌아보았습니다.

직후, 저는 새삼 이제 와서 이 나라의 밤을 걸은 것을 몹시 후회했습니다.

『돈 갚아야 해 돈 갚아야 해 돈 돈 돈 돈──.』

고개를 숙이고 중얼중얼하는 사람 모습이 보였습니다.

피부는 온몸에서 피가 사라진 것 같은 흰색. 가늘고 긴 목에는 밧줄이 감겨 지면에 축 늘어져 있었습니다.

그것이 산 사람이 아니라는 것은 한눈에 보아도 명백했습니다.

겉모습으로 보아 산 사람 같은 느낌은 없었고, 애초에.

"우와 비쳐 보여."

반투명했으니까요.

『돈 돈 돈 돈──.』

반투명한 인간 같은 무언가에서는 같은 말이 반복해 토해졌습니다.

그리고 그 목소리에 반응하듯이 하나, 또 하나 비슷한 모습이 어둠 속에서 나타났습니다.

『아파 아파 아파 아파……』『어째서 나를 버린 건가요……?』『너를 죽이고 나도 죽겠어. 너를 죽이고 나도 죽겠어…….』

중얼거리며 걷는, 사람 아닌 자들.

"…………."

성가신 일이 되어버렸습니다.

어스름의 헤르베라는 나라는 밤이 되면 사람 아닌 자가 길을 오가게 된다고 하는 이야기는 상인과 여행자 사이에서 유명했습니다.

그렇기에 해가 저물기 전에 입국하고 싶었던 것입니다만──.

"으음……."

실제로, 마주쳤을 때는 어떻게 하면 좋을까요? 그것참, 저는 천천히 이쪽으로 걸어오는 사람 아닌 자의 앞에서 고개를 갸웃거리기에 이르렀습니다.

마법은 효과가 있을까요? 애초에 싸워도 괜찮은 상대일까요? 위험한 것이 어슬렁대는 나라라고 듣기는 했습니다만, 실제로 그 위험한 것과 마주쳤을 때 어찌해야 하는지는 듣지 못했던 것입니다.

이런 이런.

"곤란하네요."

오늘 세 번째의 대사를 뱉으면서 저는 지팡이를 꺼냈습니다.

일단 견제라도 날려볼까요——하고 저는 엉뚱한 방향, 길 위로 지팡이를 들고서 불구슬을 가볍게 날렸습니다.

슈욱 하고 불구슬이 돌바닥 위에서 터져 사라졌습니다.

사람 아닌 자는 불을 따라 돌아보았습니다.

그리고.

『도——.』

돈이라고 말하려던 사람 아닌 자는 그대로 온몸이 산산이 부서진 직후에 안개처럼 사라지고 말았습니다.

"…………?"

당연하게도 제가 날린 불구슬에는 사람 아닌 자를 산산조각 내는 효과 같은 건 없습니다.

『아파——.』『어째——.』『너를——.』

하물며 주변에 있던 같은 자들을 하나도 남김없이 부수는 그런 효과 같은 것은 말할 필요도 없습니다.

길 위에는 순간, 옅은 안개가 끼었습니다. 가로등 불빛이 부예지고, 시야가 하얗게 뒤덮였습니다.

"이런 밤에 나다니다니."

발소리 하나가 그 너머에서 울렸습니다.

"너는 외지인인가?"

한순간의 안개가 갠 후, 그 자리에 서 있던 것은 마녀였습니다.

푸른빛이 도는 은색 머리카락에, 금색 눈동자. 하얀 로브와 검은 롱스커트. 가슴께에는 별을 본뜬 브로치가 하나.

그리고 무엇보다 특징적인 것은, 그녀가 지팡이 대신에 들고 있는 커다란 낫이었습니다.

빙글 낫을 휘둘러 바람을 일으키고 안개를 쫓으면서, 그녀는 키득 웃었습니다.

"위험하던 참이었어."

어스름의 헤르베.

이 나라는 좋게도 나쁘게도 유명합니다.

이 나라의 밤은 사람 아닌 자가 지배하고.

그리고 사람 아닌 자를 사냥하는 마녀가 한 명, 있다고 합니다.

"내 이름은 초승달의 마녀 클라리스. 너는?"

상냥하게 미소 지으면서 손을 뻗는 그녀.

어두운 밤중, 그녀가 안고 있는 초승달 같은 낫만이 달빛을 받아서 빛나고 있었습니다.

○

클라리스 씨에게 이야기를 들어본 바에 따르면, 아무래도 제가 입국한 타이밍은 이미 모든 가게라는 가게가 다 창과 문을 걸어 잠근 후였는지, 아무리 찾아도 아무도 만나지 못한 것은 지극히 자연스러운 일이라고 합니다.

"요즘 시기는 망자가 활발하니까 말이지. 마을의 모두도 경계하고 있는 거야."

운이 나빴네 하고 그녀는 가볍게 웃으면서 안전한 곳까지 안내

해주겠다며 제게 손짓을 했습니다.

잘 모르는 사람은 따라가면 안 된다는 것이 일반적인 상식이기는 합니다만, 유감스럽게도 잘 모르는 사람 아닌 자가 어슬렁대는 거리는 일반적이 아니기 때문에 저는 고민도 없이 그녀의 뒤를 따라가게 되었습니다.

그리고 도착한 곳은 초승달의 마녀가 소유한 사무소.

"실제로는 사무소 겸 내 집이기도 하지만. 자, 들어와."

그곳은 길에 면한 많은 건물과 마찬가지로 벽돌로 지어진 4층 건물이었습니다.

1층과 2층은 간소하면서도 비싸 보이는 책상과 의자가 늘어선 사무실. 제가 안내되어 간 3층은 마주 놓인 소파와 테이블이 하나. 그리고 방 안쪽에 대량의 자료와 마법 도구, 연구 자료가 수북한 책상이 하나.

말하길, 클라리스 씨의 개인 사무실이라고 합니다.

참고로 4층 부분을 집으로 쓰고 있다고.

"……상당히 큰 사무소네요."

초승달의 마녀님은 꽤 벌고 계신가 봅니다.

"후후후. 그렇지? 돈과 시간을 꽤 들여서 세심하게 만들었어."

자랑하듯 그녀는 가슴을 폈습니다.

직후였습니다.

쿵 하고 위층에서 신음 소리와 소음이 한 번.

………….

방음 대책은 전혀인가 봅니다.

그러고 보니 위층은 집이라고 했는데 말이죠.

"누가 계신 건가요?"

"아, 됐어. 신경 쓰지 마."

단호한 말투로 그녀는 말했습니다.

아마도 그다지 언급하고 싶지 않은 것일 테지요. 그녀는 "우리 엄마야. 늘 있는 일이니까, 정말로 신경 쓰지 마"라며 웃고, 그러고서 이어서.

"그나저나, 뭐 마실래? 재의 마녀님."

응접 공간인 소파에 앉도록 안내하고, 제게 물었습니다.

질문받고 싶지 않아 한다면 묻지 않는 편이 좋을 테지요.

"일레이나면 됩니다."

고개를 끄덕이면서 저는 앉았습니다.

"커피가 있다면, 커피를 한 잔."

"좋은 선택이야. 우리 초승달회는 커피에는 까다롭거든."

"초승달회?"

낯선 단어에 저는 고개를 갸웃거렸습니다.

"내가 설립한 이 조직 이름이야."

커피를 끓이면서 그녀는 말했습니다.

"뭐, 간단히 말하자면 자경단 같은 거려나? 업무 내용은 주로 나라의 방위, 그리고 망자 토벌."

"망자?"

다시 고개를 갸웃거리는 저.

"아까 네 앞에 잔뜩 있었잖아. 그걸 이 나라에서는 그런 식으로 부르고 있어."

"그건 대체 뭡니까?"

"하하. 질문만 하네. 일레이나 씨."

"불가사의한 것투성이라 곤혹스럽습니다."

적어도 이 나라에 들어온 직후부터 이상한 것만 보고 있습니다. 반투명한 뭔지 잘 모를 생물⋯⋯같은 것. 그걸 사냥하고 다니는 조직을 책임지고 있는 마녀.

그리고 무엇보다 미리 짠 것처럼 창을 닫아걸고 일절 나오지 않는 기묘한 일체감을 가진 마을 주민들.

이 나라에서는 밤에 외출하고 싶어 하는 사람도, 밤중까지 일을 해야만 하는 사람도 없는 것일까요?

그녀는 커피를 제 앞에 놓으면서 가르쳐주었습니다.

"망자는 이 나라 특유의 유령의 이름이야. 아주 오래전부터 이 나라의 주민을 괴롭히고 있는 무서운 존재를 말하지. 해가 지면 거리의 길 위나 지붕 위, 그리고 광장 같은 실외에 어디선가 갑자기 나타나. 내버려 두면 민가에 들어가서 사람을 덮치기 시작하지."

말하길, 매일 밤이 되면 그들 초승달회가 거리를 순찰하고, 망자를 사냥하고 다닌다고 합니다. 제 눈앞에서 클라리스 씨가 그렇게 했던 것처럼, 그 자리에서 싹둑 양단한다는 방법으로.

"반투명한데 물리적인 공격이 효과가 있는 겁니까?"

제가 묻자 그녀는 "그러네" 하고 고개를 끄덕이고.

"해파리라면 반투명해도 만질 수 있잖아? 그런 거야."

그렇게 조금 의기양양한 얼굴을 하면서 말했습니다. 과연, 알기 쉬운 예로군요.

"뭐, 해파리는 잘라도 안개는 되지 않지만요."

"…………."

조금 눈치 없는 딴죽을 걸었나 봅니다. 그녀는 씁쓸한 얼굴을 하면서 커피에 입을 대고 "그, 뭐…… 일단 위험한 존재야"라고 중얼거렸습니다. 뺨이 조금 열기를 띠고 있었습니다.

흐음흐음.

"참고로 습격당하면 어떻게 됩니까?"

일부러 토벌대를 짤 정도니 나름대로 성가신 특성을 갖고 있으리라는 것은 간단히 상상할 수 있지만 말이지요.

그러다 그녀는 "음" 하고 다시 씁쓸한 얼굴.

"그 부분은 조금 뒤얽혀 있어. 뭐 대충 말하자면, 망자 종류에 따라서 이것저것 특성이 달라."

"그런가요?"

"응. 예를 들면, 피해가 작은 것부터 말하자면…… 닿은 부분이 빨갛게 부어오르거나."

"오호라. 해파리 같은 느낌이로군요."

"……응. 그리고, 닿은 직후부터 서서히 기분이 나빠지거나."

"해파리와 똑같은 느낌이로군요."

"그리고 호흡 곤란이 되거나, 혹은 혼수상태가 되거나."

"그건 이제 거의 해파리가 아닌지?"

"그리고 운이 나쁘면 목숨을 잃거나."

"혹시 망자의 정체는 해파리인게……?"

"응. 일단 해파리에서는 벗어나자."

"얼굴이 붉은데요?"

쏘였나요?

"아니 네 탓이야."

"이런 이런."

뭐, 농담은 이쯤 해두고. 요약한다면.

"일단 그런 존재가 늘 이 나라의 치안을 위협하고 있다는?"

"그리고 내가 그 위험한 존재를 구제하기 위해 이 조직을 만들었다. 최초에 설명했던 그대로."

과연, 사정은 대략 파악했습니다.

그러나.

"조직의 제일 높은 분이 커피 타임을 가져도 괜찮은가요?"

위험한 길 위를 어슬렁거리던 걸 구출해준 건 감사한 이야기입니다만.

그 외에도 도와야 할 상대가 잔뜩 있는 게 아닌지?

그러자 그녀는 자신만만한 표정을 지으면 답했습니다.

"그 부분은 괜찮아. 전혀 문제없어. 내 부하들은 모두 우수하거든."

창밖에서 쿠웅 하는 소리가 울린 것은 그 직후입니다.

깜짝 놀라서 고개를 돌려 응시하자, 거리 저편에서 하늘을 향해 한 줄기의 빛이 솟아오르고 있는 것이 보였습니다.

"저건 뭔가요?" 하고 제가 손가락으로 가리키자, 클라리스 씨는 "응. 부하가 보낸 구조요청이야!" 하고 자포자기한 느낌으로 말했습니다.

"과연, 즉."

"문제가 생겼나 봐."

"과연."

저는 고개를 끄덕였습니다.

그녀는 역시 커피를 내려놓으면서 아주 몹시 씁쓸한 표정을 짓고 있었습니다.

○

클라리스 씨의 명예를 위해서도, 저 자신을 변명하기 위해서도 한마디 덧붙이자면, 구조요청이 있던 곳은 마을의 큰길에서는 상당히 떨어진 주택가. 클라리스 씨가 오늘 밤 담당하고 있던 곳과는 상당히 먼, 관계없는 곳이었다는 것입니다.

즉, 클라리스 씨가 저와 만났든 만나지 않았든 같은 일이 일어났을 겁니다.

"끔찍하네……."

달려간 클라리스 씨는, 제 옆에서 큰 한숨을 내쉬었습니다.

눈앞에 펼쳐진 것은, 파낸 것처럼 벽의 일부가 떨어져 무너진 주택. 주민은 다행히 무사한 모양이었지만, 집의 안주인은 엉망이 된 집을 올려다보며 멍하니 서 있었고, 딸은 엄마에게 매달려 울고 있었습니다.

무시무시한 망자가 얼마 전까지 이곳에 있었다고, 이 주변을 담당하고 있던 초승달회의 직원 남자가 클라리스 씨에게 이야기했습니다. 그 뒤에서는 피해를 입은 집의 주인으로 보이는 남성이 그에게 격렬하게 욕설을 퍼붓고 있었습니다.

　너는 대체 뭐 하는 거야? 이 무능한 자식. 집이 무너졌다고, 아내와 딸이 위험에 노출됐어. 죽으면 어쩔 거야. 뭐 하려고 초승달회에 들어간 거야.

　남성은 격하게 분노를 터뜨렸습니다. 다른 직원 둘이 나서서 말리고 있지 않았다면, 아마도 지금쯤 주먹질을 하고 있었을 테지요.

　"클라리스 님, 정말이지 면목 없습──."

　"망자는 처리했나?"

　허둥지둥 고개를 숙이려 하던 직원을, 클라리스 씨는 손으로 제지하고 물었습니다.

　"…………아뇨, 실은, 놓치고 말아서──."

　그리고서 직원 남성이 들려준 이야기에 따르면, 그의 관할인 길 위에서 나타난 것은 마치 지방 덩어리 같았다고 합니다. 뚱뚱하게 살이 찐 몸이 길 위를 기어다녔다고 합니다. 몸은 머리만 해도 사람의 키 정도. 일어서면 아마도 거리의 건물과 비슷할 정도의 체구이리라는 것은 간단히 상상할 수 있습니다.

　그런 규격 외의 망자를 앞에 두고, 이 직원은 욕심이 났다고 이야기했습니다.

　원래대로라면 바로 동료와 클라리스 씨를 불러야 했습니다. 혼자서 대처할 수 없다는 것은 명백했습니다.

그러나 혹시라도 이걸 혼자서 토벌한다면 주변 동료들, 특히 클라리스 씨에게도 인정받을 수 있을지도 모른다——.

"하지만 결과는 보이는 그대로, 라는 거로군."

그리고 집이 부서졌을 때, 그 망자는 사라져버렸다고 합니다. 마치 처음부터 존재하지 않았던 것처럼.

"특징을 보면 '방황하는 망자'겠네."

방황하는 망자?

저는 소리 내 묻지 않고, 그녀의 뒤에서 살짝 고개를 갸웃거렸습니다. 그녀에게 제 모습은 보이지 않았을 텐데도 그녀는 그 방황하는 망자가 무엇인지를 설명해주었습니다.

"통상의 망자는 사람의 형태를 하고 있어서 대략적인 행동도 읽을 수 있지만, 드물게 행동을 읽을 수도 없는 형태가 이상한 망자가 나타나는 경우가 있어. 이 망자는 조금 특이해서, 자극하면 날뛰는 데다, 처리하기 전에 모습을 감추고 도망치는 일이 있지. 그런 걸 방황하는 망자라고 불러. 아주 위험한 상대라서 원래는 나 혼자 처리하기로 되어 있어. 부하가 마주치면, 곧바로 내게 알리고 대피하도록 지도하고 있는데 말이야."

곤란한걸, 하고 클라리스 씨는 지극히 냉정한 눈으로 일부가 무너진 집을 올려다보았습니다.

"주민분에게는 상당히 혼났겠네."

그렇다기보다 현재 진형형으로 혼나고 있는데요.

"……네." 고개를 숙이는 직원분.

클라리스 씨는 그의 어깨에 손을 올려두며.

"혼난 정도라 다행이야. 죽어버리면 혼나는 것도 못 하니까."

매우 차가운 말투로, 말했습니다.

"내일부터는 이제 안 와도 돼."

너같이 무능력한 게 있으면 동료를 위험에 빠뜨리게 되니까,라며.

그러고서 그녀는 멍하니 그 자리에 서 있는 직원을 무시하고, 주민의 집 쪽으로 걸어갔습니다.

그녀는 곧바로 무릎을 꿇었습니다.

"부디 부하의 불찰을 용서해주십시오. 반파된 건물은 곧바로 저희가 원래 상태로 돌려놓겠습니다. 부디 잠시만 더 기다려주십시오──."

성실한 대응을 보였습니다.

문제에 대한 대처로써 신속한 대응이라고 느껴졌습니다.

그러나 당사자인 주민들에게 있어 그 모습은 견디기 어려운 것이었나 봅니다.

"크, 클라리스 님! 부디 고개를 들어주세요!"

조금 전까지 분노에 지배당하고 있던 집주인은 허둥댔습니다.

"그, 그래요! 저희, 집이 무너진 일 같은 건 전혀 신경 쓰지 않는걸요!" 그리고 안주인은 클라리스 씨보다도 깊게 고개를 숙였습니다.

그 후의 흐름은 순식간에 지나갔습니다.

사죄를 마친 클라리스 씨가 커다란 낫을 휘둘러, 마법을 날렸습니다. 시곗바늘을 빙글빙글 되돌린 것처럼, 무너진 집이 순식간에 원상복구. 그리고 사과의 뜻으로, 돈을 얼마간 건네는 것도 보였습니다. 이렇게 많이는 못 받습니다 하고 주민이 눈을 크게 뜰 정도의 금액이 클라리스 씨로부터 직접 건네졌습니다.

"정말 죄송합니다. 클라리스 님. 제발——."

이번의 불미스러운 일을 일으킨 직원분은 클라리스 씨가 한바탕 뒤처리를 마친 후에도 그녀를 쫓아다니며 용서를 빌었습니다만, 그녀가 해고를 철회하는 일은 없었습니다.

"못 써먹을 걸 언제까지고 가까이에 둘 이유 같은 건 없잖아?"

흔들림 없는 웃는 얼굴로 딱 잘라 거절하고, 그녀는 다시 한번 직원의 해고를 통보했습니다.

"제복은 오늘 중으로 반납해."

옆에서 보기에 그것은 한 번의 실패에 대한 것이라기엔 엄한 처벌인 것처럼도 느껴졌습니다.

하지만 분명 어쩔 수 없는 일인 것일 테지요.

"일레이나 씨, 미안해. 안 좋은 걸 보여줬네."

현장에서 벗어나 큰길로 돌아가며, 그녀는 말했습니다.

"우리 일은 사람의 목숨을 짊어지고 있는 중요한 일이거든——타협하는 것만큼은, 절대로 용서받을 수 없어."

사실 우연히 이번엔 아무도 다치지 않았지만, 운이 나빴다면 그 세 가족은 모두 목숨을 잃었을 가능성도 충분히 생각할 수 있습니다.

"사실은 나도 동료를 잘라버리고 싶지는 않아. 하지만 말이야,

그렇게 하지 않으면 분명 저런 애는 또 같은 짓을 하거든."

"…………."

"다음에 같은 일이 생겼을 때, 그때는 그 자신이 돌이킬 수 없는 부상을 당할지도 몰라. 어쩌면 죽어버릴지도 몰라. 그런 일이 생기기 전에, 다른 길을 찾는 편이 나아. 인간의 일생은 짧으니까."

"그런 의도로 해고한 겁니까?"

다정하군요.

"어떤 의도로 강제로 해고했다고 생각한 거야?"

"불안의 싹을 꺾어버리고 싶은 거라고만 생각했습니다."

"하하하. 그것도 있지."

웃으면서 그녀는 달을 올려다보았습니다.

그리고 그녀는 그다지 눈부시지도 않은 달을 바라보며, 한숨을 내쉬었습니다.

"아아. 또 일손이 부족해지겠어."

위험한 일은 아무래도 사람이 교체가 제법 심한가 봅니다.

○

유감스럽게도 입국한 시점에서 모든 숙소가 문을 걸어 잠근 탓에, 제가 묵을 수 있는 곳은 전혀 없었습니다.

그러나 그런 때 도움의 손길을 내밀어 준 것이 클라리스 씨.

"묵을 곳, 없지? 내 집에서 묵도록 해."

그녀는 대수롭지 않다는 듯이 사무소의 4층, 그녀가 사는 곳으

215

로 안내하면서 그리 제안해주었습니다. 이 얼마나 친절한지. 그야말로 하늘에서 내려온 동아줄. 거절할 이유가 없습니다.

"그러고 보니, 저녁밥은? 먹었어? 괜찮다면 같이 어때?"

게다가 그녀는 4층에 들어서자마자 익숙한 손놀림으로 식사를 준비해주었습니다. 미리 준비해둔 스튜를 데워서 빵과 함께 테이블에 차려주었습니다.

"……그래도 괜찮은가요?"

대접이 극진하지 않습니까.

"대화 없는 저녁 식사는 쓸쓸하니까."

저는 곧바로 친절을 받아들이기로 했습니다. 그보다 애초에 제가 대답을 하기도 전에 그녀가 제 몫까지 준비해주었지만 말이지요.

뭐가 어찌 됐든, 그런 흐름으로 저는 저녁 식사를 대접받았습니다.

따뜻하고 맛있는 스튜가 빈 배 속을 채워주었습니다.

그런데 세상에 공짜보다 비싼 건 없다고들 하지요.

"내일, 일을 도와줬으면 좋겠는데."

"…………."

그럭저럭 배를 채웠을 때, 그녀는 갑작스레 제게 말했습니다.

저는 우와 어쩌지 못 들은 척을 할까? 라는 생각을 하며 슬쩍 시선을 피했습니다만, 그녀는 "알겠지만, 조금 전에 인원이 줄었거든. 도와줄래?" 하고 도망칠 수 없게 물었습니다.

"…………."

아니, 그.

왠지 모르게 그렇게 되리라고는 생각하고 있었습니다만.

"……아무래도 식사까지 대접받아 놓고 거절하긴 어렵네요."

애초에 입국해서 지금에 이르기까지 신세만 지기도 했고요.

"물론 도와준다면, 그만큼의 급료는 지불할게."

"돈에 관한 건 일단은 딱히 상관없습니다만, 상당히 위험한 일 같아서 불안이 큽니다."

"하하하. 혹시 아까 그 '방황하는 망자'가 한 짓을 보고 겁먹은 거야? 괜찮아. 그런 건 좀처럼 나오지 않고, 애초에 그건 내가 책임을 지고 혼자서 처리해야 할 상대야. 네게 해줬으면 하는 건, 평범한 망자의 상대야."

"인간 형태를 한 반투명한 생물 말인가요?"

"맞아. 뭐, 기본적으로는 해파리 구제 정도로 생각하고 해주면 돼. 딱히 마녀라면 망자 한둘쯤은, 당연하게 쓰러뜨릴 수 있잖아?"

"……그러네요."

그 정도라면, 뭐. 그렇게 저는 고개를 끄덕였습니다.

그러고서 저희는 잠시 마주 앉아 식사를 했습니다.

저녁 식사를 마친 후에는 약속대로 그녀의 집에서 하룻밤을 보내게 되었습니다. 욕조에 편히 몸을 담그고, 그리고 거실에서 잠시 둘이 느긋한 시간을 보냈습니다.

그때, 자기 전까지 조금 한가하다는 이유로 그녀는 자신의 이야기를 이것저것 들려주었습니다. 말하길, 클라리스 씨는 망자를 사냥하기 위해 마녀를 하고 있다고 합니다.

"망자가 이 나라에서 처음 확인된 건 대략 3백 년 전의 일이야. 망자는 역사 있는 이 나라의 풍습이지."

그것이 어떻게 나타나게 되었는지는 여전히 확실한 원인이 밝혀지지 않았다고 합니다.

아마도 주변 숲의 마력이 무언가의 영향을 받아 이 나라 그 자체에 악영향을 끼쳐서 망자가 출현하게 된 것일 테지요. 고양이가 지배했던 나라처럼, 물건이 지배했던 나라처럼. 숲에 만연한 마력이 지나치게 넘쳐나면 인간 사회에는 독이 될 수도 있습니다.

그러한 추측을 저는 클라리스 씨의 이야기를 끊으면서 피로해 보였습니다.

그때 그녀의 반응은 다음과 같았습니다.

"응. 뭐, 나도 오래전에 대체로 비슷한 결론을 냈어."

"…………."

말하길 그녀는 망자가 나오게 된 것은 어쩔 수 없는 일이라고 결론을 내리고 있다고 합니다. 아마도 나라의 많은 사람도 그러리라고 그녀는 말했습니다.

정직하게 자백하자면, 망자의 대부분은 움직임이 느린 데다가 대단한 전투 능력도 없기 때문에 그럴 마음만 먹으면 일반인이라도 대처하는 것은 불가능하지 않다고도.

실제로 망자가 처음 나오기 시작했을 무렵엔, 그렇게 거리의 사람들은 밤의 망자에 대응했다고 합니다.

그러나 초승달회 같은 존재가 이 나라에는 필요한 모양이었습니다.

"망자 놈들은 말이야, 이 나라에서 예전에 살았던 인간의 모습을 하고 있거든."

제가 마주쳤던 망자들도.

그리고 오늘 밤, 온 마을에서 처분된 망자들도.

전부 마찬가지로, 과거에 이곳에서 살았고, 그리고 죽어간 자들의 모습을 하고 있다고 합니다.

"죽은 가족과 같은 모습을 하고 있고, 만지면 다치지. 최악의 경우엔 죽음에 이르러. 마을 주민과 마주치게 두기엔 너무나도 위험한 존재야."

그래서 초승달회의 면면이 마을 사람들의 눈에 띄기 전에, 어둠에 장사 지낸다고 합니다.

"훌륭한 뜻이로군요."

저는 솔직한 감상을 말했습니다.

분명 3백 년 전부터 쭉 이어져온 마을의 관습에, 마을 사람들은 이미 너무나도 익숙해져버린 것일 테지요.

밤의 거리를 돌아다니고 싶다고 생각하는 사람은 이제 한 사람도 없는 것은 물론이고, 의문으로 여기는 일조차 없을 테지요.

"너도 내일은 우리의 일원으로서 실력을 충분히 발휘해줘."

망자에 겁을 먹은 생활이 언제까지 이어질지. 끝은 언제 찾아올지.

그런 것을 생각하는 사람도, 분명 없을 테지요. 밤이 되면 창문을 닫는 것이 이곳의 상식이니까요.

과연 그것은 좋은 일일까요? 아니면 한탄해야 할 일일까요?

저로서는 잘 알 수 없었습니다.

그저 저는 고개를 끄덕일 뿐입니다.

"뭐, 나름대로 열심히 해보겠습니다."

○

다음 날은 일이 밤부터 시작되기 때문에 낮 동안은 비교적 한가했습니다.

클라리스 씨는 "낮에는 마음대로 지내도 돼"라고 제게 알려주고서 "나는 기본적으로 낮 동안은 일로 마을에 나가 있으니까, 집은 편한 대로 출입해도 괜찮아"라고, 아주 가벼운 태도로 제게 집 열쇠를 건넸습니다.

아니 아니 아니 아니.

"어제 막 만난 사람을 너무 신뢰하는 게 아닌지?"

"너는 나쁜 짓 같은 건 안 할 거잖아?"

"제가 낮 동안 돈이 될 만한 걸 전부 훔치고, 게다가 초승달회 일도 내던지고 사라질 가능성도 충분히 생각할 수 있습니다만."

"아마도 다소 훔치는 정도는 나도 눈치채지 못할 테니까 괜찮아."

아니 그건 전혀 괜찮지 않은데요.

"당신 돈에 집착이 없는 겁니까?"

"겉멋으로 초승달회의 가장 높은 사람을 맡고 있는 게 아니란 거지."

하아, 상당히 버나 보군요.

기가 막힌 듯한, 감탄스러운 듯한, 잘 알 수 없는 감정과 함께 제가 한숨을 내쉬자 클라리스 씨는 덧붙이듯이 "낮 동안에 거리에 나가보면 알 거라고 생각해"라며 의미심장한 말을 했습니다. 그리고 일을 나가기 위해 짐을 정리하고, 그러고서 "낮 동안은 우리 엄마가 거실까지 나오는 일이 있으니까, 가능하면 밖에 있는 편이 좋을 거야"라며 에둘러 집에 오래 있지 말라고 충고한 다음 나가버렸습니다.

"네에……?"

대체 어떻게 된 거죠?

그 자리에 남겨져서 고개를 갸웃거리는 저.

그런 제게 어서 나가라고 재촉하듯이, 침실 쪽에서 쿵, 쿵, 하고 벽을 두드리는 소리가 울렸습니다.

"…………."

거실 테이블 위에는 '드세요'라고 쓰인 종이와 어제 저녁밥이었던 스튜가 남겨져 있었습니다.

클라리스 씨 자신이 호언장담했던 만큼, 상당히 자신이 있는 것이리라고 생각하기는 했습니다만.

과연, 확실히 낮의 거리로 나가보니, 클라리스 씨가 돈에 연연하지 않는 이유라는 것도 왠지 모르게 짐작이 되었습니다.

"와아……."

어제는 밤중이라 어두워서 거리의 모습을 제대로 보지 못했습니다만, 그러나 찬찬히 거리를 관찰해보니 상당히 어마어마한 것이 있었습니다.

우선 거리의 광장.

'어스름의 헤르베의 수호자 클라리스 님'

그런 글이 적힌 조각상 주변에 분수가 솟아 나오고 있었습니다.

"전혀 안 닮았어……."

다만 얼굴이 거의 다른 사람이라고 말해도 좋을 정도의 완성도였습니다. 조각상 자체는 정교한 물건입니다만, 얼굴 조형이 별로였습니다.

광장에서 벗어나 길을 걷고 있으니, 어젯밤과는 전혀 다른 광경이 펼쳐지고 있었습니다.

길 곳곳에 클라리스 씨의 이름이 새겨져 있었습니다. 예를 들면, 서점에 가보면 신문 기사에는 최근 클라리스 씨의 공적을 찬양하는 기사가 죽 실려 있습니다.

큰길에는 클라리스 씨를 본뜬 인형과 클라리스 씨를 그린 그림이 잔뜩 팔리고 있었습니다.

아무래도 그녀는 이 나라에서 영웅적인 취급을 받고 있나 봅니다.

애초에 잘 생각해보면 어젯밤, 집을 고쳐준 가족과의 대화에서도 그 편린은 보였습니다.

"──아아! 클라리스 님이다!" "클라리스 님!" "어젯밤에도 구해주셔서 감사합니다!"

길 저편에서 갈채가 일었습니다.

고개를 돌려보니 인파가 있었습니다.

그 중앙에는 당연하게도 클라리스 씨의 모습이.

"하하하. 나는 평소처럼 당연한 일을 했을 뿐이야."

어젯밤부터 몇 번이고 보았던 미소가 그곳에는 있었습니다. 그녀는 자신을 둘러싼 주민 한 사람 한 사람에게 정중하게 대응하고 있었습니다.

"저기, 이 아이를 안아주세요!" 하고 모친이 아이를 안고서 다가오면.

"그럼, 물론."

그렇게 그녀는 당연하다는 듯이 아이를 안아 들어주었습니다.

"사인해주세요!" 하고 작은 어린아이가 종이와 펜을 들고 오면.

"그래."

그렇게 머리를 쓰다듬어준 뒤에 종이에 자신의 이름을 써넣었습니다.

"이제 곧 여자아이가 태어나요!" 하고 임산부가 다가오면.

"그럼 무사히 태어나기를 기도할게요."

그렇게 그녀는 배를 쓰다듬어주었습니다.

아이가, 어른이, 노인이, 나이에 관계없이 많은 사람이 그녀에게 선망의 눈빛을 보내며 한 사람, 또 한 사람 하고 그녀의 마음에 들기를 바라며 음식과 돈을 건넸습니다.

과연, 이 정도로 마을 사람들에게 동경과 베풂을 받으면 돈 같은 건 어찌 되든 상관없어지겠군요. 그리고 이런 그녀의 집에서 도둑질을 했다간 땅끝까지 마을 주민이 저를 쫓아올 것이 틀림없습니다.

"──아, 일레이나 씨. 왔구나."

그녀의 시선이 저를 포착했습니다.

직후에 마을 주민들의 시선에 제게 모여들었습니다.

"………………………………………………………………."

그녀에게 모여들었던 갈채가 전부 사라지고, 침묵이 찾아왔습니다. 마을 사람들은 저를 평가하듯이 감정 없는 시선을 쏟았습니다.

명확한 적의 같은 것은 느껴지지 않았습니다. 그러나 직전까지의 소란스러움이 아무 일도 없었던 양 사라져버리는 것은 단순히 기분이 나빴습니다.

마을 사람들이 어째서 갑자기 입을 다물고 말았는지 알 수 없어 저는 당황할 수밖에 없었습니다만.

아무래도 클라리스 씨의 말을 기다리고 있나 봅니다.

"모두에게도 소개할게. 이쪽은 일레이나 씨. 오늘 망자 토벌에 협력해줄 마녀님이야. 어제, 초승달회에서 이탈자가 생겨버렸거든. 그 구멍을 메우기 위해 급하게 일해주기로 했어."

클라리스 씨가 그렇게 저를 소개하자, 마을 사람들은 곧바로 박수와 갈채로 저를 맞아주었습니다.

"아! 그렇습니까!" "클라리스 님에게 인정받다니 아주 훌륭한 힘을 가졌나 봐!" "부러워!" "오늘 아침 처분된 그 녀석은 초승달회로서 있을 수 없는 무능함을 보였거든." "어이 어이, 사라진 녀석 이야기는 그만둬."

마치 '웃읍시다' '기뻐합시다' '환영합시다'라고 약속이라도 한 것처럼 그들은 일제히 저를 융숭하게 환영했습니다.

"…………."

과연 어떤 반응을 하면 좋을지 한순간 망설인 끝에.

"……아, 감사합니다."

저는 애매한 웃음을 지어 보였습니다.

기묘한 일체감에 휩싸인 공간에서 사람들이 손뼉을 치며 저와 클라리스 씨를 칭찬하는 목소리가 울릴 때마다.

찌르르하고 제 피부가 화끈거리는 것을 확실하게 느꼈습니다.

"…………."

그리고 그 너머에는 변함없이 계속 웃음을 지어 보이는 클라리스 씨의 모습이 있었습니다.

거리에 있는 모든 것에 위화감이 섞여들어 있는 듯 보였습니다.

마치 마을 전체가 클라리스 씨를 떠받들며 존재하고 있는 것 같았습니다. 마을 어디에 가도 클라리스 씨를 칭송하는 목소리만 제 귀에 들려왔습니다.

작은 어린아이는 클라리스 씨처럼 되고 싶다고 장래 희망을 이야기했고, 10대 젊은 세대의 남녀는 더욱 구체적으로 '초승달회에 들어가 클라리스 님의 도움이 되고 싶다'는 목표를 내걸었습니다. 마을을 반나절 돌아다녔을 뿐인데도 그런 광경을 몇 번이고 보았습니다.

그리고 모두 그 꿈과 목표를 비웃지 않았습니다.

그리하는 것이 당연하다는 듯이, 주변 사람들은 꿈을 좇는 소년 소녀의 등을 밀어주었습니다.

마을 사람들에게 위협은 망자뿐.

그리고 망자에게서 마을을 지키는 클라리스 님은 유일무이한 신앙의 대상인 것일까요?

"……뭔가 피곤한 마을이네요."

결국.

저는 점심시간이 지나서 초승달회의 사무소 겸 클라리스 씨의 집으로 돌아왔습니다.

4층으로 올라가 열쇠로 문을 열었습니다.

밤에는 일이 시작되니, 그때까지 잠시 눈이라도 붙일까요?

그런 일체감 넘치는 마을 사람들을 낙담시켰다간 무슨 짓을 당할지 알 수 없으니까요──.

그런 생각을 하면서 문을 연 저는, 그러나 직후에 하나 떠올린 것이 있었습니다.

──낮 동안은 우리 엄마가 거실까지 나오는 일이 있으니까, 가능하면 밖에 있는 편이 좋을 거야.

그러고 보니 클라리스 씨는 아침, 집을 나갈 때 그런 말을 했었지요.

"…………."

주방에서 한 여성이 채소를 자르고 있었습니다.

클라리스 씨보다도 약간 진한 파랑 머리카락을 머리 뒤로 묶은, 40대 정도의 여성이었습니다. 그녀는 생기 없는 시선을 제게 보내더니.

"……안녕하세요."

하고 인사.

"……안녕하십니까."

일단 저는 그 자리에서 고개를 숙이기에 이르렀습니다.

과연, 이 나라에는 차분히 지낼 수 있는 곳이 어디에도 없는 겁니까?

○

제 기억이 옳다면 클라리스 씨는 어머니 몫의 식사를 준비해두었을 터입니다만.

그러나 아무래도 점심은 스튜 기분이 아닌 걸까요? 테이블에 스튜와 편지가 방치된 채, 그녀는 채소를 간단히 잘랐을 뿐인 샐러드를 오물오물 먹고 있었습니다.

"당신은 일레이나 씨지?"

앉지 그래? 하고 그녀는 나를 재촉했습니다. 아, 감사합니다 하고 저는 자리에 앉으면서도, 그러나 어떻게 그녀가 제 이름을 알고 있는지가 궁금했습니다. 그러나 제가 묻기도 전에 그녀는 입을 열고.

"클라리스가 어제, 문 너머에서 이야기해줬어. 당신이 어제부터 묵고 있다고."

그리 말하면서 샐러드를 입에 넣었습니다.

식사를 하면서도 여전히 눈에는 생기가 없었습니다만, 제대로 된 대화가 성립하는 분인 것 같았습니다.

저는 조금 안심했습니다.

"클라리스가 나에 관해, 뭔가 말했어?"

그녀는 갑자기 제게 질문했습니다.

저는 곧바로 고개를 가로저었습니다.

"아뇨."

오히려 언급하기를 피하는 듯한 모습조차 보였습니다.

제가 대답하자 그녀는 "그래"라고만 대답했습니다.

"몸이, 어디 안 좋으신 건가요?"

적어도 사람과의 접촉을 피해 실내에 틀어박혀 있는 이유로 생각할 수 있는 것이 병일 테지요.

그러나 그녀는 가볍게 고개를 저었습니다.

"몸은 건강 그 자체야. 딱히 어디가 아파서 외출하지 못하는 건 아니거든."

".........."

"뭐, 정신면이 불안정한 건──어제부터 여기 있는 거라면, 알겠지?"

그걸 스스로 말하는 겁니까?

뭐, 확실히 벽 너머로 목소리와 소음을 들으면서 어마어마한 몬스터라도 키우고 있는 것인가 하고 생각했을 정도였습니다만.

그러나 직접 얼굴을 마주해보니 지극히 평범한 여성이었습니다.

"내 정신이 불안정한 데 더해서, 클라리스를 포함한 마을 사람들에게 망가진 사람이라고 여겨지고 있으니까, 내 언동 하나하나가 쓸데없이 이상한 시선을 받는 거야. 그래서 집에서 나가지 않고 있어."

담담하게 이야기하는 그녀. 제가 그 말의 의미를 묻기도 전에, 그녀는 "마을에는 이미 다녀왔지?" 하고 고개를 갸웃거렸습니다.

"……그러네요. 다녀왔습니다."

"어땠어?"

"…………."

제가 침묵하자 그녀는 고개를 들었습니다.

"기분 나쁜 마을이었지?"

밤도, 낮도, 주민도, 클라리스도, 기분이 나빴을 테지. 그녀는 말했습니다.

이 마을의 밤은 망자가 어슬렁대고, 마을 사람들은 하나같이 창을 닫는다.

이 마을의 낮은 사람들이 하나같이 클라리스 씨를 찬양할 뿐인 날들을 보내고, 거스르는 자는 가차 없이 배제한다.

그런 마을의 정경에는 뭐라 말할 수 없는 위화감만이 넘쳐났습니다. 그 위화감을 확실하게 말로 표현한다면.

"그러네요. 조금."

기분 나쁜 마을이었다고 말할 수 있었습니다.

마치 마을 전체가 클라리스 씨를 위해서만 존재하고 있는 것처럼.

"예전엔 이런 나라가 아니었대——적어도 백 년 정도 전의 오랜 옛날엔, 아직 망자와 클라리스에 대해 이것저것 의견을 가진 인간이 적지 않게 있었나 봐. 클라리스나 초승달회를 거절하는 목소리도 어느 정도 있었어."

"……………?"

오랜 옛날에는 어느 정도 있었다?

"하지만, 시간과 함께 제대로 된 사람부터 차례대로 이 마을에서 떠나갔어. 남은 건 도망칠 용기도 기력도 잃고, 클라리스에게 매달리는 것만이 삶의 보람인 꼭두각시뿐. 낮과 밤에 거리를 어슬렁거리고 있는 인간 중 어느 쪽이 망자인지, 나한테는 이제 구별이 되지 않아. 그 여자는 오랜 시간에 걸쳐 이 나라의 낮과 밤을 지배했어."

"……………?"

과연, 대체 무슨 말을 하고 있는 걸까요?

"저기……? 그 말투로는 클라리스 씨가 오래전부터 살아 있다, 라는 게 됩니다만……?"

무슨 말을 하는 겁니까? 하는 의도를 담아서 제가 고개를 갸웃거리자, 마찬가지로 그녀도 무슨 소리를 하는 거야? 하고 말하고 싶은 듯이 고개를 갸웃거렸습니다.

"……? 모르는 거야?"

"뭘 말인가요?"

"클라리스는 3백 년 전부터 이 나라에서 살아왔어."

"……………."

그건, 즉. 혹시.

"불로불사라는 겁니까?"

그렇다는 건 그 모친이기도 한 당신도 불로불사라는 것입니까?

"아니, 그건 틀렸어."

그녀가 말하길, 엄밀하게 말하자면.

클라리스 씨는 불로불사가 아니라, 다치기도 하고 나이도 먹는 평범한 인간이라고 합니다.

그렇다고 한다면 어떻게 3백 년 전부터 살아남을 수 있는 것인가.

의미를 알 수 없는 수수께끼 같은 문제에 클라리스 씨의 어머니가 말해준 답은 단순명쾌했습니다.

말하길.

"환생이라는 말을 알아?"

클라리스 씨는 3백 년 전부터, 몇 번이나 죽었다가 다시 살아나고 있다고, 그녀는 가르쳐주었습니다.

○

이건 어스름의 헤르베에 전해지는 전기.

클라리스 씨 자신이 자아내는, 이 나라의 이야기.

일의 시작은 3백 년 정도 전까지 거슬러 올라갑니다. 어느 곳에 한 마술사가 있었습니다. 이름은 클라리스. 어머니와 둘이서 사는 그녀는, 깊은 사랑을 받으며, 지극히 평범하게 살았습니다.

그녀의 운명이 바뀐 것은 그녀가 열 살 되던 어느 날.

분명 어스름의 헤르베에서 사는 많은 백성에게 있어서도, 아마도 운명을 바꾼 하루였을 테지요.

그날, 해가 저물 무렵.

망자가 나타났던 것입니다.

이 나라에 아주 오래전에 나타났던 망자들은, 현재도 여전히 밤에 나타나는 일반적인 망자들과 마찬가지로 피부는 온몸에서 피가 빠진 것처럼 희고, 얼굴에는 척 보기에도 의식이라고 부를 만한 것이 없었습니다.

그리고 그들은 언뜻 의미 없는 단어를 반복해 중얼거리며, 거리를 배회하는 것입니다.

산 인간이 아니라는 것은 보기에도 명백했습니다. 마을 사람들도 보자마자 바로 이 나라에서 과거에 죽은 자들이라는 것을 이해했습니다.

이해는 했지만, 대부분의 주민의 반응이 지금과는 정반대였다고 합니다.

"기적이야! 죽은 자의 나라에서 우리 동료가 여럿 돌아왔어!"

그들은 행진하는 죽은 자들을 쌍수 들어 환영했던 것입니다.

병으로 잃은 아버지에게 안겨들고. 사고로 잃은 연인에게 다가가고. 사이 좋았던 형제에게, 전쟁으로 간 동료에게, 싸운 채로 떠나가 버린 친구에게.

그들은 재회를 기뻐했습니다.

그러나 망자는 닿으면 피부가 문드러지고, 의식을 빼앗기고, 최악의 경우 죽음에 이르는 특성을 갖고 있었습니다. 전기 속에서, 이러한 특성은 사람의 생명을 빨아들이는 것이라고 추측되었습니다.

그 결과, 망자가 처음으로 나온 밤.

많은 국민이, 목숨을 잃었습니다.

클라리스 씨의 어머니도 마찬가지였습니다.

다정한 어머니에게 마법을 배우던 때의 일입니다. 집 문을 똑똑 두드리는 소리가 들렸습니다. 대체 무슨 일일까요? 손님일까요? 클라리스 씨는 특별히 의심도 않고 문을 열었습니다.

"······누구?"

그곳에는 낯선 반투명한 남성이 서 있었다고 합니다.

고개를 갸웃거리는 클라리스 씨.

"당신——."

그것은 클라리스 씨 어머니의 지인이었나 봅니다.

어머니는 클라리스 씨의 어깨에 손을 올려 문 앞에서 비켜서게 하더니, 그대로 문 너머의 남성에게 안겼습니다.

"······? 엄마?"

어머니의 갑작스러운 행동에 클라리스 씨는 당황했습니다.

그런 그녀에게, 어머니는 눈물을 흘리며 말했습니다.

"이 사람은 있지, 네 아빠란다."

아아주 오래전에 너를 낳았을 무렵에 돌아가신, 아빠. 그것이 지금, 어째서인지 눈앞에 서 있다고 합니다.

클라리스 씨는 당연히, 더더욱 당황했습니다. 죽었을 터인 인간이 어째서 눈앞에 서 있는 것인가.

애초에.

『으아아아아아······ 네가, 네가, 네······.』

헛소리처럼 뭐가 뭔지 알 수 없는 말을 중얼거리는 반투명한 남

233

자를, 정말로 아버지라고 불러도 괜찮은 것일까요?

클라리스 씨는 그 광경에 떨쳐낼 수 없는 위화감을 느꼈습니다.

"기뻐…… 나한테, 돌아와 줬구나——."

격하게 끌어안는 어머니의 뒷모습에 위화감을 느꼈습니다.

어머니는 오랜만의 재회에 울고 있는 것일까요? 오열이 새어나오고, 어깨가 떨렸고——그러나 이윽고 팔이, 다리가, 경련하듯이 떨리더니, 심하게 기침을 하기 시작했습니다.

"——커, 헉! 아아, 아아아아아아아아…… 아으, 아아아아……!"

뚝뚝하고, 반투명한 남자의 등을 타고서 검붉은 액체가 뚝뚝지면으로 떨어졌습니다. 마치 물에 빠진 것 같은 커헉커헉 소리가 되지 못한 소리가 어머니의 입에서 새어 나와, 이윽고 무릎이무너지고, 그녀의 어머니는 반투명한 아버지 같은 무언가에 떠밀리는 형태로 쓰러졌습니다.

그러고서 어머니는 움직이지 않았습니다.

검붉은 것이, 입과 코에서 흘러나올 뿐.

"……엄마?"

그다음의 일은, 거의 기억하지 못한다고 전기에는 쓰여 있었습니다.

서서히 망자들의 정체를 눈치채기 시작한 마을 사람들에 의해, 그날 출현한 망자들은 하나씩 찢겨나갔습니다. 선량한 시민들은 그 후로 거리를 순찰하고, 피해자를 줄이기 위해 망자의 정체는 돌아온 동료 같은 게 아니라고 충고하고 다녔습니다.

멍하니 어머니의 시신을 내려다보던 그녀도 그중 한 사람에게

도움을 받았다고 합니다.

어머니는 유감스럽게도, 그때는 이미, 숨이 끊어져 있었습니다.

클라리스 씨는 매우 슬퍼했습니다.

그리고 그녀는, 스스로에게 맹세했습니다.

이제 두 번 다시 가족을 잃는 인간을 만들어서는 안 된다고──.

"그렇게 클라리스는 자신의 마법 기술을 갈고닦아서, 초승달의 마녀라고 불리게 되었어. 그녀가 초승달회를 설립해서 나라의 치안 유지와 망자 토벌을 시작한 건 그 무렵부터야."

즉, 3백 년 정도 전부터.

그녀는 망자와 계속 싸우고 있는 것이 됩니다.

"어머니가 살해당한 원한을 풀기 위한 건가요?"

"그것도 있고, 다른 이유도 있는 것 같아."

싫어하는 것치고는 잘 아시는군요──아니, 그녀도 이 나라의 인간인 이상, 클라리스 씨의 사정을 최소한은 알고 있을 테지요.

"그녀의 최종적인 목적은 망자가 이 나라에서 두 번 다시 나오지 않도록 하는 것이래."

그러나 망자가 사망한 사람을 바탕으로 만들어진 사람 아닌 자라고 한다면.

즉, 이 나라에 사람이 사는 한 망자는 영원히 밤에 나타난다는 것을 의미합니다.

"그러나 망자가 두 번 다시 나타나지 않게 하는데, 단 한 번의 생애로는 시간이 부족했지. 나이를 먹으면서 그녀는 자신의 바람을 이룰 수 없게 되었어."

결국, 그러고서 그녀는 초승달회라는 조직을 남기고, 많은 사람이 애석해하는 중에, 노쇠로 숨을 거두었습니다.

그렇게, 여겨졌습니다.

"그런데 클라리스의 사후로부터 5년 후, 클라리스를 자칭하는 소녀가 초승달회를 찾아온 거야."

생애를 걸고 나라의 밤을 지켜온 그녀를 동경하는 아이는 많았는지, 그때 대응한 어른들도 처음엔 장난을 좋아하는 아이가 농담을 하는 것이라고 생각했습니다.

그런데 그 소녀는, 초승달회에서 일하는 이들의 비밀을 차례차례 폭로했던 것입니다. 돈 이야기나 직원의 실패담. 그리고 클라리스 씨가 쓰던 금고의 비밀번호. 클라리스 씨만 알 수 있는 정보를 차례차례, 그녀는 밝혀 보였습니다.

게다가 그녀는 지팡이를 눈앞에서 휘둘러 보였던 것입니다.

그리고 날아간 것은, 그야말로 오랜 세월에 걸쳐 망자를 전멸시키기 위해 클라리스 씨가 쓰던 마법들. 그리운 광경이었습니다. 동시에 다섯 살 소녀가 쓰기에는 너무나도 고도인 마법들이었습니다.

초승달회의 면면은 기적이 일어났다고 여겼습니다.

그리고 이제 막 다섯 살이 된 소녀를 초승달회로 맞아들였던 것입니다.

그러고서 수십 년이 지났을 무렵. 또 마찬가지로 클라리스 씨가 죽더니, 수년 후에는 클라리스를 자칭하는 소녀가 나타나게 되었습니다.

그야말로 기적입니다.

몇 번이고, 몇 번이고, 클라리스 씨는 망자들을 장사 지내기 위해 지상으로 돌아오는 것입니다.

어스름의 헤르베 사람들은, 몇 번이고 되살아나는 그녀를 칭송했습니다. 그녀야말로 이 나라를 지키는 수호자라며 숭상하게 되었습니다.

마을 사람들은 이윽고 클라리스 씨의 임종이 다가오면 들뜨게 되었습니다.

다음은 누구의 아이가 클라리스 씨가 되는 걸까. 누가 나라를 구하는 영웅의 부모가 될 것인가. 나라의 사람들은, 그녀의 죽음과 탄생을 고대하게 되었습니다.

"내가 이 나라에 온 건 열여덟 살 무렵이었어."

지금의 클라리스 씨의 어머니는, 추억 이야기를 시작했습니다. "당시 사귀던 남자가 이 나라 출신이었고, 꼭 고향에서 하고 싶은 일이 있다며 같이 가달라고 부탁했어."

그를 몹시도 사랑했던 그녀는 흔쾌히 그를 따라갔습니다.

그러고서 그녀와 그가 결혼하고, 아이를 갖게 된 것이 4년 후의 이야기.

그가 일하던 중에 죽은 것은 그로부터 또다시 반년 후의 이야기.

"그는 이 나라의 백성을 지키기 위해, 목숨을 걸고서 망자와 싸우고, 우리에게 승리를 가져다주었습니다. 그가 없었다면, 아마도 피해는 막대해졌을 겁니다──."

그의 장례식에는 초승달의 마녀가 참석했습니다.

그는 초승달회의 일원이었습니다. 망자와의 교전 중에 그 목숨을 잃고 말았다고 들었습니다.

원망하는 마음도 들지 않았습니다.

당시 클라리스 씨는 이미 여든이나 되는 할머니. 게다가, 마을 사람들에게 있어 클라리스 씨가 어떠한 인물인지는, 겨우 몇 년의 생활로도 지겨울 만큼 알고 있었습니다.

"부디, 당신과 배 속의 아이에게 축복이 있기를."

클라리스 씨가 무릎을 꿇고, 그녀의 배에 손을 올렸습니다.

멍하니 그녀는 클라리스 씨를 내려다보았습니다. 초승달회의 면면은 그 광경에 눈물을 흘리며 박수를 쳤습니다. 관에 눕혀진 그녀의 남편이 땅속에 묻혀도 울지 않았으면서.

기분이 나쁘고, 무섭다고 생각했습니다.

그래도 나라에서 나가지 않았던 것은, 그곳이 너무나도 좋아했던 그가 태어난 고향이었기 때문입니다. 그와의 추억들이, 나라에 남겨져 있기 때문입니다.

그의 사후, 반년 후.

그녀는 아이를 출산했습니다.

그날은 우연히도, 클라리스 씨의 명일이었습니다.

"…………."

그다음의 일은 자세히 듣지 않아도 짐작할 수 있었습니다.

"태어난 아이가 그녀였다는 겁니까?"

"맞아."

클라리스 씨는 지금까지처럼, 새로운 생을 받은 것입니다.

마을 사람들은 클라리스 씨의 어머니가 된 그녀를 부러워하고, 축복했습니다.

"축하해!" "당신은 영웅의 어머니야!" "부러워!"

클라리스 씨의 어머니라는 이유로, 매일같이 현관에는 갓 딴 채소와 과일이 놓여 있었고, 한번 거리로 나가면 마을 사람들은 많은 박수와 미소로 맞아주었습니다.

어제는 저녁을 먹지 않던데, 제대로 먹지 않으면 안 돼.

어제는 집에서 한숨을 쉬었지? 뭔가 걱정거리라도 있어?

어제는 밤샘했지? 일찍 자야지. 그럼 안 돼.

곤란한 일이 있으면 뭐든 말해!

클라리스 님의 어머니가 되었으니, 이제 앞으로의 인생은 아무런 걱정할 것 없어!

마을 사람들은 분명 선의로 말했을 테지요.

그러나 그녀는 마을 사람들의 웃는 얼굴이 무서운 것처럼 느껴졌습니다. 밤에 거리를 배회하는 망자들보다도, 훨씬.

"——어머니, 오늘부터 이 집을 떠나서 초승달회의 건물 4층에 살아요."

클라리스 씨가 세 살이 된 어느 날, 당연하다는 듯이 그녀는 그렇게 제안했고, 집을 떠나게 되었습니다.

그리하여 지금 집에 살기 시작했습니다.

클라리스 씨는 그 후로 쑥쑥 자랐습니다. 겉모습은 어린아이. 하지만 그 안에는 3백 년 정도 살아온 마녀. 나라에 관한 것을 다 알고, 마법에 관한 것도 당연히 다 알고 있었습니다.

사회의 룰을 따라서, 마녀가 되기 위한 자격시험을 받았습니다. 다섯 살 때의 이야기입니다. 그녀는 당연하게도 단번에 합격. 그러고서 적당히 스승님을 정해서, 초승달의 마녀가 되어 돌아왔습니다.

그녀는 뭐든 알고 있었습니다.

일상생활에서 조금이라도 모르는 것이 있으면, 뭐든 다 알고 있다는 식의 말투로 지적을 받았습니다. 아니, 실제로 뭐든 다 알고 있지만 말이죠. 말다툼이 되었다간 당해내지 못하리라는 것을 일찌감치 눈치챈 그녀는 클라리스 씨에게 아무 말도 하지 않게 되었습니다.

클라리스 씨는 타국과의 외교에도 참견을 했습니다. 고작해야 다섯 살이 무슨 말을 하는 거냐며 상대가 비웃으면 자신의 힘을 과시해 실력으로 입을 다물게 했고, 가령 타국이 침략을 해 오려하면 그녀가 선두에 서서 철저하게 때려눕혔습니다.

이윽고 여러 외국에서는 신의 아이라 불리게 되었습니다.

그리고 국내에서는, 나라를 지키는 영웅이라 불렸습니다.

그녀는 그런 신의 아이이자, 영웅을 키우는 한 명의 어머니.

사람들에게는 선망의 눈빛을 받았습니다.

그런 날들을 그녀는 보냈습니다.

남편이 죽고, 태어난 아이는 뭐든 가능한 천재였던 것입니다. 하지만.

"내가 낳은 건 그와의 아이인데, 그와의 아이의 얼굴을 한 다른 무언가가, 내 딸인 척을 하며 말하고 있었어."

그녀는 말했습니다.

무엇보다, 남편이 죽은 원인이기도 한 클라리스 씨가 자신의 아이가 되어 태어났다는 것이, 그녀로서는 견디기 어려웠는지도 모릅니다.

그런고로 그녀는, 중얼거렸습니다.

"정말로 기분이 나빠."

○

저녁.

"일레이나 씨. 어제 보고 또 보네."

집에 돌아온 클라리스 씨는 살랑살랑 손을 흔들면서 제게 인사. 어머니는 이미 방으로 돌아갔고, 거실에는 저 혼자.

"어제 보고라니, 낮에도 만났는데요?"

"그건 나의 대외용 얼굴이니까, 진짜 내 얼굴이 아니야."

"그런 식으로는 보이지 않았습니다만."

"나는 연기가 능숙하거든."

과연, 그녀 기준으로는 낮에 본 건 만난 것에 들어가지 않는다는 거로군요. 뭐, 그녀의 잘 알 수 없는 규칙은 제쳐두고.

"마을 사람들에게 상당히 신뢰를 받고 있나 보더군요."

"신뢰라기보다 이제 신앙에 가깝지만."

질린다는 듯이 그녀는 어깨를 으쓱였습니다.

"나에 관한 건 이미 누구한테 들었어?"

"당신에 관한 것, 말인가요?"

과연. 뭘까요? 혹시.

"저와 동년배로 보이지만 실은 상당히 회춘한 거라는 이야기 말인가요?"

"응, 이미 알고 있었나 보네."

그녀 자신, 딱히 감출 셈은 아니었을 테지요. 실제로 마을에 하루라도 머물면서 누군가와 대화만 하면 알 이야기니까요.

뭐, 다소 떳떳하지 못한 기분이 드는 것도 모르는 바는 아닙니다만.

"일단 말해두겠습니다만, 저도 여행을 해오면서 길고 긴 세월을 살아온 사람은 몇 번인가 봤었고, 이야기한 적도 있습니다."

그러니 딱히 신경 쓰지 않습니다, 하고 저는 말했습니다.

"그거 다행이네."

안도의 한숨을 내쉬는 클라리스 씨.

어라 어라. 귀엽네요.

"예상외로 그런 걸 신경 쓰는군요."

저는 의외네요 하고 말했습니다.

그녀는 고개를 저었습니다.

"아니, 신경 쓰는 타입의 인간이었다면 마을 아이들한테 노려질 것 같아서 물어봤을 뿐이야."

"…………."

그쪽입니다.

밤이 찾아오자 동시에 저희는 밖으로 나갔습니다.

제 관할로 지정된 곳은, 어제 방황하는 망자가 나온 지구. 클라리스 씨는 그 옆을 담당하기로 했습니다.

방황하는 망자는 언제 어디서 나올지 전혀 불명인 모양이었습니다만, 한 번 나온 곳 근처에 나오기 쉽다나요.

"아마도 오늘 밤은 망자가 대량으로 발생할 테니까, 제일 힘든 곳을 나와 일레이나 씨가 담당하기로 하자. 방황하는 망자가 나오면 나한테 알려줘. 바로 나 혼자서 대처할 테니까."

인적이 사라지고 고요해진 거리에, 옅은 불빛이 밝혀지기 시작했습니다.

"어라 어라? 과대평가를 받고 말았나 보네요."

그보다.

"잘 아시네요? 망자가 많을지 적을지."

"이 길을 3백 년 걸어온 베테랑이니까."

클라리스 씨가 말하길, 망자가 대량 발생하는 날은 어느 정도 추측이 가능하다고 합니다.

대체로 망자가 대량 발생할 때는 반드시 방황하는 망자가 나타나는 날입니다. 방황하는 망자는 좀처럼 나오는 일이 없고, 대부분의 경우 달이 기울어져 있는 날이나 하늘이 흐린 날. 그리고 비 오는 날──요컨대 달빛이 약한 날에 나오기 쉽다고 합니다.

그리고 오늘 밤은, 초승달.

그리고 어제, 방황하는 망자를 처리하지 못했던 것입니다.

아마 오늘도 방황하는 망자가 나온다는 것일 테지요.

"지금까지의 경험으로 말하자면, 오늘 밤은 힘든 싸움이 될 거야."

"안 좋은 예측이네요."

"하지만 사실이니까. 어쩔 수 없어."

그녀는 말하면서 커다란 낫을 꺼냈습니다. 빙글 휘두를 때마다 약하게 달빛을 받아 날이 빛났습니다.

"오늘은 아무도 죽지 않도록 힘내자."

그녀는 결의 가득한 눈동자로, 제게 그렇게 말했습니다.

저는 그런 그녀에게 아무런 답도 하지 않고, 지팡이를 꺼내 들었습니다.

그리고 고요해진 어스름의 헤르베에, 망자가 나타나기 시작했습니다.

○

어제는 뒤돌아보니 이미 출현해 있었기 때문에, 실제로 망자가 나타나는 순간을 목격하는 것은 이번이 처음입니다.

길에 맨 처음 나타난 변화는, 공기였습니다.

급격하게 기온이 내려갔고, 오싹오싹하고 제 등에 오한이 내달렸습니다. 그러고서 길 위에 희푸른 빛이 소리도 없이 소용돌이치면서 모이기 시작했습니다. 작은 소용돌이는 하나, 둘, 셋, 넷…… 띄엄띄엄 수를 늘려갔습니다.

그 소용돌이 하나하나가, 망자였습니다.

소용돌이가 이윽고 사람의 모습으로 변하더니, 어제와 마찬가지로『아아아아……』『우으으으……』하는 말이 되지 못한 말을 내뱉기 시작했습니다.

"과연."

한바탕 관찰을 하고 나서 저는 지팡이를 휘둘렀습니다.

어제 클라리스 씨가 말하길, 물리 공격이 유효하다고 했으니까요.

"으라차."

저는 마력을 그대로 지팡이 끝에서 방출했습니다. 일단 바람구멍이라도 내주면 될 테지요.

제 눈앞에 나타난 망자들에 제각각 일격씩, 날려주었습니다.

그런데.

『으아아아아…….』

제가 날린 마력 덩어리는 아주 깔끔하게 망자들의 몸 안으로 빨려 들어갔습니다.

흐음흐음, 과연.

"죄송합니다전혀효과가없는것같습니다만."

저는 등 뒤에서 낫을 휘둘러 망자를 잘게 다지고 있는 클라리스 씨를 노려보았습니다. 저기요. 어떻게 된 겁니까? 하고.

"아, 미안. 물리 공격은 효과가 있지만, 마력 그 자체는 날려봐야 효과 없으니까 조심해."

"그런 걸 먼저 말씀해주셨으면 했는데요."

"지금 말했으니까 용서해줘."

미안해! 하고 망자의 목을 날려버리면서 의외로 가볍게 사과하는 클라리스 씨. 과연, 마법으로 직접 공격을 하는 것보다, 확실히 낫 같은 물리적으로 대미지를 줄 수 있는 걸 준비하는 편이 안전할지도 모르겠습니다.

그런고로, 다시 한번.

"으랏차!"

저는 마법으로 검을 두 개 만들어냈고, 그것을 지팡이로 조종해 획획 휘둘렀습니다. 그녀의 말을 생각해보면 요컨대 마력이 아니면 뭐든 망자에게는 공격이 통하는 모양입니다.

마법사에게 있어서는 조금 싸우기 힘든 상대일지도 모르겠군요.

대처 방법만 알면 대단할 것 없습니다만.

"어때? 순조로워?"

등 뒤쪽에서 목소리가 들렸습니다.

시선을 보내보니 클라리스 씨가 낫에 바람을 두르고 휘둘러 멀리 있는 망자까지 한꺼번에 다지고 있었습니다. 역시 3백 살의 엄청난 베테랑이라고 해야 할까요.

"무기를 휘두르는 것만으로 쓰러뜨릴 수 있으니까, 뭐 아직까지는 쉽네요."

한편에서 저는 검 자루와 자루를 붙여서 빙글빙글 공중에서 회전시키고 있었습니다. 참격에 휘말려든 망자들의 몸이 산산이 흩어집니다.

『집에, 집에 돌──.』『어째서 내가, 이런──.』『아냐, 싫──.』

헛소리 같은 말도 한꺼번에 베어 갈랐습니다.

베어도, 베어도, 계속해서 길 위에 소용돌이가 생기고 망자가 다시 나타났습니다.

초승달인 오늘 밤은 확실히 망자의 수가 많은가 봅니다.

"끝이 없네요……."

한숨이 새어 나왔습니다.

마력적인 소모는 아직 없다고 해도, 상대는 조금이라도 이쪽에 닿는 것만으로도 크고 작은 다양한 피해를 주는 위험한 무언가. 방심은 할 수 없습니다.

"전혀 끝날 기미가 안 보이네."

하하하. 그녀는 웃으면서 제 불평에 답했습니다.

그 웃음은 메마르게 들렸습니다. 오늘 밤만의 이야기인 것처럼은 들리지 않았습니다. 3백 년 동안, 줄곧 똑같이 망자를 사냥해 온 그녀의 속마음으로, 제게는 들렸습니다.

저는 그녀의 말을 떠올렸습니다.

저녁, 이곳에 오기 직전.

그녀가 했던 말입니다.

"──사실은 있지, 이제 끝내고 싶어."

한숨이 섞인, 그러면서도 웃으며, 그녀는 조용히 중얼거렸습니다.

○

클라리스 씨가 아직 어리던 때, 그녀의 어머니는 매우 다정하고 좋은 사람이었습니다.

"너는 내 보물이야."

언제나 그런 식으로 웃으며, 어머니는 그녀의 머리카락을 부드럽게 쓰다듬어주었습니다. 그녀는 어머니를 아주 좋아했습니다.

어머니만 있으면, 다른 건 아무것도 필요 없다고 생각할 정도였습니다.

그러나 그녀의 일상은, 열 살 무렵에, 무너지게 되었습니다.

"아마 알고 있겠지? 내 인생이 어떻게 됐는지는."

자택으로 돌아온 지 얼마 안 된 그녀는 큰 한숨을 내쉬면서 소파에 앉아 제게 말했습니다.

"엄마가 말이야, 눈앞에서 죽었어."

바로 조금 전에 여기서 들었습니다, 라고는 말할 수 없었습니다. 그저 저는 잠자코 그녀의 말을 기다렸습니다.

지금의 어머니에게 들었지만, 전혀 이해가 되지 않았던 부분이 있었습니다.

환생.

다시 태어나, 계속 살아가는 그녀.

그것이 그녀 자신의 의지에 의한 것인가, 아니면 마치 저주처럼 죽을 때마다 다시 새로운 생을 부여받고 마는 것인가.

그녀는 그중 어느 쪽인지를 알 수 없었습니다.

"나에게 있어 가장 큰 후회는, 엄마가 죽는 걸 그냥 지켜보고 있었다는 거야."

그러고서 그녀가 말한 것은, 3백 년 전의 이야기.

전기에도 적혀 있지 않은 진실이었습니다.

그것은 아마도, 나라를 지키는 수호자인 그녀가 누구에게도 밝히지 못한 진짜 이야기일 테지요.

옛날, 그녀가 어머니를 잃은 지 얼마 안 되었을 무렵.

그녀는 유일한 가족을 자신에게서 앗아간 망자에게 복수심을 키워갔습니다.

어떻게 하면 이 마음을 풀 수 있을까. 어떻게 하면 망자들을 이 세상에서 없앨 수 있을까.

이제 막 열 살이 된 그녀는 그 후로 매일매일 단련을 거듭했습니다. 매일같이, 매일같이, 망자를 계속 사냥했습니다.

하지만 기분이 풀리는 일은 없었습니다.

무엇을 하든, 눈앞에서 돌아가신 어머니는 돌아오지 않는 것입니다. 그래도 언젠가 마음이 풀릴 날을 꿈꾸며 그녀는 매일같이 망자를 계속 사냥했습니다.

이윽고 그녀와 같은 뜻을 가진 자들이 모여들게 되었습니다.

이윽고 그 집단은 초승달회라고 불리게 되었습니다.

깨닫고 보니 그녀는 열다섯 살이 되어 있었습니다.

끝이 보이지 않는 싸움의 날들 속에서, 언제나 떠오르는 것은 다정했던 어머니의 모습. 무참한 최후. 그런 일이 두 번 다시 주민들 앞에서 일어나서는 안 된다는 의무감이었습니다.

그러나 망자란 말하자면 죽은 사람이 지상으로 다시 돌아오는 것이며. 그리고 그것은 즉, 사람이 죽을 때마다 망자는 계속 나온

다고 하는 뜻이었습니다.

그리고 과거 눈앞에서 죽은 그녀의 어머니도 역시, 다시 나타
날 가능성이 있다는 뜻입니다.

『아아…… 우으…….』

그날도 클라리스 씨는 평소대로 망자를 토벌하고 있었습니다.

평소처럼 길 위에 나타난 반투명한 자를 낫으로 베어 가르고 있
었습니다.

"——어?"

단순 작업을 반복하는 듯한 날들 속에서, 낫을 휘두르는 손이,
그날은 멈추었습니다.

길 위에서 다른 망자들과 마찬가지로, 말이 되지 못한 듯한 말을
입에서 내뱉고 있는 자의 모습을, 그녀는 기억하고 있었습니다.

그것은 5년 정도 전에 잃은 어머니의 모습.

눈앞에서 죽었을 때와 같은 모습으로, 어머니는 나타났습니다.

"…………."

클라리스 씨는, 낫을 들었습니다.

솔직히 말하자면, 어머니의 모습을 앞에 두고 결의가 흔들렸습
니다. 손에 망설임이 생겼습니다.

그러나 어떤 모습을 하고 있든 망자는 망자입니다. 여기서 처
리하지 않으면, 분명 어딘가에서 사람을 덮치고, 그것이 다시 새
로운 망자를 낳는 계기가 될 테지요.

다정함과 무른 마음은, 끝나지 않는 연쇄에 박차를 가할 뿐입
니다.

그래서 그녀는 지팡이를 쥐고, 단숨에 거리를 좁혀.

그리고 낫을, 휘둘러 내렸습니다.

슈욱 하고 베어 갈라진 망자의 몸이 부서졌습니다.

『아아아아…… 우으…….』

몸의 하나하나가, 형태를 잃고, 무너져내려 갔습니다. 팔과 다리가 안개처럼 사라져갔습니다.

그리고 머리가 둥실 공중으로 떠올랐습니다.

『아아── 클라리스.』

"엄마──."

미안해 하고 클라리스 씨는, 중얼거렸습니다.

『클라리스, 클라리스──.』

허공을 날며 무너져가는 어머니의 얼굴이, 클라리스 씨를 내려다보았습니다.

그리고.

어머니는 말했습니다.

다정했던 어머니는, 언제나 공부를 가르쳐주었던 어머니의 시체는, 그녀에게 말을 걸었던 것입니다.

『태어나지 않았으면 좋았을 텐데.』

그 말에, 처음엔 자신의 귀를 의심했습니다.

그러나 고개를 든 클라리스 씨에게, 어머니였던 것은, 다시 말했습니다.

『너만 태어나지 않았다면! 나는 그와 함께 있을 수 있었는데!』

몇 번이고 몇 번이고, 외쳤습니다.

『너만 없으면! 너 따위 태어나지 않았으면 좋았을 텐데! 네가! 네가 없었으면! 나는 자유로웠을 텐데!』

꿈을 꾸는 것일까요?

좋아하던 어머니가 저런 가혹한 말을 할 리가 없습니다. 분명 망자가 되면서, 사람이 아닌 자가 되면서, 마음에도 없는 말을 토해내게 되고 만 것입니다.

"엄마를 도와줘야 해──."

깨닫고 보니, 클라리스 씨는 그렇게 중얼거리고 있었다고 합니다.

그녀가 망자 연구를 시작한 것은 그때부터입니다.

우선 처음엔 망자의 생태를 조사했습니다.

"망자란 즉, 인간의 강한 의지의 집합체야."

그녀는 제게 가르쳐주었습니다. "죽음 직전에 사람은 무슨 생각을 할 것 같아? 목을 맨 자는 분명 숨쉬기 힘들다거나, 숨을 쉬고 싶다거나, 그런 생각을 하겠지. 찔려서 죽은 자는 아파 아파 하고 울고 있을 거야. 사람의 죽음에 따라서 마지막 순간에 새겨진 의식은 서로 다르겠지."

"…………그건 뭐, 그렇겠죠."

"내 연구 성과에 따르면, 망자의 정체는 인간의 의식과 마력만으로 구성되어 있어."

………….

"그 이론이 옳다면, 어머니는──."

당신을 원망하고 있던 게 되지 않습니까? 하고 물으려던 때, 그녀는 고개를 저었습니다.

"너는 목을 매서 죽은 사람이 종일 숨이 막힌다고 계속 생각할 것 같아?"

그녀는 담담하게 말했습니다.

"놈들은 한 명분의 인간 크기를 하고 있지만 안에는 의식의 일부밖에 담겨 있지 않아. 텅 빈 거야. 의미 모를 단어를 반복해 중얼거리는 망자가 많은 건 그 탓이지."

그리고 연구 성과가 나왔을 무렵에 또 하나 밝혀진 것이 있었습니다.

수년 동안, 같은 모습을 한 망자가 여러 번, 거리를 배회하고 있었던 것입니다.

누구 하나 망자의 연구를 해야겠다는 생각에 이른 사람이 없었던 탓인지, 그 사실이 밝혀진 것은 클라리스 씨가 조사를 시작한 후였습니다.

그러나 그 사실은 하나의 진실도 가리키고 있었습니다.

"아직 우리 엄마의 의식의 파편은, 이 나라를 떠돌고 있어."

그래서 그녀는 자신의 목숨이 이어지는 한, 망자를 계속 사냥했습니다.

사냥하면서 생각한 것이 있었습니다.

"어쩌면, 엄마의 의식의 파편을 긁어모을 수 있다면, 엄마는 돌아오는 게 아닐까 하고."

망자를 계속 사냥하며, 어머니의 흔적을 찾는 날들이었습니다.

그러나 인간의 일생은, 짧습니다.

어머니의 의식을 다 모으기도 전에, 그녀의 수명이 다해가고 있었습니다. 깨닫고 보니 60세. 그녀 자신의 죽음도 가까워지고 있었습니다.

꿈을 이루지 못한 채 목숨이 다해가던 그때, 그녀는 문득 생각했습니다.

망자란 방대한 마력과 숨이 끊어진 인간의 의식의 자취가 대기 중을 떠돌다가 합쳐지면서 만들어지는 것.

이러한 사상은 즉, 사람이 죽어서도 여전히 지상에 머무는 것이 가능하다고 하는 사실을 나타내고 있었습니다.

만약, 가령, 자신의 의식을 산 인간에게 옮겨 심는다면 어떻게 될까요?

죽어서도, 그녀는 살아남을 수 있을까요?

"내가 환생을 시도해본 건, 그때였어."

클라리스 씨가 나이를 먹었을 무렵엔, 이미 그녀의 지위는 흔들림 없는 것이 되어 있었습니다. 그녀가 오른쪽이라고 하면 오른쪽. 검정이라고 말하면 검정. 무엇이든 그녀를 따르는 그런 인간이 양손으로도 다 셀 수 없을 만큼 있었다고 합니다.

그중 한 사람이, 아이를 가졌습니다.

클라리스 씨는 아무에게도 상담하지 않고, 그 여성의 배에 자신의 의식 일부를 옮겨두었습니다.

그 결과가 어찌 되었는지는, 전기 그대로입니다.

다섯 살이 된 그녀는 초승달회를 찾아가, 다시 태어난 것을 알렸습니다.

그 후 몇 번이고 몇 번이고, 같은 일을 반복했습니다. 그녀에게 있어 환생 자체는 간단한 것이었나 봅니다.

배 속 아이에게 의식 일부를 이식하기 위해서는, 직접 배에 손을 대야만 합니다.

그러나 어스름의 헤르베에는 그녀에게 배를 만질 수 있게 해주는 임산부가 얼마든지 있었습니다.

"처음에는, 그렇게 환생을 반복하면서 엄마의 의식 파편을 모을 수 있을 거라고 생각했어."

그렇게 몇 번이고 전생을 반복하는 사이에, 그녀는 점점 존재 그 자체를 칭송받게 되어갔습니다.

환생을 하면 할수록, 모두가 그녀의 존재에 환희했습니다. 그녀가 태어나고, 자신의 이름을 클라리스라고 밝히면, 부모가 된 두 사람은 쌍수를 들며 기뻐했습니다.

클라리스 님이 딸이 되었다며 크게 기뻐했습니다. 부디 이 나라를 또 구해주십시오 하며 웃는 얼굴로 부탁했습니다.

그녀는 그렇게 사람들에게 부탁을 받는 것이 기뻐졌습니다.

언제부터였을까요?

그녀는 밤의 거리에서, 최초의 어머니의 모습을 찾지 않게 되었습니다.

아니.

"엄마가 어떤 얼굴이었는지, 나는 어느샌가 잊고 말았어──."

대체 자신이 무엇을 위해 환생을 반복했는지조차 애매했습니다. 사실은 어머니를 다시 한번 이 세상에 불러내기 위해 했던 노력이었을 터인데.

지금은 이미, 자신을 칭송하는 자만 남아 있는 어스름의 헤르베에서, 그녀는 애교를 부리는 매일을 계속 보냈습니다.

그녀에게 형편 좋은 미소를 지어 보이는 사람들에게만 둘러싸인 날들 속에서, 그녀는 자신의 목적을 잊어갔습니다.

"처음의 그 기분을 떠올린 건 말이지, 지금의 엄마와 만나고 나서야."

유일.

지금, 클라리스 씨의 어머니로서 살아 있는 그녀만이, 클라리스 씨에게 전혀 다른 반응을 보였습니다.

처음 클라리스 씨가 말을 했을 때, 어머니는 당혹스러워하면서도 기뻐해주었습니다. 처음으로 일어섰을 때, 박수를 쳐주었습니다. 이런 건 당연하다고 그녀가 말하자, 슬픈 듯이 입을 다물어버렸습니다.

남편을 잃고 혼자 산다는 건 알고 있었기 때문에, 조금이라도 편하게 살게 해주고 싶어서 집을 준비해주었습니다.

둘 사이의 대화가 줄었습니다.

그래도, 언제나 어머니는 다정하게 미소 지어주었습니다.

분명 미움을 받고 있는 것은 아니라고 생각했습니다.

그러나 어머니가 보내오는 그 시선은, 훨씬 전——그녀가 아직, 진짜 의미에서 어렸던 3백 년 전에 받았던 시선과 완전히 똑같다는 것을, 그녀는 어느 날 깨달았습니다.

정말로, 사랑받지 못했던 거라고, 이제 와서 겨우 깨달았던 것입니다.

기억의 파편 따위 모아본들, 아무런 의미도 없다는 것을 그녀는 겨우 알았던 것입니다.

"──사실은 말이지, 이제 끝내고 싶어."

망자를 계속 죽이는 날들도. 주변의 기대에 계속 응하는 날들도.

이제 다 지쳐버렸던 것입니다.

"남의 바람을 계속 이뤄줄 뿐인 생애를 거듭해왔으니까. 나는 있지, 보통 아이처럼 한 번 정도 어리광을 부리고 싶은 거야."

지금까지 단 한 번도 딸로서 사랑받은 적 없는 그녀의 바람은.

딸로서, 사랑받고 싶다.

그저 그뿐이었습니다.

"오늘 밤의 싸움이 끝나면, 나는 다시 한번 엄마와 이야기를 하려고 해."

그녀는 기운 없는 미소를 제게 보여주었습니다.

그러고서 그녀와 저는 밤의 거리로 뛰쳐나갔고.

그리고, 방황하는 망자와 대치하게 되었습니다.

○

방황하는 망자가 저희 사이에 나타난 것은, 정말로 갑작스러운 일이었습니다.

순간 공기가 차가워지는가 싶더니, 돌아본 곳에 거대한 체구의 망자의 모습이 있었던 것입니다.

방황하는 망자.

그것은 어제의 목격 정보 그대로의 겉모습을 하고 있었습니다.

마치 지방 덩어리 같았습니다. 뚱뚱하게 살이 찐 몸이 길 한가운데를 막고 있었습니다. 몸은 머리만 해도 사람의 키 정도.

다만 몸통 아래는 바로 지금, 클라리스 씨의 낫에 의해 베여 떨어졌습니다.

『아아아아아아아아아아아아아아아아아아아아아!』

나타난 순간을 정확하게 노린 재빠른 공격이었습니다. 클라리스 씨는 제가 시인했을 때는 이미 낫을 휘두르면서 빙글 회전해서 갈기갈기 찢어버렸던 것입니다. 무시무시하게 익숙한 손놀림. 역시 3백 살의 베테랑이라고 해야 할까요.

목소리가 되지 못한 목소리를 지르고, 날뛰고, 땅을 기는 방황하는 망자.

끔찍하게도 잘려 나간 다리에조차 생명이 깃들어 있는지, 꿈틀, 꿈틀, 맥이 뛰고 있었습니다.

『아아아아아아아아아아아아아아아아아!』

그리고 클라리스 씨가 우선 하반신부터 조각조각 토막 내려 낫을 휘둘러 올린 직후.

방황하는 망자는, 날카로운 비명을 지르면서 양팔로 지면을 내려치고 그 반동으로 초승달이 뜬 밤하늘로 뛰어올랐습니다.

"무슨——."

놀란 클라리스 씨가 바라보는 것은, 방황하는 망자가 향해 간 곳. 길 저편.

초승달회의 본부가 있는 방향이었습니다.

"크윽, 젠장……!"

1초간. 그녀는 자신이 베어 낸 하반신과 공중을 날고 있는 상반신을 번갈아 보며 분한 기색을 얼굴에 내비쳤습니다.

길 위에 떨어진 방황하는 망자는 다시 양팔을 지면에 내리쳐 뛰어올랐습니다.

저런 거체가 집에 떨어지면, 그 피해는 아마도 어제에 비할 바가 아닐 테죠.

좀처럼 없는 일인지, 아니면 그녀가 드물게도 실수를 해버린 것인지는 알 수 없지만.

제가 손대지 않는 한 피해가 막대해지리라는 것만큼은 확실히 알 수 있었습니다.

"가주세요. 이쪽은 제가 처리하겠습니다."

휘익 하고 저는 검으로 방황하는 망령의 무릎부터 아래를 베어 떨어뜨렸습니다.

"……미안! 부탁해!"

원래대로라면 그녀 혼자서 대응하는 방황하는 망자입니다만.

다른 데 신경을 쓸 겨를이 없는 것일 테지요. 그녀는 빗자루를 타고 방황하는 망자의 상반신을 쫓아갔습니다.

"네네."

조심하세요 하고, 저는 손을 흔들고 갈기갈기 찢긴 방황하는 망자의 하반신을 바라보았습니다.

"……응?"

보니, 조각조각 난 몸이 부위별로 다시 꿈틀꿈틀 맥이 뛰기 시작했습니다. 그러고서 이윽고 잘려 떨어진 몸들은 마치 빵 반죽처럼 꿀렁꿀렁 둥글어져 갔습니다.

어라? 어떻게 된 거죠? 하고 얼굴을 찡그리고 있으려니, 멀리서 "방황하는 망자는 몸 전체를 제대로 산산조각 내서 불태우지 않으면 완전히 사라지지 않으니까 조심해! 조각을 내면 조각을 낸 만큼 계속 늘어나니까, 즉시 양단과 소각이 철칙이야!"

하고 클라리스 씨가 빗자루 위에서 소리치는 것이 들렸습니다.

"바로 조각조각 잘게 잘라서. 있는 힘껏 불태워!"

라고도.

………….

"그런 걸 먼저 말씀해주셨으면 했는데요!"

분노와 함께 저는 소리쳤습니다. 될 대로 돼라입니다.

"지금 말했으니까 용서해줘."

미안해! 하고 그녀는 손을 흔들고, 방황하는 망자의 상반신을 쫓아 빗자루를 날리고 있었습니다.

저로 말할 것 같으면, 그 자리에 남아, 그녀가 어질러놓은 길 위의 뒤처리.

『우으으으으……』 『아아아아……』

그리고 다른 망자들의 처리도 해야 하죠. 저를 포위하듯 천천히 다가오는 망자들을 검으로 한꺼번에 처리하며, 방황하는 망자의 말로를 바라보았습니다.

하나하나 여기저기 흩어져 있던 망자들의 잔해는 인간의 형태로 모습을 바꾸어갔습니다.

과연, 확실히.

이대로 방치해놓으면 언젠가 조금 전처럼 인간형의 망자가 되어 공격을 시작하리라는 것은 명백하다고 해도 될 테지요.

그건 조금 성가시네요.

그런고로.

"으랏차!"

저는 지팡이를 휘둘러 방황하는 망자를 검으로 조각조각 잘랐습니다.

잘게 부순 다음 지팡이를 듭니다. 날린 마법은 불꽃의 소용돌이. 빙글빙글 대기 중에서 소용돌이치면서, 잘게 잘린 방황하는 망자의 파편들을 불태웠습니다.

"뭐, 이 정도면 될까요?"

그다지 시간은 걸리지 않았군요.

주변을 둘러보니, 더는 제 주변에 원형을 유지하고 있는 망자의 모습은 없었습니다. 제각각 똑같이 안개나 가루, 어느 한쪽이되었습니다.

"…………."

지금부터 쫓아가면 클라리스 씨에게 가세할 수 있을 것 같습니다.

"……그 사람, 괜찮을까요?"

클라리스 씨가 향한 곳으로 쭉 나아가면, 저희가 있었던 초승달회 본부에 도달합니다.

……방황하는 망자가 거기까지 다다르지 못했어야 할 텐데요.
도와주러 가는 편이 좋을까요?

순식간에 몸을 두 동강 내버리는 그녀라면, 웬만한 일이 없는
한 제가 거들지 않아도 간단히 처리할 수 있을 것 같은 기분이 듭
니다만.

"…………?"

그렇게.

어지럽게 생각을 하면서, 방황하는 망자의 잔해를──불타는
망자들의 흔적을 바라보던 때의 일입니다.

"…………"

저는 곧바로 클라리스 씨의 뒤를 쫓아가기로 정했습니다.

마치 망자가 나온 순간처럼, 오싹하는 오한을 느끼면서.

○

제가 서둘러 빗자루로 날아간 곳에 있던 것은, 반파된 초승달
회의 건물이었습니다.

마치 정확하게 노린 것처럼 4층 부분만이 부서져 있었습니다.

"평소처럼 했어."

그녀는, 말했습니다.

"평소처럼 하나하나 조각내 처리했어. 그랬는데, 이번 방황하
는 망자는, 평소 이상으로 버거웠어."

고개를 숙이면서, 이야기했습니다.

말하길, 마치 명확한 의사를 가지고 있는 것처럼, 방황하는 망자는 몇 번 몸을 잘라내도, 지면을 때리고, 계속 날아서 초승달회의 건물까지 다다랐다고 합니다.

어머니를 지키기 위해 클라리스 씨가 낫을 휘둘렀습니다.

그러나 그래도, 미처 다 자르지 못한 망자의 파편이 있었는지.

어머니는, 방황하는 망자와 접촉하고 말았다고 합니다.

"…………."

반파된 4층. 창문으로 방 안에 들어가니 거실이 나왔습니다.

여기저기 흩어진 벽돌 파편을 피하면서 걸음을 옮기자, 구석 쪽에서 몸을 웅크리고 있는 어머니의 모습이 보였습니다.

이미 의식은 없었습니다.

맥을 확인하지 않아도 알 수 있습니다.

그녀의 몸은 몸통이 둘로 양단되어 있었으니까요.

마치 방황하는 망자에게 그러했던 것처럼.

"이번에야말로 지키려고 했는데——."

뻔뻔한 말을 하면서, 그녀는 그 자리에 주저앉았습니다.

그 손에는 낫.

"…………."

피가 묻어 있었습니다.

망자에게 피 따위 한 방울도 흐르지 않을 텐데, 그녀의 낫은, 피로 젖어 있었습니다.

"……어째서." 그녀를, 죽인 건가요?

딸로서 사랑받고 싶다고 말했으면서.

저는 열려던 입을, 다물었습니다.

대신에 다른 말을 골랐습니다.

"클라리스 씨. 저한테 하나, 숨긴 게 있지 않습니까?"

"……숨긴 거라니, 뭐야?"

이미 차가워진 클라리스 씨의 어머니의 손을 만지며, 저는 말했습니다.

"저, 아까, 방황하는 망자를 태우던 때, 묘한 걸 봤습니다."

"묘한 거?"

수긍했습니다.

"이 나라에 3백 년 전부터 발생한 망자는, 분명 의식의 단편과 마력이 합쳐져 생긴 것이었죠."

"그렇지."

"어째서 개나 고양이 망자는 없는 걸까요? 어째서 갓 태어난 갓난아기 망자는 없는 걸까요?"

"…………."

클라리스 씨는 작게 한숨을 내쉰 다음에, 말했습니다.

"그런 걸 나한테 물어본들, 몰라."

그렇습니까?

"그럼 질문을 바꾸겠습니다."

클라리스 씨가 환생을 반복하고 있다는 이야기를 들었을 때부터, 아주 조금, 머릿속에 걸리는 것이 있었습니다.

클라리스 씨의 환생이란, 이미 배 속에 깃들어 있는 생명에 클라리스 씨의 의식 일부를 흘려 넣는 것.

즉, 이미 있는 생명에 클라리스 씨의 의식이 실리는 셈이 되는 것입니다.

그렇다고 한다면.

"원래 태어날 터였던 아이는, 어디로 간 겁니까?"

제가 마법으로 태운 방황하는 망자 안에서 괴로워하며 발버둥 치고 있던 것은, 다양한 형태를 한 망자들이었습니다. 말하자면, 망자의 집합체라고 할 수 있을 테지요.

그것은 때로 인간의 모습을 했고, 개나 고양이 모습을 했습니다. 아직 태어난 지 얼마 안 된 갓난아기의 모습을 하고 있었습니다. 혹은, 아직 태어나기 전의, 몸이 완성되지 않은 어린아이의 모습을 하고 있었습니다.

지금까지 클라리스 씨를 딸로 키워준 어머니들도, 그리고 눈앞에 죽어 있는 그녀도. 클라리스 씨를 낳을 예정 같은 건 처음엔 없었을 겁니다.

클라리스 씨의 의식이 배 속에 들어갔을 때.

어쩌면 배에서 쫓겨난 것이 있는 건 아닐까요?

"…………"

잘그락, 하고. 제 등 뒤에서 클라리스 씨가 낫을 손에 드는 소리가 들렸습니다.

저도, 시신에 닿은 손을 떼면서, 조용히 지팡이를 꺼냈습니다. 그렇게 제가 의식을 귀에 집중하는 중에, 그녀는 중얼거렸습니다.

"너는 오늘 밤 열심히 해줬으니까."

──지금 그건 듣지 못한 걸로 해줄게, 라고.

아마도, 등 뒤편의 그녀는 평소처럼 웃고 있었을 테지요.

나라를 짊어지고 있는 영웅이 설마 환생할 때마다 사람을 죽이고 있었다니.

결코 알려져서는 안 될 일입니다. 하물며 자기 자신을 낳은 어머니에게 알려지면 대체 어떻게 될지 같은 건, 상상도 못 했던 일일 테지요.

"지금까지 줄곧 이렇게 해온 겁니까?"

방황하는 망자는 본래 클라리스 씨가 혼자서 상대하는 것. 초승달회의 면면에게도 클라리스 씨 혼자서 대처하는 것으로 철저하게 해두고, 그것을 깨면 조직에서 없어진다. 그렇게 지나칠 정도로 엄한 벌칙이 정해져 있습니다.

"방황하는 망자는 조금 특성이 달라서, 그 녀석들은 자신의 집으로 돌아가려 하는 습성이 아주 강해."

"자신의 집."

"혹은 태어난 곳이라고도 할 수 있지."

그녀의 말에 저는 뒤를 돌아보았습니다.

무너진 벽 너머에 뜬 초승달을 등지고서, 그녀는 이쪽을 바라보고 있었습니다.

"이번 방황하는 망자가 그 사람이 있는 곳으로 가고 싶어 한 것도 뭐, 그런 거였겠지."

"…………."

그리고 그녀는 봐서는 안 될 것을 보고 말아서, 살해당하고 만 것일 테지요.

©Azure

"유감이야. 모처럼 평범한 가족이 되려고 했는데. 또 하나부터 다시 시작해야 해."

"…………."

저는, 침묵했습니다.

오래오래 침묵했습니다.

그러고서 몇 번인가 심호흡을 한 다음에, 겨우 나온 말은, 단 하나의 질문뿐.

"죽일 필요가, 있었던 겁니까?"

제가 생각해도 참 한심합니다.

고작 그 말밖에 나오지 않았습니다.

그녀는 제 서툰 질문에 쓴웃음을 지을 뿐이었습니다.

"보아서는 안 될 걸 본 이상, 살려둘 수는 없어."

불안의 싹은 잘라두지 않으면 안 돼──라고.

그녀는 다시, 웃었습니다.

"그녀라면 내 이해자가 되어주리라고 생각했는데. 보지 않아도 될 것까지 본 이상, 이렇게 하는 건 어쩔 수 없는 일이야. 슬프지만."

그녀는 깊은 한숨을 내쉬었습니다.

그것은 모든 것을 포기한 것 같기도 했고.

동시에 다음 인생을 기대하는 것 같기도 했습니다.

지금까지, 줄곧 그리해온 것일까요?

몇 번이고 몇 번이고, 무언가가 잘못될 때마다, 아주 조금 톱니바퀴가 어긋날 때마다, 모든 것을 씻어버리고, 하나부터 다시 시작해온 것일까요?

"…………."

저는 그저 침묵하고, 고개를 숙이고, 어머니의 시신을 만졌습니다.

그녀의 바로 옆에는.

깨끗하게 먹고 비운 스튜 접시가 하나, 굴러다니고 있었습니다.

"정말로 기분 나빠."

토해내듯 그녀가——클라리스 씨의 어머니가 했던 말을, 저는 기억하고 있습니다.

젊은 나이에 남편을 잃은 그녀. 태어난 것은, 그러나 나라를 지키는 수호자. 말하자면 생판 남이었던 것입니다.

그녀는 이 나라의 모든 것이 기분 나쁘다고 말했습니다.

"하지만, 동시에 이해하고 싶다고도 생각해."

낮.

제게 그녀는 말해주었습니다.

분명 나라에 이상한 사람뿐이고, 딸조차 이상하고, 제대로 된 대화를 할 상대도 기회도 없었던 것일 테지요. 그녀는 자신의 말의 의미를 확인하듯이, 하나하나 천천히 말해주었습니다.

"초승달의 마녀 클라리스가 나는 용서되지 않아. 하지만, 신기해. 안에 든 건 타인일 텐데, 웃는 얼굴은 남편을 쏙 빼닮았어. 생판 남일 텐데, 밥을 먹고 있을 때의 몸짓도 남편이랑 똑같아. 우연일지도 모르지만, 그런 모습을 볼 때마다, 나는 기뻐지고 마는 거야. 이상하지? 몸만 빌렸을 뿐인 다른 사람이라고 알고 있을 텐데도. 눈앞에 있는 것은 딸도 뭣도 아니라고 이해하고 있는데."

뚝뚝 눈물이 떨어졌습니다.

클라리스 씨가 처음 섰을 때, 그녀는 기뻐서 눈물이 나왔다고 말해주었습니다. 하지만 그 후로 하루하루를 보내는 사이, 간단히 클라리스 씨는 그녀의 손을 떠나고 말았습니다.

아무 말 하지 않아도 그녀는 성장해갔습니다. 혹은 원래의 클라리스 씨로 돌아갔다고 해야 할까요?

매일매일은 싫은 것투성이였습니다. 무언가 제안해도 클라리스 씨의 냉정한 반론이 가로막고, 거리로 나가면 쓸데없는 참견과 무책임한 선망의 눈빛뿐.

그러나 생활의 모든 것이 싫었던 것은 아닙니다.

"내 생일날이 되면, 그 여자는—— 아니, 그 애는 말이지, 꽃을 사다 줘. 내 남편이 좋아했던 꽃. 어떻게 안 거냐고 물었더니, 남편의 동료한테 물어보고 다녔다는 거야."

추억 이야기에 그녀는 여전히 눈물을 흘리며 웃었습니다.

"내가 방에 틀어박혀만 있으면, 외국에서 일부러 책을 사 와서 지루하지 않게 해줬어. 요즘은 그다지 요리를 하지 않지만, 내가 변덕을 부려 주방에 들어가서 요리를 시작하면, 그 아이는 아주 기쁜 얼굴을 해. 그 아이가 만든 음식 쪽이 맛있는데."

그것은 마을 사람들에게는 결코 보이는 일 없는 어린아이 같은 얼굴이라고 말했습니다.

그 웃음을 짓고 있는 것이 생판 남이라고 알고 있어도.

"그 정도 일로, 나는 하나하나 기뻐지고 마는 거야."

바보 같지——하고 그녀는 말했습니다.

"…………."

대꾸할 말을 찾지 못하고, 저는 그저 그녀를 조용히 바라볼 뿐이었습니다.

그것은 분명 그리던 이상과는 상당히 먼, 뒤틀린 부모와 자식 관계였을 테지요. 하지만, 피는 확실하게 이어져 있었고, 그녀들은 타인인 동시에 확실한 부모 자식이기도 한 것입니다.

"싫은 일뿐인 날들이었지만, 소소한 행복도 잔뜩 있다는 걸, 최근 들어 깨달았어."

인생은 결코 완벽한 것이 아니고, 실패와 좌절 같은 건 셀 수 없을 만큼 있는 법입니다. 분명 그것은 그녀가 지금까지의 생애에서 아플 정도로 느껴온 것일 테지요.

그래도 그녀는 말했습니다.

"분명 앞으로도 싫은 일은 잔뜩 있을 테고, 견딜 수 없을 만큼 괴로운 일도 넘쳐나고 있어. 그래도 나는, 그 아이에게 다가가 보고 싶다고 생각하고 있어."

그 아이의 어머니는, 지금은 나 한 사람이니까——라고.

진정한 의미에서 그 아이에게 다가가는 일이 가능한 건, 분명 나 외엔 없으니까.

톱니바퀴가 틀어진 날들 속에서 줄곧 살아 있는 그녀는, 제게 그리 웃어 보였던 것입니다.

"지금까지 줄곧 거절했는데, 이제 와서 이런 걸 먹으면 이상할까?"

시선을 떨어뜨리자, 어젯밤 메뉴였던 스튜가 있었습니다. 클라리스 씨가 만든 것입니다. 어머니를 위해 조금 덜어서 두고 간 것입니다.

저는 고개를 가로저으며 답했습니다.

"기뻐할 거라고 봅니다."

그 답을 듣고서 안도한 것처럼 고개를 끄덕인 그녀는, 스튜를 입에 넣고.

자그마한 행복 하나를, 곱씹었습니다.

○

"내 어머니는 방황하는 망자에 의해 살해당했다. 나는, 내 약함을 용서할 수 없어."

다음 날 점심 무렵, 4층 부분이 무너진 초승달회의 건물 앞으로 많은 사람들이 몰려들었습니다. 지난밤의 소동과 그 전말을 듣고서 많은 사람들이 눈물을 흘리며 클라리스 씨 어머니의 죽음을 슬퍼했습니다.

마치 자신의 육친이 죽은 것처럼.

"클라리스 님! 부디 슬퍼하지 말아 주세요!" "저희가 있습니다!" "언제까지고 당신 곁에!" "클라리스 님 만세!" "만세!"

그곳에는 그녀의 모든 것을 긍정하는 자밖에 없었습니다.

"모두…… 고마워."

그녀는 가슴을 쓸어내리면서 웃는 얼굴을 만들었습니다.

"부디, 모두. 다시 한번 나를 믿고 따라와 주겠어? 이제 두 번 다시, 나는 내 어머니 같은 사람을 만들지 않겠다고 맹세할게."

연기가 특기인 그녀의 표정은 마을 사람들에게는 어떻게 보이고 있을까요.

육친이 죽은 지도 얼마 안 됐는데 무리해 미소를 짓고 있는 마음 굳센 여성처럼 보일까요?

나라를 지키는 데 걸맞은 훌륭한 마녀처럼 보이고 있을까요?

"…………."

낮.

사람들이 박수와 갈채로 그녀를 감싸는 중에.

저는 등을 돌리고, 나라의 문으로 향했습니다. 클라리스 씨와 작별 인사는 나누지 않았습니다. 그럴 상황도 아니고, 저와 그녀는 그런 관계도 아닙니다.

낮의 나라는 활기 넘쳤습니다.

4층 부분이 무너진 건물을 가리키며, 아이들이 저와 스쳐 지나 갔습니다. 그 손에는 클라리스 씨를 본뜬 인형이 들려 있었습니다.

분명 앞으로도 마을에서 망자가 사라지는 일은 없을 테지요.

그리고 앞으로도 그녀는 태어나기 전인 아이를 계속 죽일 테지요.

그래도 이 나라 사람들은, 초승달의 마녀 클라리스에게 자신의 행복 전부를 바치고, 살아갈 테지요.

마치 망자처럼.

후기

나와 동거하고 있는 고양이 이야기를 할까 한다.

올 1월부터 재택 워크가 시작되어, 온종일 집에 틀어박혀만 있는 나의 유일한 이야기 상대인 그녀의 이름은 앤. 매우 귀여운 생김새의 그녀는 속박이 심하고 집에서 나오지 않는 규중처자.

내가 외출하면 화를 내고, 돌아오면 "어? 잠깐. 이 냄새는 누구야? 당신 누구 만났지? 말해봐!"라며 화낸다. 이제 자고 있을 때 말고는 대체로 화나 있다고 말해도 과언은 아니다.

최근에 이르러서는 업무 전화를 하는 도중에도 태연하게 "네. 누구와 전화하는 건가요?"라며 난입하는 지경. 그리고 그런 모습도 최고로 귀엽다.

그녀는 기본적으로 언제나 배가 고프고, 자신의 밥을 먹은 다음에도 내가 뭔가 먹고 있으면 "호오? 오빠, 좋은 거 먹고 있네?" 하고 입맛을 다시면서 내게 달라붙는다. 아마도 전생엔 동네 건달이었던 것이리라. 쿵쿵하고 내 몸에 어깨를 부딪쳐 오는 모습은 그야말로 『용과 같이』의 몹 캐릭터와 흡사하다. 얽혀버린 나는 매일같이 공포에 떨고 있다. 이 얼마나 무서운 아이인가.

그런 앤 씨와의 동거 생활도 이 후기 집필 시점에 한 달이 된다.

나는 머리를 끌어안고 있다.

"전혀 함께 자주질 않아……."

고양이라고 하면 함께 자는 것이 일대 이벤트가 아닌가? 실제로 우리 본가에서 키우던 고양이님은 조금 더 평범하게 이불로 들어와 주었다.

그러나 앤 씨는 다르다.

우선 애초에 침대에 접근하지 않는다. 이불을 들어 올리고 "자! 시라이시의 여기, 비어 있어요!" 하고 큰 소리로 선언해 보여도 평범하게 무시. 심지어 캣타워 정상에서 차가운 눈으로 내려다보는 지경이다. 나를 싫어하나?

이제 앤 씨의 나에 대한 평가는 전자동 캔 따개 정도인 게 아닐까? 나는 이렇게 좋아하는데!

이 넘쳐나는 애정을 어찌 전하면 될까?

나는 곧바로 인터넷으로 검색했다. 모르는 게 있으면 적당히 검색한 지식을 마치 내 것인 양 의기양양한 얼굴로 이야기하는 20대. 그것이 시라이시 죠우기다.

"아시나요? 실은 고양이의 눈 깜빡임에는 특별한 의미가 있답니다! 고양이의 눈 깜빡임은 애정 표현의 일종입니다. 고양이와 마주 볼 때 눈을 깜빡여주면, 그것은 당신을 신뢰한다는 증거!"

네, 끝났다.

아십니까? 라는, 내용이 몹시도 얄팍한 사이트 특유의 문구에 한순간 간담이 서늘했지만, 그러나 내용은 실로 도움이 되는 것이었다.

그건 즉 반대로 말하자면, 눈을 마구 깜빡이면 내 애정이 앤 씨에게 전해지는 게 아닐까??????

"앤! 이쪽 봐!" 그런고로 바로 눈을 깜빡깜빡 깜빡깜빡 깜빡깜

빡 깜빡깜빡.

『…….』 나를 차가운 눈으로 바라보는 앤 씨.

"으아아아아아아아!" 나는 한결같이 눈을 깜빡깜빡 깜빡깜빡해 댄다.

『…….』 스윽 하고 눈꺼풀을 천천히 내리는 앤 씨.

"왔다아아아아아아!" 계속해서 눈을 깜빡여대는 나. 과거 콘택트 렌즈가 검은자에서 벗어났을 때조차 이렇게까지 눈을 깜빡이지 않았다.

『…….』 그리고 앤 씨는, 눈을 감았다.

"좋았어어어어어어어어어어어어!" 끝났다!

『…….』 여전히 눈을 감은 채인 앤 씨.

"…………?" 끝났…… 어라?

『…….』

"……잠들었어."

앤 씨는 그대로 잠시 눈을 뜨지 않았다. 내 마음은 아마도 전해 지지 않은 것이리라.

나와 앤 씨의 싸움은 이제 막 시작되었을 뿐이다.

여담이지만 앤 씨의 이름의 유래는 좋아하는 여배우의 이름입 니다.

그런고로 후기 전의 여담이었습니다. 그럼 지금부터 각 장의 코멘트를 시작하겠습니다. 예에 따라 평소처럼 스포일러 가득한 느낌의 내용이 될 예정이니, 아직 본편을 읽지 않은 분은 돌아가 주시길 바랍니다. 그럼 시작합니다!

● 제1장 『꿈을 좇는 궁사 애슐리』

이상과 현실의 차이 이야기일까요? 개인적으로는 애슐리 씨의 아버지도 결코 나쁜 사람은 아니라고 생각합니다. 처지가 다를 뿐입니다. 한결같이 꿈을 좇는 애슐리 씨 같은 캐릭터는 제가 보기에도 눈부셨습니다. 순수했던 시절의 마음은 어른이 되면 잊기 쉽지…….

● 제2장 『여행하는 살인귀』

연쇄 살인범의 특징 중 하나로, 피해자의 소지품 등을 기념품으로 가지고 돌아가는 성질이 있습니다. 이 이야기의 소재는 대략 그런 부분입니다.

이 이야기는 그다지 해설하는 것도 멋이 없으니 이쯤 해두겠습니다. 이 이야기의 사건이 다음 장에 미묘하게 꼬리를 끌고 있습니다.

● 제3장 『우산과 빗자루와 비의 이야기』

괴짜 소년 이야기입니다.

좋은 것과 나쁜 것의 경계선은 어린 시절엔 매우 어렵다고 느낍니다. 선을 긋기 위한 기준이 자신의 안에서 확립되어 있지 않아서, 모든 것을 판별하는 기준을 발견하기 위해서도 넓은 시야를 갖고 살아가고 싶네요.

●제4장『이기지 못하는 소녀의 분투기』

솔직해지지 못하는 아이와 그 친구의 이야기입니다. 완전히 코미디 편이 되었습니다. 이런 데서 살짝 망가진 면을 발휘하는 사야 씨. 바보와 천재는 종이 한 장 차이라고 말하니, 결국 이상한 사람이라도 그냥 이상한 사람과 천재적으로 이상한 사람이 있다는 것이겠죠…….

●제5장『다양성의 나라』

다양성이라는 단어는 기존의 가치관을 부정할 때 이용되는 말이 아니라고 생각합니다. 발언에는 입장이 있고, 자신이 어디에서 말을 발신하고 있는가를 제대로 부감할 수 있는 어른이 되고 싶습니다.

●제6장『재의 마녀의 감량 계획』

이것은 GA 문고 15주년 때에 쓴 낭독극을 재편한 것입니다. 총집편을 낸 지 얼마 안 됐으니 한동안 재편이라는 방법은 쓰지 못할 것 같아서 여기에 넣게 되었습니다.

저는 드라마 CD 각본과 낭독극을 쓰는 것이 엄청나게 좋아서 앞으로도 상황을 봐서 쭉쭉 쓰고 싶습니다. 쓰고 싶다고요!

●제7장『어스름의 헤르베』

이제 이 이야기를 떠올린 것은 먼 옛날입니다만, 지금까지 아무리 해도 쓰지 못했습니다. 전개가 너무 그렇다는 점도 있습니다만, 무엇보다 제가 『마녀의 여행』을 쓰기 시작한 당초라는 것은 환생을 다룬 이야기가 크게 히트를 쳤기 때문에, 어떻게 할까 하고 지금까지 소재를 방치했습니다.

딱히 환생물 이야기가 싫은 것은 아닙니다만, 제가 지금까지 환생물을 쓰려고 해도 쓰지 못했던 이유가, 이 이야기의 바탕이 되어 있습니다. 이야기를 즐기는 데 있어 그런 걸 신경 쓰지 않는 편이 분명 행복할 테지만요.

●제8장 『초승달의 마녀 클라리스』
어스름의 헤르베의 마무리 부분입니다.

원래 이 이야기는 한 장으로 구성할 예정이었습니다만, 회상이 몇 번이나 끼어 있어서 약간 복잡한 느낌이 들었기 때문에 장을 나누었습니다. 그래서 타이틀은 서로 다르지만, 7장의 다음이라는 것으로 부탁드립니다.

그런고로 『마녀의 여행』 16권이었습니다.

16권이라니! 16이라니! 이미 『니케의 모험담』의 세 배 정도의 권수까지 왔습니다. 놀랍네요. 참고로 2021년 4월 GA 노벨은 5주년이고, 『마녀의 여행』도 마찬가지로 5주년. 깜짝 놀랐습니다. 설마 여기까지 올 줄이야.

작년이 끊임없이 기쁜 일이 있었던 1년이었다는 것은 이제 말할 것까지도 없습니다만, 올해도 열심히 일을 해나가려고 생각하고 있으니, 앞으로도 아무쪼록 응원 잘 부탁드립니다!

애니메이션 2기를 향해서 노력해야지.

그리고 개인적으로는 애니메이션 외에도 많은 상품화나, 해외 쪽에서 다양한 메시지를 받거나, 팬레터를 받거나, 또 키스마이의 미야타 씨가 방송에서 소개해주거나, 정말이지 기쁜 일로 가득했습니다만, 그중에서도 드라마 CD의 재판이 결정된 것이 기뻤습니다.

지금까지 몇 번이고 몇 번이고 독자 여러분께 "재판해줘!"라는 말을 들어왔고, 그때마다 "나한테는 결정권이 없어! 미안! 출판사의 높으신 분들께 말해!" 같은 대화를 반복해온 보람이 있었던 것인지, 겨우 정가로 드라마 CD를 살 수 있어! 그건 정말로 기쁜 일이었습니다.

앞으로도 계속 재판해줘.

그리고 앞으로도 음성 작품 마구 쓰고 싶어.

그렇다고는 해도 16권의 작업이 끝나면 진짜 의미에서 제대로 된 휴가라는 것이 손에 들어오는지라, 노력하는 건 잠시 휴식을 가지고서 하려고 합니다.

뭐, 쉬는 사이에도 결국 본업 쪽에서 열심히 일을 할 테고, 심지어 17권의 소재를 생각하거나 이것저것 할 거라고 생각하니, 결국 휴가라고 말하면서도 휴가가 아닌 거네요!

그런데 다른 이야기입니다만, 올해 들어 줄곧 재택 워크를 하고 있는지라, 편집자님이나 편의점 점원 이외엔 제대로 된 대화를 하지 못하고 있습니다.

그리고 앤 씨에게 일방적으로 혼잣말을 던지고 있습니다만, 아마도 앤 씨가 없었다면 저는 일본어 말하는 법을 잊었을 거라고 생각합니다. 고마워. 앤 씨.

그나저나 2021년이 되었으니, 올해의 포부 같은 것을 써보려고 합니다.

올해는 문예춘추 쪽에서 에세이 집필 의뢰가 오면 좋겠다 하고 생각합니다. 실은 몇 년 전부터 그런 속내와 함께 Twitter에 에세이 같은 문장을 올리고 있습니다. 참고로 현재까지는 제안은 들어오지 않았습니다(당연).

그런고로 슬슬 감사 인사를 시작하겠습니다.

담당 편집 M님, 아즈루 선생님과 여러 관계자 여러분.

언제나 감사드립니다. 그리고 이번엔 제 원고가 정말로 아슬아슬할 때까지 미뤄져서 죄송했습니다. 다음엔 좀 더 여유를 가지고 쓸 수 있었으면…… 하고 생각하고 있습니다.

독자 여러분.

이번에도 『마녀의 여행』을 읽어주셔서 감사드립니다! 7월은 『마녀의 여행』 17권 드라마 CD 포함 특별판이 나오니, 그쪽도 잘 부탁드립니다! 그리고 올해는 온라인 사인회가 있으니, 그쪽에서 다시 한번 직접 인사할 수 있으면 기쁘겠습니다.

앞으로도 시라이시 죠우기와 일레이나 씨는 멈추지 않으리라 생각하니, 부디 앞으로도 잘 부탁드립니다. 그럼 이만!

[마녀의 여행 16]

2023년 12월 15일 1판 1쇄 발행

저   자 시라이시 죠우기
일 러 스 트 아즈루
옮 긴 이 이신
발 행 인 유재옥
이   사 조병권
출판본부장 박광운
담 당 편 집 정영길
편 집 1 팀 박광운
편 집 2 팀 정영길 조찬희 박치우 정지원
편 집 3 팀 오준영 이해빈 이소의
디자인랩팀 김보라 박민솔
디지털사업팀 박상섭 김지연 윤희진
라이츠사업팀 김정미 맹미영 이윤서
영업마케팅팀 최원석 박수진 박소연
물 류 팀 허석용 백철기
경영지원팀 최정연
인쇄제작처 ㈜코리아피엔피
발 행 처 ㈜소미미디어
등   록 제2015-000008호
주   소 서울시 마포구 토정로222, 403호 (신수동, 한국출판콘텐츠센터)
판매 및 마케팅 (070) 8822-2301

ISBN 979-11-384-2050-1
ISBN 979-11-5710-752-0 (세트)